OBJETOS CORTANTES

GILLIAN FLYNN

OBJETOS CORTANTES

tradução de Alexandre Martins

Copyright © Gillian Flynn, 2006

Edição publicada mediante acordo com Crown Publisher, um selo de Crown Publishing Group, uma divisão de Random House, Inc.

TÍTULO ORIGINAL
Sharp Objects

REVISÃO
Taís Monteiro
Ulisses Teixeira
Luiz Felipe Fonseca

DIAGRAMAÇÃO
editoriârte

CIP-BRASIL. CATALOGAÇÃO-NA-FONTE
SINDICATO NACIONAL DOS EDITORES DE LIVROS, RJ

F669o

    Flynn, Gillian, 1971-
    Objetos cortantes / Gillian Flynn ; tradução Alexandre Martins. – 1. ed. – Rio de Janeiro : Intrínseca, 2015.
    256 p. ; 23 cm.

    Tradução de: Sharp objects
    ISBN 978-85-8057-658-0

    1. Romance americano. I. Martins, Alexandre. II. Título.

14-18059   CDD: 813
                      CDU: 821.111(73)-3

[2015]
Todos os direitos desta edição reservados à
Editora Intrínseca Ltda.
Av. das Américas, 500, bloco 12, sala 303
22640-904 – Barra da Tijuca
Rio de Janeiro – RJ
Tel./Fax: (21) 3206-7400
www.intrinseca.com.br

Para meus pais,
Matt e Judith Flynn

CAPÍTULO UM

Meu suéter era novo, vermelho-berrante e feio. Era doze de maio, mas a temperatura caíra para a casa dos cinco graus, e, após cinco dias tremendo sem agasalho, arrumei um em uma liquidação em vez de vasculhar minhas roupas de inverno encaixotadas. Primavera em Chicago.

Estava sentada em meu cubículo revestido de juta, olhando para a tela do computador. Minha matéria do dia era uma maldade sem graça. Quatro crianças, com idades entre dois e seis anos, tinham sido encontradas trancadas em um quarto em South Side com dois sanduíches de atum e um litro de leite. Ficaram lá três dias, circulando como galinhas entre a comida e as fezes no carpete. A mãe saíra para fumar unzinho e simplesmente se esquecera delas. Algumas vezes é o que acontece. Nada de queimaduras de cigarro, nenhum osso quebrado. Apenas uma falha irremediável. Eu vira a mãe logo depois de ela ser presa: Tammy Davis, de vinte e dois anos, loura e gorda, com ruge rosa nas bochechas em dois círculos perfeitos do tamanho de copinhos de licor. Podia imaginá-la sentada em um sofá caindo aos pedaços, os lábios no metal do narguilé, o trago veloz. Depois tudo viajando rápido, os filhos ficando para trás enquanto ela voltava para o ensino médio, quando os garotos ainda lhe davam bola e ela era a mais bonita, uma garota de treze anos com lábios de gloss que mascava chicletes de canela antes de beijar.

Uma barriga. Um cheiro. Cigarros e café velho. Meu editor, o estimado e cansado Frank Curry, trepidando em seus sapatos Hush Puppies com o couro rachado. Os dentes encharcados de saliva marrom de tabaco.

— Como está a matéria, menina?
Havia uma tachinha prateada em minha mesa, a ponta para cima. Ele a empurrou levemente sob uma unha amarelada.
— Quase pronta.
Eu tinha oito centímetros de texto. Precisava de vinte e cinco.
— Ótimo. Termine essa merda, arquive e venha ao meu escritório.
— Posso ir agora.
— Termine essa merda, arquive, depois venha ao meu escritório.
— Certo. Dez minutos.
Eu queria minha tachinha de volta.
Ele saiu do meu cubículo. A gravata balançava perto da virilha.
— Preaker?
— Sim, Curry?
— Termine essa merda.
Frank Curry acha que sou frouxa. Talvez por eu ser mulher. Talvez por eu ser frouxa.

O escritório de Curry fica no terceiro andar. Tenho certeza de que ele fica nervoso e puto sempre que olha pela janela e vê o tronco de uma árvore. Bons editores não veem a casca; eles veem folhas — isso quando conseguem identificar árvores do vigésimo ou trigésimo andar. Mas no caso do *Daily Post*, quarto maior jornal de Chicago, relegado aos subúrbios, há espaço para se esparramar. Três andares bastam, derramados implacavelmente pelo terreno, como um vazamento, sem serem notados entre os varejistas de carpetes e lojas de luminárias. Um empreiteiro produziu nosso bairro ao longo de três bem-organizados anos — 1961-64 —, depois o batizou com o nome da filha, que sofrera um grave acidente de equitação um mês antes de o trabalho ser concluído. Aurora Springs, ele ordenara, posando para uma foto junto a uma placa novinha da cidade. Depois reunira a família e partira. A filha, agora na casa dos cinquenta anos e passando bem a não ser por uma eventual dormência nos braços, mora na Flórida e retorna em intervalos de alguns anos para tirar uma foto junto à placa com seu nome, exatamente como o pai.

Escrevi a matéria em sua última visita. Curry odiou; ele odeia a maioria dos relatos de vida. Entornou licor Chambord enquanto lia e saiu do escritório cheirando a framboesa. Curry fica bêbado bem discretamente, mas com frequência. Entretanto, essa não é a razão pela qual ele tem uma vista tão agradável do chão. *Apenas um desvio do azar.*

Entrei e fechei a porta do escritório, que não é como eu imaginava que fosse ser o escritório do meu editor. Eu esperava por grandes painéis de carvalho, um vidro na porta — com Chefe "escrito" —, para que os focas pudessem nos ver discutindo a liberdade de imprensa. O escritório de Curry é sem graça e institucional, como o resto do prédio. Você poderia debater jornalismo ou fazer um papanicolau. Ninguém ligaria.

— Fale sobre Wind Gap — pediu Curry, com a ponta de uma esferográfica encostada no queixo grisalho.

Eu podia imaginar o pontinho azul que ficaria entre os fios de barba por fazer.

— É bem na base do Missouri, no calcanhar da bota. Perto de Tennessee e Arkansas — falei, correndo atrás de fatos. Curry adorava pressionar repórteres com temas que considerava pertinentes: o número de assassinatos em Chicago no ano anterior, a demografia de Cook County ou, por alguma razão, a história da minha cidade natal, um assunto que eu preferia evitar. — Existe desde antes da Guerra Civil. Fica perto do rio Mississippi, então em certo momento foi uma cidade portuária. Hoje o principal negócio é o abate de porcos. Tem cerca de dois mil habitantes. Famílias ricas e escória.

— Você é qual?

— Sou escória. De família rica.

Eu sorri. Ele franziu a testa.

— E que diabo está acontecendo lá?

Fiquei sentada em silêncio, catalogando vários desastres que poderiam ter se abatido sobre Wind Gap. É uma daquelas cidades decadentes com vocação para a desgraça. Uma batida de ônibus ou um tornado. Uma explosão em um galpão ou um bebê caindo em um poço. Eu também estava um pouco ressentida. Esperava — como sempre espero quando Curry me chama ao escritório — que ele fosse me parabenizar por uma matéria recente, me promover a uma área melhor, porra, deslizar pela mesa um pedaço de papel com um aumento de um por cento rabiscado... Mas estava despreparada para falar de acontecimentos recentes em Wind Gap.

— Sua mãe ainda está lá, certo, Preaker?

— Mãe. Padrasto.

Uma meia-irmã nascida quando eu estava na faculdade, sua existência tão irreal para mim que com frequência me esquecia de seu nome. Amma. E Marian, que não está mais entre nós.

— Bem, ora, você fala com eles?

Não desde o Natal: um telefonema frio e educado depois de tomar três bourbons. Eu estava preocupada que minha mãe conseguisse sentir o cheiro da bebida pela linha telefônica.

— Não nos últimos tempos.

— Jesus Cristo, Preaker, leia o material das agências de vez em quando. Acho que houve um assassinato agosto passado. Garotinha estrangulada?

Balancei a cabeça como se soubesse. Estava mentindo. Minha mãe era a única pessoa em Wind Gap com quem eu tinha alguma ligação, mesmo que limitada, e ela não dissera nada. Curioso.

— Agora outra menina desapareceu. Está me parecendo um caso de crimes em série. Vá até lá e me traga uma matéria. Vá logo. Esteja lá amanhã de manhã.

De jeito nenhum.

— Temos histórias de horror aqui também, Curry.

— É, e três jornais concorrentes com o dobro de pessoal e verba — disse ele, passando a mão pelos cabelos, que pendiam em mechas desalinhadas. — Estou farto de ser furado. Essa é nossa chance de conseguir algo. Grande.

Curry acreditava que, com a matéria certa, nós nos tornaríamos o jornal preferido de Chicago da noite para o dia e teríamos credibilidade nacional. Ano passado, outro jornal, não o nosso, enviou um jornalista à sua cidade natal em algum lugar do Texas depois que um grupo de adolescentes se afogou nas inundações de primavera. Ele escreveu uma matéria elegíaca, mas bem apurada, sobre a natureza da água e do arrependimento, cobrindo tudo, desde o time de basquete dos meninos, que perdera seus três melhores jogadores, até a funerária local e sua desesperadora inexperiência em limpeza de cadáveres afogados. A matéria ganhou um Pulitzer.

Ainda assim eu não queria ir. Pelo jeito queria tão pouco que travei as mãos nos braços da cadeira, como se Curry pudesse tentar me arrancar dali. Ele ficou sentado e me encarou por um momento com seus olhos castanho-claros. Pigarreou, olhou para a foto da esposa e sorriu como se fosse um médico prestes a dar más notícias. Curry adorava berrar — isso se encaixava na imagem que ele fazia de um editor da velha guarda —, mas também era uma das pessoas mais decentes que eu conhecia.

— Olha, menina, se você não consegue fazer isso, então não consegue. Mas acho que poderia ser bom para você. Sacudir a poeira. Dar a volta por cima. É uma história boa para cacete; precisamos disso. Você precisa disso.

Curry sempre me apoiou. Achava que eu seria sua melhor repórter, dizia que eu tinha uma cabeça surpreendente. Em dois anos de trabalho eu consistentemente ficara abaixo das expectativas. Algumas vezes de forma impressionante. Agora eu podia senti-lo do outro lado da escrivaninha, me conclamando a lhe dar um pouco de esperança. Concordei tentando parecer confiante.

— Vou fazer as malas.

Minhas mãos deixaram marcas de suor na cadeira.

Eu não tinha animais de estimação com os quais me preocupar, nada de plantas para deixar com um vizinho. Enfiei em uma bolsa roupas suficientes para cinco dias, minha forma de garantir que estaria fora de Wind Gap antes do fim da semana. Quando dei uma última olhada ao redor de casa, ela de repente se revelou para mim. O apartamento parecia o de uma universitária: barato, transitório e basicamente sem criatividade. Eu prometi a mim mesma investir em um sofá decente quando voltasse, como recompensa pela história impressionante que com certeza iria desencavar.

Na mesa junto à porta havia uma foto de minha pré-adolescência segurando Marian com uns sete anos. Ambas rindo. Ela está com os olhos arregalados de surpresa, eu tenho os meus fechados com força. Eu a estou apertando contra mim, suas pernas magras e curtas balançando em meus joelhos. Não consigo me lembrar da ocasião ou do que estávamos rindo. Ao longo dos anos, isso se tornou um agradável mistério. Acho que gosto de não saber.

Eu tomo banhos de banheira. Não chuveiradas. Não suporto o jato, deixa minha pele elétrica, como se alguém tivesse ligado um interruptor. Então coloquei uma toalha fina vagabunda no ralo do boxe, apontei o chuveiro para a parede e me sentei nos oito centímetros de água que empoçaram. O pelo púbico de alguém flutuou.

Saí. Não havia uma segunda toalha, então corri para minha cama e me enxuguei com o cobertor esponjoso barato. Depois bebi bourbon quente e amaldiçoei a máquina de gelo.

Wind Gap fica cerca de onze horas ao sul de Chicago. Curry generosamente me dera uma verba para uma noite de hotel e café da manhã, se comesse em um posto de gasolina. Mas assim que chegasse à cidade eu ficaria na casa da minha mãe. Isso ele decidiu por mim. Eu já sabia a reação que receberia quando aparecesse à porta dela. Uma rápida agitação chocada, a mão indo em direção aos cabelos, um abraço desajeitado que me deixaria ligeiramente inclinada para um dos lados. Um discurso sobre a bagunça na casa, que não existiria. Uma pergunta sobre a duração da estadia disfarçada com amenidades.

"Por quanto tempo teremos sua companhia querida?", ela diria. Significando: "Quando você vai embora?"

É essa educação que considero mais irritante.

Eu sabia que deveria preparar minhas anotações, redigir perguntas. Em vez disso bebi mais bourbon, depois tomei uma aspirina, apaguei a luz. Embalada pelo ronronar do ar-condicionado e os apitos elétricos de um videogame da porta ao lado, adormeci. Estava a menos de cinquenta quilômetros da minha cidade natal, mas precisava de mais uma noite longe.

Pela manhã, devorei uma rosquinha velha e segui para o sul, a temperatura aumentando com rapidez, a floresta luxuriante eregindo-se dos dois lados. Essa parte do Missouri é sinistramente plana — quilômetros de árvores nada majestosas interrompidos apenas pela faixa estreita da rodovia onde eu estava. A mesma cena se repetindo a cada dois minutos.

Você não consegue ver Wind Gap a distância; seu prédio mais alto tem apenas três andares. Mas após vinte minutos dirigindo eu sabia que estava chegando: primeiro surgiu um posto de gasolina. Um grupo de adolescentes maltrapilhos sentados na frente, sem camisa e entediados. Perto de uma velha picape um bebê de fraldas jogava punhados de terra no ar enquanto a mãe enchia o tanque. Os cabelos dela eram tingidos de louro, mas o castanho da raiz chegava quase às orelhas. Ela gritou algo para os garotos que não consegui entender enquanto passava. Pouco depois a floresta começou a ralear. Passei por um centro comercial com câmaras de bronzeamento artificial, uma loja de armas e outra de tecidos. Depois surgiu uma solitária rua sem saída com casas velhas que deveriam fazer parte de um empreendimento que nunca aconteceu. E enfim a cidade propriamente dita.

Sem nenhum motivo razoável, prendi a respiração ao passar pela placa me dando as boas-vindas a Wind Gap, da forma como crianças fazem ao passar por cemitérios. Já fazia oito anos, mas a paisagem era visceral. Seguindo por aquela rua eu encontraria a casa da minha professora de piano do ensino fundamental, uma ex-freira cujo hálito cheirava a ovo. Aquele caminho levava ao parquinho no qual fumei meu primeiro cigarro em um dia abafado de verão. Pegando aquele bulevar eu iria para Woodberry e para o hospital.

Decidi ir direto para a delegacia de polícia. Ficava em uma ponta da Main Street, a rua principal de Wind Gap. Na Main Street, você encontrará um salão de beleza e uma loja de ferragens, uma loja de quinquilharias e uma biblioteca com apenas doze estantes. Encontrará uma loja de roupas chamada Candy's Casuals, na qual poderá comprar agasalhos, blusas de gola rulê e pulôveres com desenhos de patos e escolas. Quase todas as mulheres simpáticas em Wind Gap são professoras, mães ou trabalham em lugares como a Candy's Casuals. Em alguns anos você poderá encontrar uma Starbucks, que dará à cidade aquilo por que ela anseia: modernidade pré-embalada e pré-aprovada. Mas por enquanto há apenas uma lanchonete que serve comida gordurosa, administrada por uma família cujo nome não consigo lembrar.

A Main Street estava vazia. Nada de carros, nada de pessoas. Um cachorro trotava pela calçada sem um dono que o chamasse. Todos os postes de iluminação tinham fitas amarelas e fotocópias granuladas de uma garotinha. Estacionei e arranquei um dos cartazes, colado torto em uma placa da altura de uma criança. O aviso era feito à mão, "Desaparecida" escrito no alto em letras grossas que poderiam ter sido preenchidas a caneta hidrográfica. A foto mostrava uma garota de olhos escuros com um sorriso selvagem e cabeluda demais. O tipo de garota que seria descrita pelos professores como "difícil". Gostei dela.

Natalie Jane Keene
Idade: 10
Desaparecida desde 11/05
Vista pela última vez no parque Jacob J. Garrett, vestindo short jeans e camiseta vermelha listrada
Informações: 555-7377

Eu esperava entrar na delegacia e ser informada de que Natalie Jane já havia sido encontrada. Nada de ruim tinha acontecido. Aparentemente ela só havia se perdido, torcido o tornozelo na floresta ou fugido e depois mudado de ideia. Eu entraria no meu carro e voltaria para Chicago sem falar com ninguém.

Acontece que as ruas estavam vazias porque metade da cidade vasculhava a floresta ao norte. A recepcionista da delegacia me disse que eu poderia esperar — o delegado Bill Vickery logo voltaria para almoçar. A sala de espera tinha o clima falsamente acolhedor de um consultório de dentista; eu me sentei em uma poltrona laranja e folheei uma revista *Redbook*. Um aromatizante ligado a uma tomada próxima soprava um cheiro plástico que deveria se assemelhar a brisas do campo. Trinta minutos depois eu tinha terminado três revistas e começava a passar mal por causa do cheiro. Quando Vickery finalmente entrou, a recepcionista apontou para mim com a cabeça e sussurrou com um desprezo ansioso:

— Imprensa.

Vickery, um sujeito esguio de cinquenta e poucos anos, já tinha suado o uniforme. A camisa grudava em seu peito e as calças estavam amarrotadas atrás, onde deveria haver um traseiro.

— Imprensa? — perguntou, me olhando por cima dos bifocais embaçados. — Que imprensa?

— Delegado Vickery, meu nome é Camille Preaker, trabalho no *Daily Post* de Chicago.

— Chicago? Por que veio de Chicago para cá?

— Gostaria de conversar com o senhor sobre as garotinhas; Natalie Keene e a menina assassinada ano passado.

— Jesus Cristo. Como vocês souberam disso lá em Chicago? Meu Deus.

Ele olhou para a recepcionista, depois para mim, como se tivéssemos conspirado. Então fez um gesto para que eu o seguisse.

— Segure as minhas ligações, Ruth.

A recepcionista revirou os olhos.

Bill Vickery seguiu à minha frente, por um corredor revestido de madeira e decorado com fotos de trutas e cavalos em molduras baratas, até seu gabinete, que não tinha janelas — na verdade, era um pequeno quadrado tomado por arquivos de metal. Ele sentou e acendeu um cigarro. Não me ofereceu.

— Não quero que isso circule, senhorita. Não tenho intenção de permitir que isso circule.

— Acho que o senhor não tem muita escolha quanto a isso, delegado Vickery. Crianças estão sendo os alvos. A população precisa estar ciente.

Essa era a frase que eu tinha decorado enquanto dirigia. Isso encaminha a culpa na direção dos deuses.

— Por que se importa? Não são suas crianças, são crianças de Wind Gap. — Ele se levantou, sentou-se novamente, arrumou papéis. — Estou certo de que Chicago nunca antes se importou com as crianças de Wind Gap.

A voz dele falhou no final.

O delegado deu um trago no cigarro, girou um pesado anel de ouro no mindinho, piscou rapidamente. Fiquei pensando se ele ia chorar.

— O senhor está certo. Provavelmente nunca se importou. Veja, não será uma matéria agressiva. É importante. Caso isso faça com que se sinta melhor, eu sou de Wind Gap.

Aí está, Curry. Estou tentando.

Ele me olhou. Fitou meu rosto.

— Qual é o seu nome?

— Camille Preaker.

— Como não te conheço?

— Nunca me meti em problemas, senhor — disse, sorrindo.

— Sua família é Preaker?

— Minha mãe trocou o nome de solteira ao se casar, há uns vinte anos. Alan e Adora Crellin.

— Ah. Eles, eu conheço — falou.

Eles, todo mundo conhecia. Dinheiro não era tão comum em Wind Gap, não dinheiro de verdade.

— Mas ainda assim não a quero aqui, Srta. Preaker. Você faz essa matéria, e a partir de então as pessoas só nos conhecerão por... isso.

— Talvez alguma divulgação ajude — sugeri. — Ajudou em outros casos.

Vickery ficou sentado em silêncio por um segundo, avaliando seu almoço no saco de papel amassado no canto da escrivaninha. Cheirava a mortadela. Murmurou algo sobre JonBenét e alguma outra merda.

— Não, obrigado, Srta. Preaker. E nada a declarar. Não tenho nada a declarar sobre investigações em curso. Pode publicar isso.

— Veja, tenho o direito de estar aqui. Vamos tornar isso mais fácil. O senhor me dá alguma informação. Qualquer coisa. Depois ficarei um tempo fora do seu caminho. Não quero tornar seu trabalho mais difícil. Mas preciso fazer o meu.

Era outro pequeno diálogo que eu concebera em algum ponto perto de St. Louis.

Deixei a delegacia com um mapa fotocopiado de Wind Gap no qual o delegado Vickery fizera um pequeno X onde o corpo da garota assassinada fora achado no ano anterior.

Ann Nash, nove anos, tinha sido encontrada em vinte e sete de agosto em Falls Creek, um curso de água acidentado e barulhento que corria pelo meio de North Woods. Desde o anoitecer do dia vinte e seis, quando ela desaparecera, um grupo de busca passara um pente fino na floresta. Mas foram caçadores que depararam com ela pouco depois de cinco da manhã. Fora estrangulada por volta de meia-noite com uma corda de varal comum, enrolada com duas voltas no pescoço. Depois fora jogada no córrego, que estava baixo por causa da seca de verão. A corda ficara presa em uma pedra enorme e ela passara a noite flutuando na corrente lenta. O enterro fora em caixão fechado. Era tudo o que Vickery iria me dar. Depois de uma hora de perguntas, foi isso que consegui.

Liguei do telefone público da biblioteca para o número do cartaz de "Desaparecida". Uma voz de mulher idosa identificou o número como o Disque-Natalie Keene, mas, ao fundo, eu podia ouvir um lava-louça funcionando. Ela me informou que, pelo que sabia, a busca continuava em North Woods. Aqueles que quisessem ajudar deveriam ir à estrada de acesso principal levando a própria água. A previsão era de recordes de temperatura.

No local da busca, quatro garotas louras estavam sentadas solenemente em uma toalha de piquenique estendida ao sol. Apontaram para uma das trilhas e me mandaram andar até encontrar o grupo.

— O que você está fazendo aqui? — perguntou-me a mais bonita.

O rosto corado era redondo como o de uma garota que mal entrara na adolescência, e os cabelos estavam presos com fitas, mas os seios, que ela projetava com orgulho, eram os de uma adulta. Uma adulta de sorte. Ela sorriu como se me conhecesse, o que era impossível, já que devia estar na pré-escola quando apareci em Wind Gap pela última vez. Mas me parecia familiar. Talvez a filha de alguma colega de escola. A idade batia, caso a mãe tivesse engravidado ao sair do ensino médio. O que não era improvável.

— Só vim para ajudar — respondi.

— Certo — disse ela, e me dispensou, dedicando-se em seguida a tirar o esmalte da unha do pé.

Saí do cascalho quente e barulhento em direção à floresta, que parecia ainda mais quente. O ar tinha a umidade da selva. Arbustos de arnica e sumagre raspavam em meus tornozelos, e sementes brancas fofas de algodoeiro flutuavam por toda parte, caindo na minha boca, grudando nos meus braços. Quando criança nós as chamávamos de vestidos de fada, lembrei de repente.

À distância um grupo chamava por Natalie, as três sílabas subindo e descendo como uma canção. Mais dez minutos de caminhada pesada e as avistei: cerca de cinquenta pessoas caminhando em filas longas, batendo com varas nos arbustos à frente.

— Olá! Alguma novidade? — gritei para um homem com barriga de cerveja, que estava mais perto de mim. Deixei a trilha e abri caminho por entre as árvores até alcançá-lo. — Posso ajudar?

Eu ainda não estava pronta para sacar meu bloco.

— Pode caminhar aqui ao meu lado — disse ele. — Quanto mais pessoas, melhor. Menos terreno a cobrir.

Andamos em silêncio por alguns minutos, meu parceiro parando de vez em quando para limpar a garganta com uma tosse úmida e rascante.

— Às vezes acho que deveríamos simplesmente queimar a floresta — falou de repente. — Parece que nada de bom acontece nela. É amiga dos Keene?

— Sou repórter, na verdade. *Chicago Daily Post*.

— Ahnnnn... Bem, ora veja. Está escrevendo sobre tudo isto?

Um grito repentino correu por entre as árvores, um grito de menina:

— Natalie!

Minhas mãos começaram a suar enquanto corríamos na direção da voz. Pessoas tropeçavam ao seguirem em direção aos gritos. Uma adolescente com cabelos louros quase brancos passou por nós na trilha, o rosto vermelho e contorcido. Cambaleava como um bêbado agitado, gritando o nome de Natalie para o céu. Um homem mais velho, talvez o pai, a alcançou, envolveu-a nos braços e começou a sair da floresta com ela.

— Eles a encontraram? — perguntou meu amigo.

Um aceno de cabeça, negando.

— Acho que a menina só ficou assustada — respondeu outro homem. — Foi demais para ela. E, de qualquer forma, garotas não deveriam estar aqui, não do jeito que as coisas estão.

O homem me encarou, tirou o boné para limpar a testa, depois voltou a bater no mato.

— Trabalho triste — disse meu parceiro. — Tempos tristes.

Avançamos lentamente. Chutei uma lata de cerveja enferrujada. Depois outra. Um pássaro passou voando à altura dos olhos, depois disparou para o alto das árvores. Um gafanhoto pousou de repente no meu pulso. Magia perturbadora.

— O senhor se incomodaria se lhe perguntasse o que acha de tudo isso? — perguntei, tirando o bloco e acenando com ele.

— Não sei se posso lhe dizer muito.

— Apenas o que acha. Duas garotas em uma cidade pequena...

— Bem, ninguém sabe se há uma relação, certo? A não ser que você tenha alguma informação que eu não tenho. Pelo que sabemos, Natalie vai aparecer bem e em segurança. Não se passaram nem dois dias.

— Alguma teoria sobre Ann? — perguntei.

— Algum maluco, um doido deve ter feito aquilo. Um cara qualquer passa pela cidade, esquece de tomar seus remédios, escuta vozes. Alguma coisa assim.

— Por que diz isso?

Ele parou, tirou um pacote de fumo do bolso de trás, enfiou uma boa porção na boca e mastigou até conseguir um primeiro corte, então deixou o tabaco escorrer até a gengiva. O interior da minha boca começou a formigar em solidariedade.

— Por que mais você arrancaria os dentes de uma garotinha morta?

— Ele levou os dentes dela?
— Todos exceto a parte de trás de um molar de leite.

Após mais uma hora sem resultados e pouca informação, deixei meu parceiro, Ronald Kamens ("Coloque a inicial do meu nome do meio também, se quiser: J."), e caminhei na direção sul até o ponto em que o corpo de Ann fora encontrado no ano anterior. Demorou quinze minutos até que o som do nome de Natalie cessasse. Mais dez minutos e pude ouvir Falls Creek, o choro claro da água.

Seria difícil carregar uma criança por aquela floresta. Galhos e folhas cobrem a trilha, raízes se projetam do solo. Se Ann era uma verdadeira garota de Wind Gap, cidade que exige a máxima feminilidade de seu sexo frágil, usava cabelos compridos, caindo pelas costas — que teriam se emaranhado nos arbustos. Segui confundindo as teias de aranha com fios de cabelo cintilantes.

A grama ainda estava pisoteada no ponto onde o corpo fora descoberto, revirada em busca de pistas. Havia algumas guimbas de cigarro recentes deixadas para trás por curiosos desocupados. Garotos entediados assustando uns aos outros com visões de um louco deixando um rastro de dentes ensanguentados.

No riacho houvera uma fileira de pedras nas quais a corda no pescoço de Ann tinha se prendido, fazendo com que ela flutuasse na corrente presa por uma guia, como uma condenada, por metade da noite. Agora havia apenas água rolando suavemente sobre a areia. O Sr. Ronald J. Kamens estava orgulhoso quando me contou: o povo da cidade havia arrancado as pedras, colocado-as na caçamba de uma picape e as esmagado fora da cidade. Era um marcante gesto de fé, como se tal destruição fosse impedir males futuros. Aparentemente não funcionara.

Eu me sentei à beira do riacho, passando as palmas das mãos sobre o solo rochoso. Peguei uma pedra lisa e quente e a pressionei contra a bochecha. Fiquei pensando se Ann teria algum dia ido ali quando viva. Talvez a nova geração de garotos de Wind Gap tivesse descoberto formas mais divertidas de passar os verões. Quando eu era menina, nós nadávamos em um local pouco mais adiante, onde enormes blocos de pedra formavam piscinas rasas. Lagostins disparavam ao redor de nossos pés e pulávamos à procura deles, gritando quando tocávamos em um. Ninguém usava roupa de banho: isso demandava muito planejamento. Você simplesmente pedalava para casa de short e camiseta encharcados, sacudindo a cabeça como um cachorro molhado.

De vez em quando garotos mais velhos, equipados com espingardas e cerveja roubada, passavam pisando forte para atirar em esquilos ou lebres. Pedaços de carne ensanguentada balançavam dos cintos. Aqueles garotos, metidos, putos da vida e cheirando a suor, agressivamente ignorando nossa existência, sempre me atraíram. Há diferentes tipos de caçadas, agora sei. O caçador cavalheiresco com visões de Teddy Roosevelt e grandes presas, que encerra um dia no campo com um gim-tônica seco, não é o tipo com o qual cresci. Os garotos que eu conhecia, que começaram cedo, eram caçadores sanguinários. Eles buscavam aquele coice fatal de um animal baleado, fugindo fluido como água num segundo, depois jogado de lado por sua bala.

Quando eu ainda estava no ensino fundamental, com talvez doze anos, entrei na cabana de caça de um garoto da vizinhança, um barracão de tábuas onde os animais eram estripados e despedaçados. Fitas de carne rosada úmida balançavam em cordas, esperando para secar. O chão sujo encardido de sangue. As paredes cobertas de fotografias de mulheres nuas. Algumas das garotas estavam arreganhadas, outras estavam presas enquanto eram penetradas. Uma mulher estava amarrada, os olhos vidrados, seios empinados e cheios de veias como uvas, enquanto um homem a comia por trás. Eu podia sentir o cheiro delas no ar denso e ensanguentado.

Naquela noite, em casa, enfiei um dedo na calcinha e me masturbei pela primeira vez, arfando e nauseada.

CAPÍTULO DOIS

Happy hour. Desisti da busca e parei no Footh's, o bar country discreto da cidade, antes de ir até a Grove Street, 1.665, lar de Betsy e Robert Nash, pais de Ashleigh, doze; Tiffanie, onze; da falecida Ann, para sempre com nove, e de Bobby Jr., de seis anos.

Três meninas até, finalmente, o menininho deles. Enquanto eu bebericava meu bourbon e abria amendoins, refleti sobre o crescente desespero que os Nash deviam ter sentido cada vez que saía uma criança sem pênis. Houve a primeira, Ashleigh, não um menino, mas doce e saudável. Afinal, eles sempre desejaram dois mesmo. Ashleigh recebeu um nome elegante com grafia extravagante e um armário repleto de vestidos cheios de babados. Eles cruzaram os dedos e tentaram novamente, mas ainda assim receberam Tiffanie. Então ficaram nervosos, e as boas-vindas em casa, menos triunfantes. Quando a Sra. Nash engravidou novamente, o marido comprou uma pequena luva de beisebol para incentivar o volume dentro dela na direção certa. Imagine o desalento aflito quando Ann chegou. Recebeu o nome de alguém da família — sem sequer o *e* adicional para decorar um pouco.

Graças a Deus por Bobby. Três anos depois da desapontadora Ann — será que ele foi um acidente ou um resto de brio? —, Bobby recebeu o nome do pai, foi mimado, e as garotinhas de repente se deram conta de como eram irrelevantes. Especialmente Ann. Ninguém precisa de uma terceira garota. Mas agora ela estava recebendo alguma atenção.

Tomei meu segundo bourbon em um gole só, relaxei os ombros, dei tapinhas nas faces, entrei em meu grande Buick azul e desejei uma terceira dose. Não sou do tipo de repórter que se delicia ao entrar na intimidade das pessoas. Provavelmente é por isso que sou uma jornalista de segunda. Uma delas, pelo menos.

Ainda me lembrava do caminho para a Grove Street. Ficava dois quarteirões atrás da minha escola de ensino médio, que atendia a todas as crianças em um raio de cento e dez quilômetros. A escola Millard Calhoon foi fundada em 1930, o último esforço de Wind Gap antes de mergulhar na Depressão. Recebeu o nome do primeiro prefeito da cidade, um herói da Guerra Civil. Um herói confederado da Guerra Civil, mas isso não tinha a menor importância: ainda assim, era um herói. O Sr. Calhoon acabou com toda uma tropa de ianques no primeiro ano da Guerra Civil em Lexington, salvando sozinho aquela cidadezinha do Missouri (ao menos é o que diz a placa na entrada da escola). Ele disparou por fazendas e passou por casas protegidas por cercadinhos, enxotando educadamente as damas murmurantes para que não fossem prejudicadas pelos ianques. Vá a Lexington hoje e peça para ver a Calhoon House, um belo exemplo da arquitetura da época, e ainda será possível encontrar balas nortistas em suas tábuas. As balas sulistas do Sr. Calhoon, supõe-se, foram enterradas com os homens que ele matou.

O próprio Calhoon morreu em 1929, perto de seu aniversário de cem anos. Estava sentado em um gazebo, que já desapareceu, na praça da cidade, que foi pavimentada, sendo homenageado por uma banda de metais, quando de repente se inclinou para a esposa de cinquenta e dois anos e disse: "Está alto demais." Depois teve um ataque cardíaco fulminante e caiu para a frente da cadeira, sujando seu uniforme da Guerra Civil nos biscoitos que tinham sido decorados com a bandeira confederada especialmente para ele.

Tenho um carinho especial por Calhoon. Algumas vezes *está* alto demais.

A casa dos Nash era em grande medida como eu esperava, uma genérica construção do final dos anos setenta como todas as casas no lado oeste da cidade. Uma daquelas casas simples de interior, que têm a garagem como ponto central. Quando cheguei, havia um garoto louro desgrenhado sentado na rampa de garagem em um velocípede pequeno demais para ele, grunhindo com o esforço de pedalar o triciclo de plástico. As rodas simplesmente giravam em falso sob seu peso.

— Quer um empurrão? — perguntei enquanto saía do carro.

Em geral não sou boa com crianças, mas achei que uma tentativa não faria mal. Ele me olhou em silêncio por um segundo, enfiou um dedo na boca. Sua camiseta subiu enquanto a barriga redonda se projetava para me cumprimentar. Bobby Jr. parecia idiota e assustado. Um garoto para os Nash, mas, ainda assim, uma decepção.

Fui na direção dele. Ele pulou do velocípede, que continuou preso a ele por alguns passos, depois caiu de lado.

— Papai! — chamou, uivando e correndo na direção da casa como se eu o tivesse beliscado.

Quando cheguei à porta da frente, um homem apareceu. Meus olhos se concentraram atrás dele, em uma fonte em miniatura gorgolejando no corredor. Tinha três níveis na forma de conchas, com uma estátua de um garotinho fincada no alto. Mesmo do outro lado da porta de tela, a água tinha cheiro de velha.

— Posso ajudá-la?

— O senhor é Robert Nash?

Ele de repente pareceu desconfiado. Provavelmente foi a primeira pergunta que a polícia fez quando lhe disse que a filha estava morta.

— Sim, Bob Nash.

— Lamento muito incomodá-lo em casa. Meu nome é Camille Preaker. Sou de Wind Gap.

— Hum.

— Mas trabalho no *Daily Post* de Chicago. Estamos cobrindo o caso... Estamos aqui por causa do desaparecimento de Natalie Keene e do assassinato de sua filha.

Eu me preparei para gritos, portas batendo, xingamentos, um soco. Bob Nash enfiou as mãos fundo nos bolsos e balançou nos calcanhares.

— Podemos conversar no quarto.

Ele segurou a porta aberta para mim, e comecei a avançar por entre as coisas na sala de estar, cestos de roupa suja transbordando com lençóis amassados e camisetas minúsculas. Depois por um banheiro cuja peça central era um rolo de papel higiênico vazio no chão, e então por um corredor salpicado de fotos desbotadas sob plástico laminado imundo: garotinhas louras cercando amorosamente um bebê; um Nash jovem com o braço rígido envolvendo a esposa, os dois segurando juntos o cabo de uma faca de bolo. Quando cheguei ao quarto — cortinas e cobertas combinando, uma cômoda arrumada —, percebi por que Nash escolhera aquele lugar para nossa conversa. Era a única área da casa com algum grau de civilização, como um posto avançado no limite de uma selva desesperadora.

Nash se sentou em uma beirada da cama e eu na outra. Não havia cadeiras. Poderíamos ser atores coadjuvantes em um filme pornô amador, exceto que tínhamos cada qual um copo de refrigerante de cereja que ele pegara para nós. Nash era um homem bem-cuidado: bigode aparado, cabelos louros rareando contidos com gel, uma camisa polo verde-brilhante para dentro do jeans. Supus que era ele que mantinha a ordem naquele aposento; tinha a arrumação despojada de um solteiro fazendo um grande esforço.

Ele não precisou de preliminares para a conversa, e fiquei grata. É como ficar batendo papo com a pessoa quando ambos sabem que estão prestes a transar.

— Ann passou o verão todo andando de bicicleta — começou, sem precisar de estímulo. — O verão todo apenas dando a volta no quarteirão. Minha esposa e eu não a deixávamos ir mais longe. Tinha só nove anos. Somos pais muito protetores. Mas no final, pouco antes de ela voltar às aulas, minha esposa deixou. Ann estava choramingando, então ela disse que sim, Ann poderia pedalar até a casa da amiga Emily. Ela nunca chegou lá. Eram oito da noite quando nos demos conta.

— A que horas ela saiu?

— Por volta de sete. Então, em algum ponto do caminho, naqueles dez quarteirões, eles a pegaram. Minha esposa nunca vai se perdoar. Nunca.

— O que quer dizer com *eles* a pegaram?

— Eles, ele, qualquer coisa. O desgraçado. O assassino doentio de bebês. Enquanto minha família e eu dormimos, enquanto você circula fazendo sua reportagem, há uma pessoa aí procurando bebês para matar. Porque você e eu sabemos que a filhinha dos Keene não está só desaparecida.

Ele terminou o resto do refrigerante em um só gole e limpou a boca. As declarações eram boas, embora estudadas demais. Eu acho isso comum, e tem relação direta com a quantidade de tempo que a pessoa vê televisão. Pouco tempo antes, eu tinha entrevistado uma mulher cuja filha de vinte e dois anos acabara de ser assassinada pelo namorado, e ela veio com uma frase saída de um seriado policial que eu por acaso vira na noite anterior: *Gostaria de poder dizer que sinto pena dele, mas temo que nunca mais conseguirei sentir pena novamente.*

— Então, Sr. Nash, suspeita de alguém com interesse em atingir você ou sua família ao ferir Ann?

— Senhorita, eu ganho a vida vendendo *cadeiras*, *cadeiras* ergonômicas, pelo telefone. Trabalho em um escritório em Hayti, com dois outros caras. Não me encontro com ninguém. Minha esposa trabalha em meio-expediente na escola. Não há nenhum drama aqui. Alguém simplesmente decidiu matar nossa menininha.

Ele disse a última parte de modo sofrido, como se tivesse aceitado a ideia.

Bob Nash caminhou até a porta de correr de vidro na lateral do quarto. Levava a uma pequena varanda. Abriu a porta, mas permaneceu do lado de dentro.

— Talvez um homo tenha feito isso — falou.

A escolha da palavra na verdade era um eufemismo naquela região.

— Por que diz isso?

— Ele não a violentou. Todos dizem que isso é incomum em assassinatos assim. Eu digo que é a única bênção que tivemos. Preferiria que a matasse em vez de violentar.

— Não houve nenhum sinal de agressão sexual? — perguntei em um murmúrio que eu esperava que soasse gentil.

— Nenhum. E nenhum hematoma, corte, nenhum sinal de qualquer tipo de... tortura. Ele apenas a estrangulou. Arrancou seus dentes. E não falei sério antes, sobre ser melhor ela morta que violentada. Foi uma coisa idiota. Mas você entende o que quero dizer.

Não falei nada, deixei o gravador rodar, registrando minha respiração, o gelo de Nash chacoalhando, as pancadas de uma partida de vôlei ao lado no resto de luz do dia.

— Papai? — chamou uma menina loura bonita, cabelos até a cintura em um rabo de cavalo, olhando pela pequena abertura da porta do quarto.

— Agora não, querida.

— Estou com fome.

— Pode preparar alguma coisa — disse Nash. — Tem waffles no freezer. Faça para Bobby também.

A garota ficou mais alguns segundos olhando para o carpete à sua frente, depois fechou a porta silenciosamente. Fiquei pensando onde estaria a mãe deles.

— O senhor estava em casa quando Ann saiu pela última vez?

Ele inclinou a cabeça de lado e fez um barulho com a boca.

— Não. Estava voltando de Hayti para cá. É uma hora de viagem. Não machuquei minha filha.

— Não quis dizer isso — menti. — Só estava pensando se tinha chegado a vê-la naquela noite.

— Eu a vi de manhã. Não lembro se conversamos ou não. Provavelmente não. Quatro crianças pela manhã pode ser um pouco demais, sabe?

Nash girou seu gelo, então fundido em uma massa sólida. Passou os dedos sob o bigode áspero.

— Ninguém ajudou em nada até agora. Vickery não sabe como agir. Trouxeram um detetive figurão de Kansas City para cá. É um moleque, e convencido. Contando os dias até poder ir embora. Quer uma fotografia de Ann?

Ele falou com um sotaque forte. Igual ao meu, quando esqueço de controlá-lo. Ele tirou da carteira uma foto de escola de uma garota com um grande sorriso torto, os cabelos castanho-claros cortados irregularmente quase na altura das orelhas.

— Minha esposa queria colocar bobes no cabelo dela antes das fotos da escola. Em vez disso, Ann os cortou. Ela era voluntariosa. Uma moleca. Fico realmente surpreso de ter sido ela que levaram. Ashleigh sempre foi a mais bonita, sabe? Aquela para quem as pessoas olham — disse, fitando a foto mais uma vez. — Ann deve ter passado um inferno.

Quando eu estava partindo, Nash me deu o endereço da amiga que Ann ia visitar na noite em que foi levada. Dirigi para lá devagar, por alguns quarteirões perfeitamente quadrados. Aquele lado oeste era a região mais nova da cidade. Dava para notar porque a grama era de um verde mais brilhante, colocada em placas apenas trinta verões antes. Não era como a coisa escura, dura, espetada que crescia na frente da casa da minha mãe. Aquela grama dava apitos melhores. Você podia abrir uma folha ao meio, soprar e conseguir um som agudo até seus lábios começarem a coçar.

Ann Nash só teria demorado cinco minutos para pedalar até a casa da amiga. Quinze no caso de ela ter tomado um caminho mais longo na primeira chance de pedalar de verdade naquele verão. Nove anos é idade demais para ficar presa pedalando em círculos no mesmo quarteirão. O que aconteceu à bicicleta?

Passei lentamente pela casa de Emily Stone. Com a escuridão da noite aumentando, pude ver uma garota passando correndo por uma janela iluminada. Aposto que os pais de Emily dizem aos amigos coisas como "Agora nós a abraçamos com um pouco mais de força toda noite". Aposto que Emily fica pensando para onde Ann foi levada para morrer.

Eu ficava. Arrancar vinte e tantos dentes, mesmo que pequenos, mesmo que de um cadáver, é uma tarefa difícil. Teria de ser feito em um lugar especial, em algum local seguro para a pessoa poder descansar de vez em quando.

Olhei para a foto de Ann, as beiradas se curvando como se para protegê-la. O corte de cabelo desafiador e aquele sorriso me fizeram lembrar de Natalie. Eu também gostava daquela garota. Coloquei a foto no porta-luvas. Então levantei a manga da camisa e escrevi seu nome completo — Ann Marie Nash — com uma gloriosa esferográfica azul no lado interno do braço.

Seria necessário manobrar na rampa de alguma garagem para fazer a volta. Imaginei que as pessoas ali já estavam nervosas demais sem carros desconhecidos circulando. Em vez disso, virei à esquerda no final do quarteirão e percorri o caminho mais longo até a casa da minha mãe. Refleti sobre telefonar para ela primeiro e decidi não fazer isso a três quarteirões de casa. Era tarde demais para ligar, uma delicadeza equivocada demais. Assim que você cruza a divisa de estados, não faz sentido pedir permissão para fazer uma visita.

A enorme casa da minha mãe fica no ponto mais ao sul de Wind Gap, o bairro rico, caso três quarteirões possam ser considerados um bairro. Ela mora — e, um dia, eu também morei — em uma casa vitoriana sofisticada com direito a um mirante, varanda contornando o imóvel, alpendre de verão se projetando do fundo e uma cúpula se elevando do teto. É cheia de esconderijos e nichos, curiosamente labiríntica. Os vitorianos, especialmente os vitorianos do Sul, precisavam de muito espaço para se manter distantes uns dos outros, para evitar tuberculose e gripe, fugir da luxúria à espreita, se proteger de emoções grudentas. Espaço extra é sempre bom.

A casa fica no alto de uma colina bem íngreme. Em primeira marcha você pode subir a velha rampa rachada até o alto, onde um pórtico protege os carros da chuva. Ou pode estacionar no sopé da colina e subir os sessenta e três degraus agarrando o corrimão fino como um charuto à sua esquerda. Quando eu era criança sempre subia as escadas e descia a rampa correndo. Supunha que o corrimão ficava à esquerda porque eu era canhota e alguém tinha achado que eu poderia gostar. Estranho pensar que eu um dia me permiti tais suposições.

Estacionei embaixo, para parecer menos intrusiva. Molhada de suor no momento em que cheguei ao topo, ergui os cabelos, abanei a nuca com a mão, sacudi a camisa algumas vezes. Manchas vulgares nas axilas de minha blusa azul-cerúleo. Eu tinha um cheiro, como diria minha mãe, *maduro*.

Toquei a campainha, que era um guincho de gato quando eu era bem pequena, mas se tornara contido e truncado, como o *plim* que você ouve em discos de criança avisando que é hora de virar a página do livro. Eram nove e quinze da noite, horário em que provavelmente já estariam na cama.

— Quem é, por favor? — perguntou a voz aguda da minha mãe.

— Oi, mamãe. É Camille — disse, tentando manter a voz firme.

— Camille — repetiu, abrindo a porta e ficando no umbral, não parecendo surpresa e sem oferecer um abraço, nem mesmo o frouxo que eu esperara. — Algum problema?

— Não, mamãe, nenhum. Estou na cidade a trabalho.

— Trabalho. Trabalho? Bem, ora, desculpe, querida, entre, entre. A casa não está à altura de visitas, temo.

A casa estava perfeita, inclusive com as dezenas de tulipas cortadas em vasos no saguão de entrada. O ar estava tão tomado por pólen que meus olhos lacrimejaram. Claro que minha mãe não me perguntou que tipo de trabalho poderia me levar até ali. Ela raramente fazia perguntas importantes. Ou era uma preocupação exagerada com a privacidade dos outros, ou simplesmente não dava muita importância. Vou deixar que adivinhem qual opção prefiro.

— Posso lhe oferecer algo para beber, Camille? Alan e eu estávamos tomando amaretto sour — disse, apontando para o copo em sua mão. — Eu coloco só um pouco de Sprite nele, reforça o doce. Mas também tenho suco de manga, vinho, chá gelado ou água gelada. Ou água com gás. Onde está hospedada?

— Engraçado você perguntar isso. Esperava poder ficar aqui. Só alguns dias.

Uma pausa rápida, suas unhas compridas, de um rosa translúcido, batendo no copo.

— Bem, claro que não há problema. Gostaria que tivesse telefonado. Para que eu soubesse. Teria preparado um jantar para você ou algo assim. Venha cumprimentar Alan. Estamos no alpendre dos fundos.

Ela começou a se afastar de mim, atravessando o corredor — salas de estar, de visitas e de leitura brancas luminosas se abrindo de todos os lados —, e eu a analisei. Era a primeira vez que nos víamos em quase um ano. Meus cabelos tinham uma cor diferente — de vermelhos para castanhos —, mas ela parecia não notar. Ela tinha exatamente a mesma aparência, como se não fosse mais velha do que eu, embora tivesse quase cinquenta anos. Pele clara reluzente, com cabelos louros compridos e olhos azul-claros. Ela sempre se pareceu com a melhor boneca de uma garota, aquela com a qual não se brinca. Usava um vestido longo de algodão rosa com chinelinhos brancos. Girava seu amaretto sour sem derramar uma gota.

— Alan, Camille está aqui — disse, desaparecendo na cozinha dos fundos (a menor das duas), e eu a ouvi estalando uma bandeja de gelo metálica.

— Quem?

Espiei pelo canto, ofereci um sorriso.

— Camille. Lamento muito aparecer assim.

Você pensaria que uma coisinha adorável como minha mãe havia nascido para ficar com um ex-astro do futebol americano. Pareceria bastante adequada com um gigante corpulento bigodudo. Alan era, se possível, mais magro que minha mãe, com malares que se projetavam de tal forma do rosto que os olhos se transformavam em lâminas de amêndoa. Eu queria colocá-lo no soro todas as vezes que o via. Ele sempre exagerava nos trajes, mesmo para uma noite de drinques com minha mãe. Estava sentado, pernas de alfinete se projetando de uma bermuda cargo branca, com um suéter azul-bebê jogado sobre uma camisa social engomada. Não tinha uma gota de suor. Alan é o oposto de úmido.

— Camille. É uma surpresa. Uma adorável surpresa — murmurou em seu sotaque sulista monótono. — Vindo até Wind Gap. Achei que você tinha vetado qualquer coisa ao sul de Illinois.

— Na verdade, é apenas trabalho.

— Trabalho.

Ele sorriu. Era o mais perto de uma pergunta que eu teria. Minha mãe reapareceu, os cabelos agora presos em um laço azul-claro, uma Wendy Darling adulta. Colocou um copo gelado de amaretto borbulhante em minha mão, deu dois tapinhas em meu ombro e se sentou longe de mim, junto de Alan.

— Aquelas garotinhas, Ann Nash e Natalie Keene — comecei. — Estou cobrindo o caso para o meu jornal.

— Ah, Camille.

Minha mãe me calou, desviando os olhos. Quando algo a incomoda, tem um tique peculiar: puxa os cílios. Algumas vezes eles caem. Durante alguns anos particularmente difíceis, quando eu era criança, ela não tinha cílio algum, e seus olhos eram de um rosa viscoso constante, vulneráveis como coelhos de laboratórios. No inverno, vertiam rios de lágrimas sempre que ela ficava ao ar livre. O que não era frequente.

— É meu trabalho.

— Por Deus, que trabalho — disse ela, os dedos pairando perto dos olhos. Coçou a pele logo abaixo e colocou a mão no colo. — Aqueles pais já não estão sofrendo o bastante sem que você apareça aqui para anotar tudo e anunciar ao mundo? "Wind Gap assassina suas crianças!", é isso que você quer que as pessoas pensem?

— Uma garotinha foi assassinada, outra está desaparecida. Meu trabalho é contar às pessoas, sim.

— Eu conhecia aquelas crianças, Camille. Estou passando por um momento muito difícil, como pode imaginar. Garotinhas mortas. Quem faria isso?

Tomei um gole do meu drinque. Grãos de açúcar grudaram em minha língua. Eu não estava pronta para falar com minha mãe. Minha pele vibrava.

— Não vou ficar muito tempo. Sério.

Alan redobrou os punhos do suéter, deslizou a mão pelo vinco da bermuda. Suas contribuições a nossas conversas geralmente vinham na forma de ajustes: um colarinho rearrumado, uma perna cruzada novamente.

— Simplesmente não posso ter esse tipo de conversa à minha volta — disse minha mãe. — Sobre crianças feridas. Não me diga o que está fazendo, não fale sobre qualquer coisa que saiba. Vou fingir que você está aqui para as férias de verão.

Ela seguiu o vime trançado da cadeira de Alan com a ponta do dedo.

— Como está Amma? — perguntei, para mudar de assunto.

— Amma? — repetiu minha mãe, parecendo alarmada, como se de repente fosse lembrada de que deixara a filha em algum lugar. — Ela está bem, dormindo lá em cima. Por quê?

Eu sabia pelo som de passos correndo de um lado para outro no segundo andar — do quarto de brinquedos para a sala de costura e à janela do saguão que tinha a melhor vista para o alpendre dos fundos — que Amma certamente não estava dormindo, mas não a invejava por me evitar.

— Só estou sendo educada, mamãe. Fazemos isso no norte também — disse, sorrindo para mostrar que era apenas provocação, mas ela enfiou o rosto na bebida. Voltou rosado e decidido.

— Fique quanto tempo quiser, Camille, de verdade. Mas terá que ser gentil com sua irmã. Aquelas garotas eram colegas de escola dela.

— Estou ansiosa para conhecê-la melhor — murmurei. — Lamento muito pela perda dela.

Não consegui resistir às últimas palavras, mas minha mãe não percebeu a amargura.

— Pode ficar no quarto junto à sala de estar. Seu antigo quarto. Tem banheira. Comprarei frutas frescas e pasta de dente. E filés. Você come filé?

Quatro horas de sono ruim, como deitar em uma banheira com as orelhas parcialmente submersas. Acordando na cama a cada vinte minutos, a batida do coração tão forte que eu chegava a acreditar que era ela que me acordava. Sonhei que fazia as malas para uma viagem, depois me dava conta de ter colocado todas as roupas erradas, casacos para férias de verão. Sonhei que tinha arquivado a matéria errada para Curry antes de partir: em vez da reportagem sobre a infeliz Tammy Davis e seus quatro filhos trancados, publicamos uma besteira sobre cuidados com a pele.

Sonhei que minha mãe fatiava uma maçã sobre peças grossas de carne e me dava, lenta e docemente, porque eu estava morrendo.

Pouco depois das cinco da manhã finalmente joguei as cobertas para o lado. Lavei o nome de Ann do meu braço, mas em algum momento entre me vestir, escovar os cabelos e passar batom, escrevi em seu lugar o nome de Natalie Keene. Decidi deixar ali para dar sorte. Do lado de fora, o sol começava a se erguer, mas a maçaneta do carro já estava quente. Meu rosto parecia anestesiado pela falta de sono, e arregalei os olhos e estiquei a boca, como alguém gritando em um filme B. O grupo de busca deveria se reunir novamente às seis horas para continuar o trabalho na floresta; eu queria pegar um depoimento de Vickery antes de o dia começar. Vigiar a delegacia era provavelmente uma boa aposta.

A Main Street inicialmente parecia vazia, mas quando saltei do carro vi duas pessoas a poucos quarteirões de distância. A cena não fazia sentido. Uma mulher mais velha estava sentada no meio da calçada, pernas escancaradas, olhando para a lateral de um prédio, enquanto um homem se curvava acima dela. A mulher sacudia a cabeça maniacamente, como uma criança se recusando a comer. Suas pernas se projetavam em ângulos que deviam causar dor. Uma queda feia? Ataque cardíaco, talvez. Caminhei rapidamente até eles e ouvi seu murmúrio em *staccato*.

O homem, cabelos brancos e rosto desfigurado, olhou para mim com olhos leitosos.

— Traga a polícia — disse. A voz saiu engasgada. — E chame uma ambulância.

— O que há de errado? — comecei, mas então vi.

Comprimido no espaço de trinta centímetros entre a loja de ferragens e o salão de beleza havia um pequeno corpo, voltado para a calçada. Como se estivesse ali apenas esperando por nós, olhos castanhos arregalados. Reconheci os cachos selvagens. Mas o sorriso sumira. Os lábios de Natalie Keene estavam murchos sobre as gengivas, em um pequeno círculo. Parecia um bebê de brinquedo de plástico, do tipo com um buraco para a mamadeira. Natalie não tinha mais dentes.

O sangue me subiu ao rosto rapidamente, e um brilho de suor logo cobriu minha pele. Minhas pernas e meus braços fraquejaram, e por um segundo pensei que poderia cair junto à mulher, que agora rezava em voz baixa. Recuei, me apoiei em um carro estacionado e levei os dedos ao pescoço, querendo que minha pulsação desacelerasse. Meus olhos foram inundados por um fluxo de imagens aleatórias: a ponta de borracha suja da bengala do velho. Uma verruga rosa atrás do pescoço da mulher. O band-aid no joelho de Natalie Keene. Eu podia sentir seu nome brilhando quente sob a manga da minha camisa.

Depois, mais vozes, e o delegado Vickery corria na nossa direção com um homem.

— Merda — rosnou Vickery ao vê-la. — Merda. Jesus.

Ele apoiou o rosto na parede externa do salão de beleza e respirou fundo. O segundo homem, mais ou menos da minha idade, se curvou junto a Natalie. Um hematoma roxo circulava o pescoço dela, e ele pousou os dedos em cima para buscar pulsação. Uma tática postergatória enquanto se recompunha — a criança obviamente estava morta. O detetive figurão de Kansas City, imaginei, o moleque convencido.

Mas ele foi eficiente ao fazer a mulher parar de rezar e contar calmamente a história da descoberta. Os dois eram o casal dono da lanchonete cujo nome eu não conseguira lembrar no dia anterior. Broussard. Estavam abrindo para o café da manhã quando a encontraram. Estavam ali havia cinco minutos, talvez, quando apareci.

Um policial uniformizado chegou e levou as mãos ao rosto ao ver para o que havia sido chamado.

— Pessoal, vamos precisar que vocês acompanhem esse policial até a delegacia para que tomemos seus depoimentos — disse Kansas City.
— Bill.

Sua voz tinha uma severidade paternal. Vickery estava ajoelhado junto ao corpo, imóvel. Seus lábios se moviam como se ele também rezasse. Seu nome teve que ser repetido duas vezes antes que ele despertasse.

— Já ouvi, Richard. Seja humano por um segundo.

Bill Vickery colocou os braços em volta da Sra. Broussard e murmurou até que ela desse um tapinha em sua mão.

Eu me sentei em uma sala amarelo-ovo por duas horas enquanto o policial tomava nota da minha história. O tempo todo eu pensava em Natalie indo para a autópsia, e em como gostaria de entrar lá e colocar um band-aid novo no joelho dela.

CAPÍTULO TRÊS

Minha mãe se vestiu de azul para o funeral. Preto era desesperançoso, e qualquer outra cor seria indecente. Ela também vestiu azul no funeral de Marian, assim como Marian. Ficou estupefata por eu não me lembrar disso. Eu me lembrava de Marian ter sido enterrada em um vestido rosa-claro. Não foi surpresa. Minha mãe e eu geralmente discordamos em todas as coisas referentes à minha irmã morta.

Na manhã do velório, Adora entrou e saiu de salas, estalando seus saltos altos, colocando perfume aqui, prendendo um brinco ali. Observei tomando café preto quente que queimava minha língua.

— Eu não os conheço bem — dizia ela. — Eles são realmente reservados. Mas sinto que toda a comunidade deveria apoiá-los. Natalie era um amor. As pessoas foram tão gentis comigo quando…

Um baixar de olhos melancólico. Talvez fosse legítimo.

Eu estava em Wind Gap havia cinco dias, e Amma ainda era uma presença invisível. Minha mãe não a mencionou. Eu até o momento também não conseguira uma declaração dos Keene. Nem tivera permissão da família para ir ao funeral, mas nunca vira Curry querer algo tão intensamente, e eu queria provar que dava conta daquela cobertura. Imaginei que os Keene nunca iriam descobrir. Ninguém lê nosso jornal.

Cumprimentos murmurados e abraços perfumados ao chegar em Nossa Senhora das Dores, algumas mulheres anuindo educadamente para mim após dirigirem palavras de amparo a minha mãe (muita *coragem* de

Adora vir) e se colocado de lado para abrir espaço para ela. Nossa Senhora das Dores é uma reluzente igreja católica dos anos setenta: toda em bronze e coberta de joias, como um anel de loja de bijuterias. Wind Gap é um pequeno bastião de catolicismo em uma região de prósperos batistas do Sul, tendo sido fundada por irlandeses. Todos os McMahon e Malone desembarcaram em Nova York na época da Grande Fome da Irlanda, foram generosamente agredidos e (quando eram espertos) seguiram rumo oeste. Os franceses já reinavam em St. Louis, então eles viraram para o sul e fundaram as próprias cidades. Mas foram expulsos sem cerimônia mais tarde, durante a Reconstrução depois da Guerra Civil. Missouri, sempre um lugar de conflitos, estava tentando se livrar de suas raízes sulistas, se reinventar como um estado devidamente antiescravista, e os constrangedores irlandeses foram mandados embora com outros indesejáveis. Mas sua religião permaneceu.

Dez minutos para a cerimônia, e uma fila se formava para entrar na igreja. Observei os bancos já ocupados. Havia algo errado. Nem uma só criança estava ali. Nada de meninos de calças escuras rolando caminhões sobre as pernas das mães, nada de meninas embalando bonecas de pano. Nenhum rosto mais jovem que quinze anos. Eu não sabia se era por respeito aos pais ou uma defesa determinada pelo medo. Um instinto de impedir que o filho de alguém fosse escolhido como futura presa. Imaginei centenas de filhos e filhas de Wind Gap escondidos em quartos escuros, chupando as costas das mãos enquanto assistiam à TV e permaneciam não identificados.

Sem ter que cuidar de crianças, os fiéis pareciam estáticos, como perfis de papelão guardando o lugar de pessoas de verdade. Pude ver Bob Nash ao fundo, de terno escuro. Nada de esposa. Ele anuiu para mim, depois franziu a testa.

Os tubos do órgão exalaram as notas abafadas de "Be Not Afraid", e a família de Natalie Keene, até então chorando, se abraçando e gemendo perto da porta como um enorme coração com problemas, entrou toda junta. Apenas dois homens foram necessários para carregar o caixão branco brilhante. Mais um e eles ficariam se esbarrando.

O pai e a mãe de Natalie abriram a procissão. Ela era quase dez centímetros mais alta que ele, uma mulher grande e calorosa com cabelos claros presos com uma fita. Tinha um rosto receptivo, do tipo que levaria estranhos a pedir informações ou perguntar as horas. O Sr. Keene era pequeno e magro, com um rosto redondo de criança tornado mais redondo por óculos de armação metálica que pareciam duas rodas de bicicleta douradas. Atrás deles caminhava um rapaz bonito de dezoito ou dezenove anos, a cabeça morena caída sobre o peito, soluçando. O irmão de Natalie, uma mulher sussurrou para mim.

Lágrimas corriam pelas faces da minha mãe e pingavam ruidosamente na bolsa de couro que ela tinha no colo. A mulher ao lado dava tapinhas em sua mão. Tirei o bloco do bolso do casaco e comecei a rabiscar anotações de um lado até minha mãe bater em minha mão e sibilar:

— Você está sendo desrespeitosa e constrangedora. Pare, ou farei com que saia.

Parei de escrever, mas não guardei o bloco, me sentindo ousadamente desafiadora. Mas ainda enrubescendo.

A procissão passou pela gente. O caixão parecia ridiculamente pequeno. Imaginei Natalie dentro e pude ver suas pernas de novo — pelugem, joelhos ossudos, o band-aid. Senti uma pontada forte, como um ponto datilografado no fim de uma frase.

Enquanto o padre murmurava as preces iniciais, em suas melhores vestes, e nos levantávamos, sentávamos e levantávamos novamente, missais foram distribuídos. Na frente, a Virgem Maria projetava seu brilhante coração vermelho sobre o menino Jesus. No verso estava impresso:

Natalie Jane Keene
Filha, irmã e amiga querida
O céu tem um novo anjo

Uma grande foto de Natalie fora colocada perto do caixão, um retrato mais formal que aquele que eu vira antes. Ela era uma coisinha doce e simples, com queixo pontudo e olhos ligeiramente projetados, o tipo de garota que poderia crescer e se tornar estranhamente impressionante. Teria encantado os homens com uma história real de patinho feio. Ou poderia ter permanecido uma coisinha doce e simples. Aos dez anos a aparência de uma garota ainda não é definitiva.

A mãe de Natalie foi ao púlpito agarrando um pedaço de papel. O rosto estava molhado, mas a voz era firme quando começou a falar.

— Esta é uma carta a Natalie, minha única filha — disse, depois inspirou, trêmula, e as palavras fluíram. — Natalie, você era minha menina querida. Não consigo acreditar que foi tomada de nós. Nunca mais vou cantar para você dormir ou fazer cócegas em suas costas. Nunca mais seu irmão vai torcer suas tranças, ou seu pai colocá-la no colo. Seu pai não a conduzirá até o altar. Seu irmão nunca será tio. Sentiremos sua falta em nossos jantares de domingo e em nossas férias de verão. Sentiremos falta de seu riso. Falta de suas lágrimas. Principalmente, filha querida, sentiremos falta de você. Nós te amamos, Natalie.

Enquanto a Sra. Keene voltava a seu lugar, o marido se levantou apressado para ajudá-la, mas ela não parecia precisar de apoio. Assim que se sentou, o garoto voltou aos seus braços, chorando na curva de seu pescoço. O Sr. Keene piscou raivosamente para os bancos atrás, como se procurando alguém para socar.

— É uma tragédia terrível perder um filho — entoou o padre. — É duplamente terrível perdê-lo para tal maldade. Pois maldade é. A Bíblia diz: "Olho por olho, dente por dente." Mas não vamos nos entregar à vingança. Em vez disso, vamos pensar no que Jesus pregou: amar ao próximo. Vamos ser bons com os próximos neste momento difícil. Elevar nossos corações a Deus.

— Gostei mais da parte do olho por olho — grunhiu um homem atrás de mim.

Fiquei pensando se a parte do dente por dente havia incomodado mais alguém. Quando saímos da igreja para o dia brilhante, vi quatro garotas sentadas em fila ao longo de um muro baixo do outro lado da rua. Pernas jovens e compridas balançando. Seios envoltos por sutiãs push-up. As mesmas garotas com as quais me deparara no limite da floresta. Estavam agrupadas, rindo, até uma delas, novamente a mais bonita, fazer um gesto na minha direção, e todas fingirem ficar constrangidas. Mas suas barrigas ainda estavam se agitando.

Natalie foi enterrada no jazigo da família, perto de uma lápide que já tinha os nomes dos pais. Eu sei o que todos dizem, que nenhum pai deveria ver o filho morrer, que um acontecimento assim é como se a natureza seguisse na direção contrária. Mas é a única forma de realmente mantê-lo como filho. Pois crianças crescem e forjam novas alianças, mais poderosas. Encontram um cônjuge ou um amante. Não serão enterradas com você. Os Keene, porém, permanecerão a forma mais pura de família. Sob a terra.

Depois do velório, as pessoas se reuniram na residência dos Keene, uma enorme casa de fazenda de pedra, uma versão endinheirada dos Estados Unidos rurais. Não havia nada igual em Wind Gap. O dinheiro de Missouri se distancia do bucolismo, desse encanto rural. Considerem: na América colonial as mulheres ricas vestiam tons sutis de azul e cinza para compensar sua imagem grosseira de Novo Mundo, enquanto suas equivalentes ricas da Inglaterra se trajavam como pássaros exóticos. Resumindo, a casa dos Keene exagerava demais o estilo de Missouri para ser propriedade de nativos de Missouri.

A mesa do bufê tinha principalmente carnes: peru e presunto, carne bovina e de caça. Havia picles, azeitonas e ovos recheados, pãezinhos de casca brilhante e refogados gratinados. Os convidados se separaram em dois grupos, os chorosos e os secos. Os estoicos ficaram na cozinha, tomando café e bebidas alcoólicas e conversando sobre as eleições para o conselho municipal que se aproximavam e o futuro das escolas, vez ou outra fazendo pausas para sussurrar raivosamente sobre a falta de avanços nos casos de assassinato.

— Juro que se vir alguém que não conheço chegar perto das minhas meninas, eu atiro no filho da puta antes de um "Olá" sair da boca dele — disse um homem de rosto achatado, agitando um sanduíche de rosbife.

Seus amigos concordaram com acenos de cabeça.

— Não entendo por que Vickery não queimou a floresta, cacete, por que não destruiu a porra toda. A gente sabe que ele está lá — comentou um homem mais jovem com cabelos laranja.

— Donnie, vou lá com você amanhã — disse o homem de rosto achatado. — Podemos cobrir hectare por hectare. Vamos achar o filho da puta. Querem ir?

Os homens concordaram em murmúrios e beberam mais álcool em seus copos plásticos. Fiz uma anotação mental para passar pelas estradas perto da floresta pela manhã para descobrir se as ressacas produziram ação ou não. Mas já podia imaginar os telefonemas envergonhados de manhã.

Está indo?

Bem, não sei, acho que sim, e você?
Sabe, prometi a Maggie tirar as proteções contra tempestade das janelas...
Acordos de se encontrar para uma cerveja mais tarde e os fones apertados muito lentamente para abafar os cliques culpados.

Aqueles que choravam, principalmente mulheres, o faziam na sala da frente, em sofás macios e divãs de couro. O irmão de Natalie tremia nos braços da mãe, que o embalava e chorava em silêncio, dando tapinhas em seus cabelos escuros. Garoto doce, chorando tão abertamente. Eu nunca vira tal coisa. Senhoras chegavam oferecendo comida em pratos de papel, mas mãe e filho apenas faziam que não com a cabeça. Minha mãe adejava ao redor deles como um pássaro, mas eles não notavam, e ela logo foi para seu círculo de amigas. O Sr. Keene estava de pé em um canto com o Sr. Nash, os dois fumando em silêncio.

Vestígios recentes de Natalie continuavam espalhados pela sala. Um pequeno suéter azul dobrado sobre o encosto de uma cadeira, um par de tênis com cadarços azuis brilhantes junto à porta. Em uma das estantes havia um caderno espiralado com um unicórnio na capa, em um revisteiro, um exemplar gasto de *Uma dobra no tempo*.

Eu me sentia péssima. Não abordei a família, não me anunciei. Caminhei pela casa e espionei, a cabeça enfiada na cerveja como um fantasma envergonhado. Vi Katie Lacey, minha antiga melhor amiga da Calhoon High, com suas amigas todas bem penteadas, reflexo perfeito do grupo da minha mãe, menos vinte anos. Ela me beijou no rosto quando me aproximei.

— Ouvi dizer que estava na cidade, esperava que telefonasse — falou, franzindo sobrancelhas feitas à pinça para mim, depois me passando para as três outras mulheres, que se juntaram para me dar abraços frouxos.

Todas haviam sido minhas amigas em algum momento, suponho. Trocamos condolências e sussurramos sobre como aquilo era triste. Angie Papermaker (Knightley de nascimento) ainda parecia lutar contra a bulimia que a consumira na escola — seu pescoço era tão fino e murcho quanto o de uma velha. Mimi, uma menina rica mimada (papai era dono de hectares de criação de galinhas em Arkansas) que nunca gostara muito de mim, perguntou sobre Chicago e imediatamente depois se virou para conversar com a pequena Tish, que decidira segurar minha mão em um gesto reconfortante mas peculiar.

Angie anunciou que tinha uma filha de cinco anos — o marido estava em casa com uma arma a postos, vigiando a menina.

— Será um longo verão para os pequeninos — murmurou Tish. — Acho que todos estão trancando seus filhos em casa.

Pensei nas garotas que vira do lado de fora do velório, não muito mais velhas que Natalie, e pensei por que seus pais não estavam preocupados.

— Você tem filhos, Camille? — perguntou Angie com uma voz tão fina quanto seu corpo. — Nem sei se você se casou.

— Não e não — falei, tomando um gole de cerveja e tendo uma lembrança de Angie vomitando na minha casa depois da escola, saindo do banheiro rosada e triunfante.

Curry estava errado: ser dali distraía mais do que ajudava.

— Senhoras, vocês não podem sequestrar a forasteira a noite toda!

Eu me virei e vi uma das amigas de minha mãe, Jackie O'Neele (nascida O'Keefe), que claramente acabara de fazer uma plástica. Os olhos ainda estavam inchados, e o rosto, úmido, vermelho e esticado, como se fosse um bebê raivoso sendo espremido para fora do útero. Diamantes cintilavam em seus dedos bronzeados, e ela cheirava a chicletes Juicy Fruit e talco quando me abraçou. A noite estava parecendo demais um reencontro. E eu estava me sentindo uma criança de novo — não ousara sequer sacar meu caderno com minha mãe ainda ali, me lançando olhares de reprimenda.

— Menina, você está tão bonita... — ronronou Jackie.

Sua cabeça parecia um melão coberto por cabelos clareados demais, e seu sorriso era malicioso. Jackie era maldosa e superficial, mas sempre fora totalmente sincera. Também ficava mais à vontade comigo que minha própria mãe. Fora Jackie, não Adora, quem me dera minha primeira caixa de absorventes internos, piscando e dizendo que deveria ligar caso precisasse de instruções, e Jackie quem sempre me provocara alegremente sobre rapazes. Pequenos enormes gestos.

— Como você está, querida? Sua mãe não me contou que estava na cidade. Mas ela não está falando comigo no momento; eu novamente a decepcionei de algum modo. Você sabe como é. *Sei* que você sabe!

Ela deu uma risada rouca de fumante e apertou meu braço. Acho que estava bêbada.

— Provavelmente me esqueci de enviar a ela um cartão por alguma coisa — tagarelou, exagerando no gesto com a mão que segurava uma taça de vinho. — Ou talvez o jardineiro que recomendei não a tenha agradado. Ouvi falar que você está fazendo uma matéria sobre *as meninas*; difícil.

A fala dela era tão irregular e abrupta que demorei um minuto para processar tudo. Quando comecei a responder, ela estava acariciando meu braço e me encarando com olhos úmidos.

— Camille, querida, faz tanto tempo que não a vejo... E agora... Olho para você e lembro de quando você tinha a mesma idade daquelas garotas. E fico tão triste... Tanta coisa deu errado... Não dou conta disso. Ligue para mim, certo? Podemos conversar — disse, uma lágrima correndo pelo rosto.

Saí da casa dos Keene sem declarações. Já estava cansada de falar, e tinha dito muito pouco.

Liguei para os Keene mais tarde, depois de ter bebido de novo — uma dose da vodca do estoque deles de saideira —, e estávamos seguramente separados por linhas telefônicas. Então me apresentei e disse o que iria escrever. As coisas não correram muito bem.

Eis o que enviei naquela noite:

> Na pequena Wind Gap, Missouri, cartazes pedindo a volta de Natalie Jane Keene, de 10 anos, ainda estavam pendurados quando a garotinha foi enterrada na terça-feira. Uma cerimônia fúnebre redentora, na qual o padre falou sobre perdão e expiação, pouco serviu para acalmar os nervos ou curar feridas. Isso porque a garota saudável de rosto doce foi a segunda vítima do que a polícia supõe ser um assassino em série. Um assassino em série que tem crianças como alvos.
>
> "Todos os pequeninos aqui são uns amores", disse o fazendeiro local Ronald J. Kamens, que ajudou nas buscas por Keene. "Não consigo imaginar por que isso está acontecendo conosco."
>
> O corpo de Keene foi encontrado em 14 de maio com sinais de estrangulamento, entre dois prédios na principal rua de Wind Gap.
>
> "Sentiremos falta de seu sorriso", disse Jeannie Keene, 52, mãe de Natalie. "Falta de suas lágrimas. Principalmente, sentiremos falta de você".

Essa, contudo, não é a primeira tragédia que Wind Gap, localizada no sul do estado, tem de suportar. Em 27 de agosto do ano passado, Ann Nash, de nove anos, foi encontrada em um riacho da região, também estrangulada. Na noite anterior, percorria de bicicleta por alguns quarteirões para visitar uma amiga quando foi sequestrada. Segundo informações, as duas vítimas tiveram seus dentes removidos pelo assassino.

As mortes deixaram perplexa a força policial de cinco pessoas de Wind Gap. Sem experiência em crimes brutais, solicitaram ajuda da divisão de homicídios de Kansas City, que enviou um policial experiente em traçar perfis psicológicos de assassinos. Contudo, os moradores da cidade (população de 2.120) estão certos de uma coisa: a pessoa responsável pelos crimes está matando sem qualquer motivo especial.

"Há um homem aí procurando bebês para matar", diz o pai de Ann, Bob Nash, 41, vendedor de cadeiras. "Não há nenhum drama oculto, nenhum segredo. Alguém simplesmente matou nossa garotinha."

A remoção dos dentes permanece um mistério, e até agora as pistas são mínimas. A polícia local se recusou a comentar. Até que os assassinatos sejam solucionados, os cidadãos tomam medidas para se protegerem — há um toque de recolher, e vigilantes surgiram nos bairros da cidade antes tranquila.

Os moradores também tentam superar. "Não quero falar com ninguém", diz Jeannie Keene. "Só quero ser deixada em paz. Todos queremos ser deixados em paz."

Trabalho picareta — não precisa me dizer isso. Mesmo enquanto enviava o arquivo a Curry por e-mail, eu me arrependia de quase tudo nele. Afirmar que a polícia supunha que os assassinatos foram cometidos por um assassino em série era uma forçação. Vickery nunca dissera nada assim. A primeira declaração de Jeannie Keene eu roubara de seu elogio fúnebre. A segunda, tinha arrancado dos impropérios que ela me dirigiu ao se dar conta de que meu telefonema de condolências era um pretexto. Ela sabia que eu planejava dissecar o assassinato de sua filha, servi-lo em uma bandeja para ser consumido por estranhos. "Queremos ser deixados em paz!", ela berrara. "Enterramos nossa menina hoje. Você deveria ter vergonha." Ainda assim uma declaração, uma declaração de que eu precisava, já que Vickery estava me deixando de fora.

Curry achou a matéria sólida — não grande, veja bem, mas um começo sólido. Até manteve minha frase exagerada: "Um assassino em série que tem crianças como alvos." Isso deveria ter sido cortado, eu mesma sabia, mas ansiava pelo tom dramático. Ele devia estar bêbado quando leu.

Curry solicitou um perfil ampliado das famílias tão logo eu conseguisse elaborá-lo. Mais uma chance de me redimir. Eu estava com sorte — aparentemente o *Chicago Daily Post* ficaria com Wind Gap só para ele mais um pouco. Um escândalo sexual no Congresso se desenrolava lindamente, destruindo não apenas um deputado, mas três. Dois deles mulheres. Coisa sensacionalista, picante. Ainda mais importante, havia um assassino em série atacando uma cidade mais glamourosa, Seattle. Em meio à neblina e às cafeterias, alguém se divertia trinchando grávidas, abrindo suas barrigas e rearrumando o conteúdo em montagens chocantes. Portanto era sorte nossa os repórteres para esse tipo de cobertura não estarem disponíveis. Havia apenas eu, em péssimo estado na minha cama da infância.

Dormi até tarde na quarta-feira, lençóis e cobertores suados puxados sobre a cabeça. Acordei diversas vezes com telefones tocando, a empregada passando aspirador de pó do lado de fora da minha porta, um cortador de grama. Estava desesperada para continuar dormindo, mas o dia estava invadindo o cômodo. Mantive os olhos fechados e me imaginei de volta a Chicago, na minha cama prestes a quebrar em meu pequeno apartamento com vista para a parede de tijolos dos fundos de um supermercado. Eu comprara um gaveteiro de papelão naquele supermercado assim que me mudei, quatro anos antes, e uma mesa de plástico na qual fazia refeições em um jogo de pratos amarelos leves e talheres pequenos e amassados. Eu temia não ter regado minha única planta, uma samambaia meio amarelada que encontrara no lixo dos vizinhos. Depois me lembrei de ter jogado fora a coisa morta dois meses antes. Tentei invocar outras imagens de minha vida em Chicago: meu cubículo no trabalho, o zelador que ainda não sabia meu nome, as luzes de Natal verdes sem brilho que o supermercado ainda não retirara. Um punhado de conhecidos simpáticos que provavelmente não haviam notado que eu partira.

Eu odiava estar em Wind Gap, mas minha casa também não era nenhum conforto.

Peguei uma garrafinha de vodca quente na minha bolsa de viagem e voltei para a cama. Então, bebendo, avaliei o que me cercava. Esperara que minha mãe desse fim ao meu quarto assim que eu saísse de casa, mas ele parecia exatamente como era mais de uma década antes. Eu lamentava a adolescente séria que tinha sido: não havia cartazes de astros pop ou filmes preferidos, nenhuma coleção de fotos ou braceletes de flores. Em vez disso, pinturas de veleiros, comportados pastéis pastoris, um retrato de Eleanor Roosevelt. Esse último era particularmente estranho, já que eu sabia pouco sobre a Sra. Roosevelt, exceto que era boa, o que imagino que fosse suficiente à época. Considerando minhas escolhas de agora, teria preferido um retrato da esposa de Warren Harding, "a duquesa", que registrava as menores ofensas em um caderninho vermelho e se vingava devidamente. Hoje gosto de minhas primeiras-damas com um toque picante.

Bebi mais vodca. O que eu mais queria era ficar novamente inconsciente, envolta pela escuridão, alheia a tudo. Estava péssima. Eu sentia as lágrimas represadas, como um balão de água cheio prestes a explodir. Suplicando por um furo de alfinete. Wind Gap era tóxica para mim. Aquela casa era tóxica para mim.

Uma batida leve na porta, pouco mais que um vento.

— Sim?

Escondi a garrafa de vodca ao lado da cama.

— Camille? É sua mãe.

— Pois não?

— Eu lhe trouxe um hidratante.

Caminhei até a porta meio vacilante, a vodca criando um escudo necessário para lidar com aquele lugar específico naquele dia específico. Eu deixara meus problemas com o álcool para trás havia seis meses, mas nada contava ali. Minha mãe ficara do lado de fora da porta, espiando cautelosamente, como se aquela fosse a sala de troféus de uma criança morta. Perto. Segurava um grande tubo verde-claro.

— Tem vitamina E. Comprei hoje de manhã.

Minha mãe acredita nos efeitos paliativos da vitamina E, como se passar o suficiente fosse me deixar novamente lisa e impecável. Ainda não funcionou.

— Obrigada.

Os olhos dela examinaram pescoço, braços, pernas, tudo exposto pela camiseta que eu colocara para dormir. Depois retornaram ao meu rosto. Ela suspirou e balançou a cabeça levemente. Depois apenas ficou ali.

— O velório foi muito difícil para você, mamãe?

Mesmo então eu não conseguia resistir a fazer uma pequena oferta de diálogo.

— Foi. Muita coisa parecida. Aquele caixão pequeno.

— Também foi difícil para mim — continuei. — Na verdade, fiquei surpresa com quão difícil foi. Sinto falta dela. Ainda. Isso não é estranho?

— Seria *estranho* se não sentisse. Ela é sua irmã. É quase tão doloroso quanto perder um filho. Embora você fosse muito nova — disse. Embaixo, Alan assoviava elaboradamente, mas minha mãe parecia não ouvir. — Não gostei muito daquela carta aberta que Jeannie Keene leu. É um velório, não um comício. E por que eles estavam usando roupas tão informais?

— Achei a carta simpática. Foi comovente — falei. — Você não leu nada no velório de Marian?

— Não, não. Mal conseguia ficar de pé, muito menos fazer discursos. Não consigo acreditar que você não consiga se lembrar dessas coisas, Camille. Acho que deveria ficar envergonhada por ter esquecido tanto.

— Eu só tinha treze anos quando ela morreu, mamãe. Lembre-se, eu era jovem.

Quase vinte anos antes, era isso mesmo?

— É, bem... Chega. Há algo que gostaria de fazer hoje? As rosas estão abertas no Daly Park, caso queira dar uma caminhada.

— Tenho que ir à delegacia.

— Não diga isso enquanto estiver aqui — cortou ela. — Diga que tem obrigações ou amigos para ver.

— Eu tenho obrigações.

— Certo. Divirta-se.

Ela seguiu pelo corredor luxuoso, e ouvi as escadas rangerem rapidamente.

Tomei um banho rápido, a água rasa, luzes apagadas, outra dose de vodca na banheira, depois me vesti e saí para o corredor. A casa estava silenciosa, tão silenciosa quanto sua estrutura de um século permitia. Ouvi um ventilador girando na cozinha enquanto ficava parada do lado de fora para me assegurar de que não havia ninguém lá. Então entrei, agarrei uma maçã verde brilhante e dei uma mordida enquanto saía da casa. O céu não tinha nuvens.

Vi a substituta do lado de fora. Uma garotinha com o rosto virado atentamente para uma enorme casa de bonecas de um metro e vinte, reproduzindo exatamente a casa de minha mãe. Cabelos louros compridos caíam pelas costas em cachos disciplinados, virados para mim. Quando ela se voltou na minha direção, me dei conta de que era a garota com quem eu falara no limite da floresta, a garota que estava rindo com as amigas do lado de fora do velório de Natalie. A mais bonita.

— Amma? — perguntei, e ela riu.

— Naturalmente. Quem mais estaria brincando na varanda da frente de Adora com uma casinha em miniatura de Adora?

Ela vestia um vestido xadrez infantil de verão, combinando com um chapéu de palha ao seu lado. Parecia ter sua idade verdadeira — treze anos — pela primeira vez desde que a vira. Na verdade, não. Parecia mais nova. Aquelas roupas eram mais adequadas a uma menina de dez anos. Ela fez uma careta quando me viu avaliando.

— Uso isto por causa de Adora. Quando estou em casa sou a bonequinha dela.

— E quando não está?

— Sou outras coisas. Você é Camille. Minha meia-irmã. A primeira filha de Adora, antes de *Marian*. Você é pré e eu sou pós. Você não me reconheceu.

— Muito tempo longe. E Adora parou de me enviar fotos de Natal há cinco anos.

— Talvez tenha parado de enviar para você. Ainda tiramos as benditas fotos. Todo ano Adora me compra um vestido xadrez vermelho e verde só para a ocasião. E, assim que terminamos, eu taco fogo nele.

Tirou um banco do tamanho de uma tangerina da sala da frente da casa de boneca e o ergueu para que eu visse.

— Precisa de um estofamento novo. Adora mudou o esquema de cores de pêssego para amarelo. Prometeu que vai me levar à loja de tecidos para que eu possa fazer novos revestimentos combinando. Esta casa de boneca é meu capricho.

Ela quase conseguiu fazer soar natural, *meu capricho*. As palavras flutuaram para fora de sua boca doces e roliças como bala de caramelo, murmuradas com uma leve inclinação de cabeça, mas a frase decididamente era de minha mãe. A bonequinha, aprendendo a falar como Adora.

— Você parece ter feito um ótimo trabalho com ela — disse, e fiz um gesto fraco de despedida.

— Obrigada — retrucou ela. Seus olhos se concentraram no meu quarto na casa de boneca. Um pequeno dedo tocou a cama. — Espero que goste de sua estadia — murmurou para o quarto, como se estivesse se dirigindo a uma pequena Camille que eu não conseguia ver.

Encontrei o delegado Vickery desamassando uma placa de Pare na esquina entre a Second e a Ely Street, uma rua tranquila de casas pequenas a poucos quarteirões da delegacia. Usava um martelo e fazia uma careta a cada pequena batida. As costas da camisa já estavam molhadas e os bifocais caíam para a ponta do nariz.

— Não tenho nada a declarar, Srta. Preaker.

Bang.

— Sei que é fácil se ressentir disto, delegado Vickery. Eu realmente nem queria esta pauta. Fui obrigada a vir por ser daqui.

— Não voltou em vários anos, pelo que ouvi.

Bang.

Eu não respondi. Olhei para o capim nascendo de uma rachadura da calçada. O *senhorita* me incomodou um pouco. Não sabia dizer se era um tratamento educado ao qual não estava acostumada ou um ataque ao fato de ser solteira. Uma mulher solteira depois dos trinta era algo estranho naquela região.

— Uma pessoa decente teria se demitido antes de escrever sobre crianças mortas. — *Bang.* — Oportunismo, Srta. Preaker.

Do outro lado da rua, um homem idoso agarrando uma caixa de leite se arrastava a passos curtos na direção de uma casa de tábuas brancas.

— Não estou me sentindo muito decente no momento, o senhor está certo — falei. Eu não me importava de adular um pouco o delegado Vickery. Queria que ele gostasse de mim, não apenas porque isso tornaria meu trabalho mais fácil, mas porque seu discurso me lembrou Curry, de quem eu sentia falta. — Mas um pouco de publicidade poderia atrair alguma atenção para o caso, ajudar a solucioná-lo. Já aconteceu antes.

— Merda — xingou ele, jogando o martelo no chão com um baque e me encarando. — Já pedimos ajuda. Temos um detetive especial de Kansas City aqui, indo e vindo há meses. E ele não conseguiu descobrir porcaria nenhuma. Diz que algum maluco viajando de carona poderia ter saltado aqui, gostado da cara do lugar e ficado por quase um ano. Bem, esta cidade não é assim tão grande, e com certeza não vi ninguém que não parecesse ser daqui — falou, olhando diretamente para mim.

— Temos florestas bem grandes por aqui, bastante densas — sugeri.

— Não foi nenhum estranho, e eu diria que você sabe disso.

— Creio que o senhor preferiria que fosse um estranho.

Vickery suspirou, acendeu um cigarro, colocou a mão na base da placa de modo protetor.

— Que merda, claro que prefiro. Mas também não sou tão idiota. Posso não ter trabalhado em nenhum homicídio antes, mas não sou um idiota.

Nesse momento desejei não ter bebido tanta vodca. Meus pensamentos estavam se dissolvendo, não conseguia acompanhar o que ele dizia, não conseguia fazer as perguntas certas.

— Acha que alguém de Wind Gap está fazendo isso?

— Sem comentários.

— Em off, por que alguém de Wind Gap mataria crianças?

— Fui chamado uma vez porque Ann havia matado o pássaro de estimação de um vizinho com uma vara. Ela mesma a afiou com uma das facas de caça do pai. E Natalie, merda, a família se mudou para cá da Filadélfia há dois anos porque ela furou o olho de uma colega de turma com uma tesoura. O pai dela largou o emprego em uma grande empresa para que eles pudessem recomeçar. No estado em que o avô dele cresceu. Em uma cidade pequena. Como se uma cidade pequena não tivesse os próprios problemas.

— Sendo que não é um dos menores todos saberem quais são as sementes ruins.

— Exatamente.

— Então acha que poderia ser alguém que não gostava das crianças? Dessas crianças especificamente? Que talvez eles tenham feito algo ao assassino? E ele resolveu se vingar?

Vickery puxou a ponta do nariz, coçou o bigode. Olhou para o martelo no chão e eu via que ele estava na dúvida se o pegava e me mandava embora ou continuava a conversar.

Nesse instante, um sedã preto parou perto de nós, a janela do carona baixando antes mesmo de o carro parar. O motorista, com o rosto bloqueado por óculos escuros, colocou a cabeça para fora a fim de olhar para nós.

— Oi, Bill. Achei que íamos nos encontrar no seu escritório agora.

— Eu tinha trabalho a fazer.

Era Kansas City. Olhou para mim, baixando os óculos de uma forma treinada. Tinha um cacho de cabelos castanho-claros que caíam sobre o olho esquerdo. Olhos azuis. Sorriu para mim, dentes perfeitos como pastilhas.

— Olá — disse, ainda olhando para Vickery, que se curvou enfaticamente para pegar o martelo, e então para mim.

— Oi — respondi.

Puxei as mangas sobre as mãos, segurei as pontas contra as palmas, me apoiei em uma perna.

— Então, Bill, quer uma carona? Ou prefere ir andando? Eu poderia comprar um café para nós e encontrar você lá.

— Não bebo café. Algo que você já deveria ter notado. Estarei lá em quinze minutos.

— Tente chegar em dez, ok? Já estamos atrasados — disse Kansas City, olhando para mim mais uma vez. — Tem certeza de que não quer uma carona, Bill?

Vickery não disse nada, apenas balançou a cabeça negativamente.

— Quem é sua amiga, Bill? Achei que já tivesse conhecido todos os *windgapenses* importantes. Ou seria... *windgapianos*?

Ele sorriu. Fiquei em silêncio como uma menininha, esperando que Vickery me apresentasse.

Bang! Vickery estava escolhendo não ouvir. Em Chicago, eu teria estendido a mão, me apresentado com um sorriso e desfrutado da reação. Ali eu encarei Vickery e permaneci muda.

— Certo, então, eu o vejo na delegacia.

A janela subiu novamente, o carro partiu.

— É o tal detetive de Kansas City? — perguntei.

Em resposta, Vickery acendeu outro cigarro e foi embora. Do outro lado da rua, o velho acabara de chegar ao último degrau.

CAPÍTULO QUATRO

Alguém havia pichado espirais azuis nas pernas da cisterna no Jacob J. Garrett Memorial Park, e isso a deixara parecendo estranhamente delicada, como se calçasse sapatinhos de crochê. O parque propriamente dito — último lugar em que Natalie Keene fora vista com vida — estava vazio. A poeira do campo de beisebol pairava logo acima do chão. Eu podia sentir seu gosto no fundo da garganta como um chá fervido por tempo demais. O mato estava alto no limite da floresta. Fiquei surpresa por ninguém ter mandado cortá-lo, erradicando-o como as pedras nas quais o corpo de Ann Nash tinha ficado preso.

Quando eu estava no ensino médio, o Garrett Park era o lugar onde todos se encontravam nos fins de semana para beber cerveja, fumar maconha ou ser masturbado, um metro floresta adentro. Foi onde fui beijada pela primeira vez, aos treze anos, por um jogador de futebol americano com fumo de mascar na boca. O barato do tabaco foi melhor que o beijo; vomitei *wine cooler* atrás do carro dele, com pequenos pedaços reluzentes de fruta.

— James Capisi estava aqui.

Eu me virei e me deparei com um garoto louro de uns dez anos com cabelos curtos, segurando uma bola de tênis.

— James Capisi? — perguntei.

— Meu amigo; ele estava aqui quando ela pegou Natalie — o garoto disse. — James viu. Vestia uma camisola. Eles estavam jogando frisbee perto da floresta, e ela levou Natalie. Ela levaria James, mas ele tinha decidido ficar aqui no campo. Era Natalie quem estava perto das árvores. James estava aqui por causa do sol. Ele não deveria ficar no sol porque a mãe teve câncer de pele, mas fica mesmo assim. Ou ficava.

O garoto quicou a bola de tênis e uma nuvem de terra subiu ao redor dele.

— Ele não gosta mais do sol?
— Ele não gosta mais de nada.
— Por causa de Natalie?

Ele deu de ombros, de forma agressiva.

— Porque James é uma bicha.

O garoto me olhou de cima a baixo, depois atirou a bola em mim de repente, com força. Ela acertou meu quadril e quicou.

Ele deu um risinho.

— Desculpe.

Foi atrás da bola, pulou em cima dela dramaticamente, depois se ergueu em um salto e a jogou no chão de novo. Ela ficou uns três metros no ar, depois deslizou e parou.

— Não estou certa se entendi o que você disse. Quem vestia camisola? — perguntei, de olho na bola que quicava.

— A mulher que levou Natalie.
— Espere, o que quer dizer?

A história que eu ouvira fora que Natalie estava brincando ali com amigos que foram para casa um depois do outro, e se imaginava que teria sido sequestrada em algum ponto da caminhada curta para casa.

— James viu a mulher que pegou Natalie. Estavam só os dois, brincando de frisbee, Natalie não conseguiu pegar e o disco foi parar dentro da floresta, e a mulher simplesmente esticou a mão e a agarrou. Depois elas sumiram. E James correu para casa. E não saiu mais.

— Então como você sabe o que aconteceu?
— Eu o visitei uma vez. Ele me contou. Sou amigo dele.
— James mora por aqui?
— Ele que se foda. Eu vou passar o verão na casa da minha avó mesmo... Em Arkansas. Melhor do que aqui.

O garoto jogou a bola no alambrado que cercava o campo de beisebol e ela cravou lá, sacudindo o metal.

— Você é daqui?
Ele começou a chutar terra para o ar.
— Sou. Era. Não moro mais aqui. Estou de visita.
Tentei de novo.
— James mora por aqui?
— Você está na escola?
O rosto dele era muito bronzeado. Ele parecia um pequeno marinheiro.
— Não.
— Faculdade?
O queixo dele estava molhado de cuspe.
— Mais velha.
— Tenho que ir.
Ele pulou para trás, arrancou a bola da cerca como a um dente podre, se virou e me olhou novamente, sacudiu o quadril em uma dança nervosa.
— Tenho que ir.
Jogou a bola na direção da rua, onde quicou no meu carro com um baque impressionante. Correu atrás dela e sumiu.

Encontrei *Capisi, Janel* em um catálogo telefônico fino como uma revista na única loja de conveniência de Wind Gap. Depois enchi um copo grande com refrigerante de morango e dirigi até a Holmes 3.617.

A casa dos Capisi ficava no limite da área de aluguéis baixos no lado leste da cidade, um conjunto de casas pobres de dois quartos cujos moradores em sua maioria trabalhavam no abatedouro de porcos próximo, uma empresa privada responsável por dois por cento da carne suína do país. Encontre um pobre em Wind Gap e ele quase sempre conta que trabalha na fazenda, ou que o pai trabalhava. No lado da criação, há leitões a serem castrados e confinados, porcas a serem inseminadas e confinadas, poços de esterco a serem cuidados. O lado do abate é pior. Alguns empregados carregam os porcos, empurrando-os pelo cercado, onde os funcionários do choque esperam. Outros agarram as patas traseiras, prendem-nas, soltam o animal para ser erguido, guinchando e chutando, de cabeça para baixo. Eles cortam o pescoço com facas pontudas, o sangue caindo grosso como tinta no chão de ladrilhos. Depois para o tanque de escaldar. Os gritos constantes — frenéticos guinchos metálicos — levam a maioria dos operários a usar tampões de ouvido, e eles passam os dias em uma fúria silenciosa. À noite, bebem e tocam música alto. O bar local, Heelah's, não serve nada de porco, apenas peito de frango, que presumivelmente é processado por operários igualmente furiosos em alguma outra porcaria de cidade.

Para ser bastante clara, eu deveria acrescentar que minha mãe é a dona de toda a operação e recebe aproximadamente um milhão e duzentos mil dólares advindos dos lucros por ano. Ela deixa que outras pessoas comandem.

Um gato miava na varanda da frente dos Capisi, e enquanto eu ia na direção da casa, podia ouvir o som de um programa de entrevistas diurno. Bati na porta de tela e esperei. O gato se esfregou em minhas pernas; podia sentir suas costelas através da calça. Bati novamente, e a TV foi desligada. O gato ficou espreitando sob o balanço da varanda e miou. Eu tracei a palavra *miado* com uma unha na palma direita e bati novamente.

— Mãe? — perguntou uma voz de criança pela janela aberta.

Fui até lá e vi, através da poeira na tela, um garoto magro com cachos escuros e olhos arregalados.

— Oi, desculpe incomodar. Você é o James?

— O que você quer?

— Oi, James, desculpe incomodar. Está vendo algo bom?

— Você é da polícia?

— Estou tentando ajudar a descobrir quem machucou sua amiga. Posso conversar com você?

Ele não saiu, apenas passou um dedo pelo parapeito da janela. Eu me sentei no balanço no ponto mais distante dele.

— Meu nome é Camille. Um amigo seu me contou o que você viu. Um garoto com cabelos louros bem curtos?

— Dee.

— É esse o nome dele? Eu o vi no parque, o mesmo parque onde você estava brincando com Natalie.

— Ela a levou. Ninguém acredita em mim. Não estou com medo. Só preciso ficar em casa, só isso. Minha mãe tem câncer. Está doente.

— Foi o que Dee me falou. Eu não estou te culpando. Espero não ter assustado você aparecendo assim.

Ele começou a raspar uma unha comprida demais na tela. O som de estalos fez minhas orelhas coçarem.

— Você não se parece com ela. Se parecesse com ela, eu chamaria a polícia. Ou atiraria em você.

— Como ela era?

Ele deu de ombros.

— Eu já disse. Cem vezes.

— Mais uma vez.

— Ela era velha.

— Velha como eu?

— Velha como uma mãe.

— O que mais?

— Vestia uma camisola branca, com cabelos brancos. Ela era toda branca, mas não como um fantasma. É o que eu fico dizendo.

— Branca como o quê?

— Como se nunca tivesse ficado do lado de fora antes.

— E a mulher agarrou Natalie quando ela foi à floresta? — perguntei com a mesma voz de estímulo que minha mãe usava com seus garçons preferidos.

— Não estou mentindo.

— Claro que não. A mulher agarrou Natalie quando estavam todos brincando?

— Muito rápido — respondeu ele, anuindo. — Natalie estava caminhando no mato para encontrar o frisbee. Eu vi a mulher sair de dentro da floresta, a observando. Eu a vi antes de Natalie. Mas não senti medo.

— Provavelmente não.

— Mesmo quando ela agarrou Natalie, eu no começo não senti medo.

— Mas depois sentiu?

— Não — disse, a voz murchando. — Não senti.

— James, você poderia me dizer o que aconteceu quando ela agarrou Natalie?

— Ela apertou Natalie, como se estivesse abraçando. Depois olhou para mim. Me encarou.

— A mulher?

— É. Sorriu para mim. Por um segundo achei que estava tudo bem. Mas ela não disse nada. E parou de sorrir. Levou um dedo aos lábios para eu ficar quieto. E depois sumiu na floresta. Com Natalie. Já contei tudo isso antes — falou, dando de ombros novamente.

— À polícia?

— Primeiro para minha mãe, depois para a polícia. Minha mãe mandou. Mas a polícia não ligou.

— Por que não?

— Acharam que eu estava mentindo. Mas eu não ia inventar isso. É ridículo.

— Natalie fez alguma coisa enquanto isso estava acontecendo?

— Não. Só ficou parada lá. Acho que ela não sabia o que fazer.

— A mulher parecia alguém que você já tinha visto?

— Já falei que não.

Ele então se afastou da tela, começando a olhar para a sala de estar por cima do ombro.

— Bem, desculpe te incomodar. Talvez você devesse pedir que um amigo viesse aqui, para lhe fazer companhia. — Ele deu de ombros mais uma vez, depois roeu uma unha. — Talvez você se sentisse melhor se saísse de casa.

— Eu não quero. E de qualquer forma, tenho uma arma.

Ele apontou por sobre o ombro para uma pistola equilibrada no braço de um sofá, perto de um sanduíche de presunto pela metade. Jesus.

— Tem certeza de que deveria estar com aquilo, James? Você não vai querer usar aquilo. Armas são muito perigosas.

— Não são tão perigosas. Minha mãe não liga — falou, e me olhou diretamente pela primeira vez. — Você é bonita. Tem cabelos bonitos.

— Obrigada.

— Preciso ir.

— Certo. Tome cuidado, James.

— É o que estou fazendo.

Ele suspirou, determinado, e se afastou da janela. Um segundo depois ouvi o falatório novamente na TV.

Há onze bares em Wind Gap. Fui a um que não conhecia, Sensors, que devia ter brotado durante uma onda de idiotice dos anos oitenta, a julgar pelos zigue-zagues em néon na parede e a minipista de dança no centro. Estava tomando um bourbon e fazendo minhas anotações do dia quando Kansas City se jogou no assento almofadado à minha frente. Sacudiu sua cerveja na mesa entre nós.

— Achei que repórteres não devessem falar com menores de idade sem permissão — falou, sorrindo e tomando um gole.

A mãe de James devia ter dado um telefonema.

— Repórteres precisam ser mais agressivos quando a polícia os deixa totalmente fora de uma investigação — retruquei, sem erguer os olhos.

— A polícia não pode fazer seu trabalho se repórteres estão detalhando suas investigações em jornais de Chicago.

O jogo era velho. Voltei às minhas anotações, molhadas do suor do copo.

— Vamos tentar uma nova abordagem. Meu nome é Richard Willis, mas os mais próximos me chamam de Dick — falou, tomando outro gole e estalando os lábios. — E você é Camille Preaker, a garota de Wind Gap que se deu bem na cidade grande.

— Ah, essa sem dúvida sou eu.

Ele deu seu alarmante sorriso de pastilhas e passou a mão pelos cabelos. Sem aliança. Fiquei pensando em quando começara a notar essas coisas.

— Certo, Camille, o que me diz de você e eu tentarmos uma trégua? Pelo menos por ora. Ver como funciona. Imagino que não precise lhe dar um sermão sobre o garoto Capisi.

— Imagino que você se dê conta de que não há motivos para me dar um sermão. Por que a polícia descartou o relato da única testemunha do sequestro de Natalie Keene? — perguntei, pegando a caneta para mostrar que era oficial.

— Quem disse que descartamos?

— James Capisi.

— Ah, bem, essa é uma boa fonte — falou, e riu. — Vou lhe dizer uma coisinha, *Srta*. Preaker — continuou, fazendo uma boa imitação de Vickery, incluindo girar um anel imaginário no mindinho. — Não permitimos que garotos de nove anos tenham conhecimento demais de uma investigação em curso, de um modo ou de outro. Inclusive se acreditamos ou não na história.

— Você acredita?

— Nada a declarar.

— Parece que se você tivesse uma descrição razoavelmente detalhada de uma suspeita de assassinato, iria querer que as pessoas aqui soubessem, para ficarem de olho. Mas não tem, então isso me leva a supor que descartou a história dele.

— Novamente, nada a declarar.

— Veio a meu conhecimento que Ann Nash não foi sexualmente agredida — continuei. — Também foi o caso de Natalie Keene?

— *Sra*. Preaker. Simplesmente não posso comentar no momento.

— Então por que está sentado aqui falando comigo?

— Bem, para começar, sei que você passou um bom tempo, provavelmente tempo profissional, com nosso policial outro dia, relatando sua versão da descoberta do corpo de Natalie. Quero lhe agradecer.

— Minha *versão*?

— Todos têm a própria versão de uma lembrança — falou ele. — Você disse, por exemplo, que os olhos de Natalie estavam abertos. Os Broussard disseram que estavam fechados.

— Nada a declarar.

Estava me sentindo rancorosa.

— Tendo a acreditar mais em uma mulher que ganha a vida como repórter do que em dois idosos donos de lanchonete — disse Willis. — Mas gostaria de saber até que ponto você tem certeza.

— Natalie foi sexualmente agredida? Em off — falei, pousando a caneta.

Ele ficou sentado em silêncio por um segundo, girando a garrafa de cerveja.

— Não.

— Tenho certeza de que seus olhos estavam abertos. Mas você estava lá.

— Sim.

— Então não precisava de mim para isso. Qual a segunda coisa?

— Como?

— Você disse, "para começar"...

— Ah, certo. Bem, a segunda razão pela qual queria conversar com você, para ser franco, uma qualidade que você parece apreciar, é que estou desesperado para falar com alguém de fora — começou ele, os dentes brilhando para mim. — Quero dizer, sei que você é daqui. E não sei como conseguiu. Entre idas e vindas, estou aqui desde agosto passado, e enlouquecendo. Não que Kansas City seja uma metrópole vibrante, mas tem vida noturna. Cultural... Alguma cultura. Tem gente.

— Tenho certeza de que está se saindo bem.

— Já estive melhor. Posso acabar passando algum tempo aqui agora.

— É — falei, apontando meu bloco para ele. — Então, qual a sua teoria, Sr. Willis?

— Na verdade, é detetive Willis — disse, novamente sorrindo. Terminei meu drinque em outro gole, comecei a mastigar o pequeno canudo. — Então, Camille, posso lhe pagar uma rodada?

Balancei meu copo e fiz que sim com a cabeça.

— Bourbon puro.

— Legal.

Enquanto ele estava no bar, peguei a esferográfica e escrevi a palavra *Dick* no pulso em uma cursiva redonda. Ele voltou com dois Wild Turkey.

— Então — falou, franzindo a testa para mim. — Minha proposta é que talvez possamos apenas conversar um pouco, como civis. Estou realmente ansioso. Bill Vickery não está exatamente louco para me conhecer.

— Somos dois.

— Certo. Então, você é de Wind Gap e agora trabalha para um jornal de Chicago. *Tribune*?

— *Daily Post*.

— Não conheço.

— Não teria como.

— Nível tão alto assim?

— É legal. Só legal.

Eu não estava no clima para jogar charme, nem sequer tinha certeza se lembrava como era. Adora é a sedutora da família — mesmo o cara que descupiniza a casa uma vez por ano envia cartões de Natal carinhosos.

— Você não está me dando muita chance de continuar, Camille. Se quiser que eu vá embora, eu vou.

Eu não queria, na verdade. Era bom olhar para ele, e sua voz fazia com que me sentisse menos arrasada. E era bom que ele não fosse dali.

— Desculpe, estou sendo grosseira. Foi um retorno agitado. E escrever sobre isso não ajuda.

— Quando foi a última vez que esteve aqui?

— Há anos. Oito, mais precisamente.
— Mas ainda tem família aqui.
— Ah, sim. Windgapianos fervorosos. Acho que esse é o termo preferido, em resposta à sua pergunta de hoje mais cedo.
— Ah, obrigado. Odeio insultar as pessoas gentis daqui. Mais do que já o fiz. Então, sua família gosta daqui?
— Aham. Nunca sonhariam em ir embora. Amigos demais. Casa perfeita demais. Etcetera.
— E seus pais nasceram aqui?

Um grupo de caras mais ou menos da minha idade que eu conhecia se instalou em um reservado próximo, cada um entornando uma jarra de cerveja. Eu esperava que não me vissem.

— Minha mãe, sim. Meu padrasto é do Tennessee. Mudou para cá quando se casaram.
— Quando foi isso?
— Faz quase trinta anos, acho — disse, tentando beber mais devagar para não ultrapassá-lo.
— E seu pai?

Sorri de forma forçada.

— Você foi criado em Kansas City? — perguntei.
— É. Nunca sonhei em sair. Amigos demais. Casa perfeita demais. Etcetera.
— E ser policial lá é... bom?
— Há alguma ação. O suficiente para eu não me transformar em Vickery. Ano passado fiz algumas coisas importantes. Principalmente assassinatos. E tivemos um cara agredindo seriamente mulheres na cidade.
— Estupro?
— Não. Montava nelas e enfiava a mão nas bocas, destruía suas gargantas.
— Meu Deus.
— Nós o pegamos. Era um vendedor de bebidas de meia-idade que morava com a mãe, e ainda tinha tecido da garganta da última mulher sob as unhas. Dez *dias* depois do ataque.

Não ficou claro para mim se ele criticava a estupidez do cara ou seus hábitos precários de higiene.

— Bom.

— E agora estou aqui. Cidade menor, mas com maiores provações. Quando Vickery nos telefonou, o caso ainda não era tão grande, então eles mandaram alguém do meio da pirâmide: eu — disse sorrindo, quase modesto. — Depois passou a ser bem sério. Por enquanto estão permitindo que eu fique com o caso, deixando claro que é melhor não fazer besteira.

A situação dele me soava familiar.

— É estranho ter sua grande chance com algo tão horrível — continuou. — Mas você deve entender isso; que tipo de assunto cobre em Chicago?

— Policial, então provavelmente o mesmo tipo de merda que você vê: agressão, estupro, assassinato. — Queria que ele soubesse que eu também tinha histórias de horror. Uma bobagem, mas me permiti. — Mês passado foi um homem de 82 anos. O filho o matou, depois deixou o corpo para dissolver em uma banheira cheia de ácido de desentupir pia. O cara confessou, mas, claro, não conseguiu apresentar uma razão para fazer isso.

Eu estava lamentando o uso da palavra *merda* para descrever agressão, estupro e assassinato. Desrespeitoso.

— Parece que ambos já vimos coisas bem feias — disse Richard.

— É — falei, girando meu drinque.

Não tinha nada a acrescentar.

— Lamento.

— Eu também.

Ele me estudou. O bartender reduziu as luzes, sinal oficial de horário noturno.

— Poderíamos pegar um cinema um dia desses — sugeriu em tom conciliatório, como se uma noite no cinema local pudesse resolver tudo para mim.

— Talvez — respondi, engolindo o resto da bebida. — Talvez.

Ele arrancou o rótulo da garrafa de cerveja vazia a seu lado e o grudou na mesa. Feio. Sinal claro de que nunca tinha trabalhado em um bar.

— Bem, Richard, obrigada pela bebida. Preciso ir para casa.

— Foi bom conversar com você, Camille. Posso acompanhá-la até o carro?

— Não, estou bem.

— Bem para dirigir? Juro que não estou falando como policial.
— Estou bem.
— Certo. Bons sonhos.
— Você também. Da próxima vez, quero algo oficial.

Alan, Adora e Amma estavam reunidos na sala de estar quando voltei. A cena era chocante, muito parecida com as cenas dos velhos tempos com Marian. Amma e minha mãe no sofá, ela embalando Amma — em uma camisola de lã, apesar do calor — enquanto mantinha uma pedra de gelo junto aos lábios. Minha meia-irmã me encarou com satisfação vazia, depois voltou a brincar com uma reluzente mesa de jantar de mogno, exatamente como aquela na sala ao lado, com a diferença de que tinha uns dez centímetros de altura.

— Nada com que se preocupar — disse Alan, erguendo os olhos de um jornal. — Amma está apenas com um resfriado de verão.

Senti uma pontada de alarme, depois de irritação; eu estava mergulhando novamente em velhas rotinas, prestes a correr para a cozinha e esquentar chá, como sempre tinha feito para Marian quando ela ficava doente. Prestes a me instalar perto de minha mãe, esperando que ela passasse um braço ao meu redor também. Minha mãe e Amma não disseram nada. Minha mãe nem sequer olhou para mim, apenas puxou Amma mais para perto e falou em seu ouvido.

— Nós, os Crellin, somos um pouco frágeis — disse Alan com alguma culpa.

Na verdade, os médicos em Woodberry provavelmente viam um Crellin por semana — minha mãe e Alan reagiam com sincero exagero no que dizia respeito à sua saúde. Quando eu era criança, lembro-me de minha mãe tentando me cobrir de unguentos e óleos, remédios caseiros e absurdos homeopáticos. Algumas vezes eu tomava as soluções horrendas, mas quase sempre me recusava. Então Marian ficou doente, realmente doente, e Adora passou a ter coisas mais importantes a fazer do que me convencer a engolir extrato de germe de trigo. Agora, eu senti uma pontada: todos aqueles xaropes e comprimidos que ela oferecera e eu recusara. Fora a última vez que tive toda a sua atenção de mãe. De repente desejei ter sido mais fácil de lidar.

Os Crellin. Todos ali eram Crellin, menos eu, pensei infantilmente.

— Lamento que esteja doente, Amma — falei.

— O padrão das pernas está errado — choramingou Amma subitamente.

Ergueu a mesinha até minha mãe, indignada.

— Você tem um olho muito bom, Amma — disse Adora, apertando a vista para a miniatura. — Mas mal se nota, querida. Só você saberá — falou, e alisou a testa molhada de Amma.

— Isso não pode ficar errado — disse a menina, com uma expressão de raiva. — Temos que devolver. Qual o sentido de ter algo feito sob medida se não está certo?

— Querida, eu garanto, não dá para ver — falou minha mãe, dando tapinhas nas faces de Amma, mas ela já estava se levantando.

— Você disse que tudo seria perfeito. Você prometeu — disse, a voz falhando e lágrimas começando a correr pelo rosto. — Agora está arruinado. Está tudo arruinado. É a sala de jantar; não posso ter uma mesa que não combina. É horrível!

— Amma... — começou Alan, dobrando o jornal e tentando colocar os braços ao redor dela, que se afastou.

— Essa é a única coisa que eu quero, a única coisa que pedi, e vocês nem ligam que esteja errado!

Ela estava berrando entre lágrimas, um chilique completo, o rosto manchado de raiva.

— Amma, se acalme — disse Alan friamente, tentando de novo abraçá-la.

— Só quero isso — berrou a menina, e esmagou a mesa no chão, onde ela se quebrou em cinco partes.

Ela bateu até que estivesse em pedaços, depois enfiou o rosto na almofada do sofá e uivou.

— Bem, agora parece que teremos que conseguir uma nova — disse minha mãe.

Eu me retirei para meu quarto, longe daquela garotinha horrível, que não era nada como Marian. Meu corpo ia pegar fogo. Andei de um lado para outro, tentei me lembrar de respirar direito, de acalmar minha pele. Mas ela queimava. Algumas vezes minhas cicatrizes pensam sozinhas.

Eu me corto, sabe? E pico, e fatio, e gravo e furo. Sou um caso muito especial. Eu tenho determinação. Minha pele grita, vê? Está coberta de palavras — *cozinha, cupcake, gato, cachos* —, como se um garotinho com uma faca tivesse aprendido a escrever em minha pele. Eu às vezes, mas só às vezes, rio. Sair do banho e ver, com o canto do olho, na lateral de uma perna: *babydoll*. Vestir um suéter e, em um instante em meu pulso: *nociva*. Por que essas palavras? Milhares de horas de terapia forneceram algumas ideias dos bons médicos. Elas são com frequência femininas, como cartilhas de alfabetização e canções de ninar. Ou são explicitamente negativas. Número de sinônimos para ansiosa gravados em minha pele: onze. A única coisa de que tenho certeza é que, na época, era crucial ver essas letras em mim; não apenas vê-las, mas senti-las. Queimando em meu quadril esquerdo: *anágua*.

E perto dessa, minha primeira palavra, cortada em um ansioso dia de verão aos treze anos: *má*. Acordei naquela manhã, acalorada e entediada, preocupada com as horas à frente. Como você se mantém segura quando seu dia inteiro é largo e vazio como o céu? Qualquer coisa podia acontecer. Lembro-me de sentir aquela palavra, pesada e ligeiramente viscosa, sobre meu osso púbico. A faca de carne da minha mãe. Cortando como uma criança ao longo de linhas vermelhas imaginárias. Limpando. Afundando mais. Limpando. Jogando cloro sobre a faca e me esgueirando pela cozinha para devolvê-la. *Má*. Alívio. Passei o resto do dia cuidando do meu ferimento. Afundei nas curvas do M com um cotonete mergulhado em álcool. Acariciei a bochecha até a ardência passar. Loção. Atadura. Repetir.

O problema começou muito antes disso, claro. Problemas sempre começam muito antes de você realmente, realmente vê-los. Eu tinha nove anos e estava copiando, com um lápis grosso de bolinhas, toda a série *Os pioneiros*, palavra a palavra, em cadernos em espiral com capas verdes brilhantes.

Eu tinha dez anos e escrevia nos meus jeans, com esferográfica azul, cada palavra que minha professora dizia. Eu as lavava, culpada, em segredo, na pia do banheiro, com xampu de bebê. As palavras manchavam e borravam, deixavam hieróglifos índigo acima e abaixo das pernas das calças, como se um passarinho sujo de tinta tivesse pulado por elas.

Aos onze, eu escrevia compulsivamente tudo o que todos me diziam em um pequeno bloco azul, já uma pequena repórter. Toda frase tinha que ser registrada em papel ou não era real, escapava. Eu via as palavras pairando no ar — Camille, passe o leite —, e a ansiedade aumentava em mim quando começavam a desaparecer, como letras de fumaça traçadas por aviões. Mas, ao escrevê-las, eu as mantinha. Sem preocupações de que pudessem se extinguir. Eu era uma conservacionista idiomática. Era a esquisita da turma, uma menina tensa e nervosa da oitava série anotando freneticamente frases ("O Sr. Feeney é totalmente gay", "Jamie Dobson é feio", "Eles nunca têm leite achocolatado") com um entusiasmo que beirava o religioso.

Marian morreu no meu aniversário de treze anos. Acordei, caminhei pelo saguão para dar um oi — sempre a primeira coisa que fazia — e a encontrei, cobertor puxado até o queixo. Lembro-me de não ter ficado muito surpresa. Ela estava morrendo desde que eu conseguia me lembrar.

Naquele verão outras coisas aconteceram. Eu de repente me tornei indubitavelmente bonita. Marian era a beleza explícita: grandes olhos azuis, nariz pequeno, queixo afilado perfeito. Meus traços mudavam a cada dia, como se nuvens flutuassem acima de mim lançando sombras elogiosas ou doentias sobre meu rosto. Mas assim que isso se definiu — e aparentemente todos nos demos conta disso naquele verão, o mesmo verão em que pela primeira vez descobri sangue marcando minhas coxas, o mesmo verão em que comecei a me masturbar compulsiva e furiosamente —, fui fisgada. Fiquei encantada comigo mesma, um flerte inacreditável em qualquer espelho que encontrasse. Despudorada como uma jovem. E as pessoas me amavam. Eu não era mais motivo de pena (com, que bizarro, uma irmã morta). Eu era a garota bonita (com, que triste, uma irmã morta). E então me tornei popular.

Também foi naquele verão que comecei a me cortar, e era quase tão dedicada a isso quanto à minha beleza recém-descoberta. Adorava cuidar de mim mesma, limpando o excesso vermelho de meu sangue com um pano úmido para magicamente revelar, logo acima de meu umbigo: *desconfortável*. Aplicando álcool com batidinhas de algodão em bolas, fiapos grudando nas linhas ensanguentadas de: *animada*. Eu tive um período indecente em meu último ano de ensino médio, que depois consertei. Alguns cortes rápidos e *boceta* se torna *bocejo*, *pica* vira *bica*, *grelo* se transforma em um muito improvável *galo*, o *r* e o *e* se tornando um *a* esticado.

A última palavra que gravei em mim mesma, dezesseis anos após ter começado: *sumir*.

Algumas vezes posso ouvir as palavras discutindo umas com as outras em meu corpo. Em meu ombro, *calcinha* chamando por *cereja* do lado de dentro do tornozelo direito. Debaixo de um dedão, *ponto* fazendo ameaças veladas a *bebê* bem sob meu seio esquerdo. Posso aquietá-los todos pensando em *sumir*, sempre sussurrada e régia, comandando as outras palavras da segurança da minha nuca.

E também: no centro das minhas costas, que era difícil demais alcançar, há um círculo de pele perfeita do tamanho de um punho.

Ao longo dos anos fiz piadas comigo mesma. *Você pode me ler. Quer que eu soletre para você? Eu certamente dei a mim mesma uma sentença perpétua.* Engraçado, certo? Não suporto olhar para mim mesma sem estar totalmente coberta. Algum dia vou procurar um cirurgião, descobrir o que pode ser feito para me alisar, mas por ora não poderia suportar a reação. Em vez disso, eu bebo, para não pensar demais no que fiz com meu corpo, e para não fazer mais. Porém, na maior parte do tempo que passo acordada quero me cortar. E não palavras pequenas. *Equivocada. Desarticulada. Enganosa.* Em meu hospital em Illinois eles não aprovariam esse anseio.

Para aqueles que precisam de um nome para isso, há um monte de termos médicos. Tudo o que sei é que cortar me fazia sentir segura. Era prova. Pensamentos e palavras, capturados onde eu podia vê-los e rastreá-los. A verdade ardente em minha pele, em uma taquigrafia bizarra. Diga que está indo ao médico e vou querer cortar *preocupante* em meu braço. Diga que se apaixonou e traço os contornos de *trágico* sobre meu seio. Eu não necessariamente queria ser curada. Mas estava sem lugares onde escrever, me cortando entre os dedos dos pés — *ruim, choro* —, como um viciado procurando uma última veia. *Sumir* fez isso por mim. Eu tinha poupado o pescoço, um lugar de primeira, tão legal para um belo último corte. Depois me internei. Passei doze semanas no hospital. É um lugar especial para pessoas que se cortam, quase todas elas mulheres, a maioria com menos de vinte e cinco anos. Eu fui com trinta. Saí há apenas seis meses. Tempos delicados.

Curry foi me visitar uma vez, levou rosas amarelas. Cortaram todos os espinhos antes que ele fosse autorizado a chegar à recepção, depositaram-nos em recipientes plásticos — Curry disse que pareciam frascos de remédios —, que trancaram até a hora da coleta de lixo. Ficamos no espaço de convivência, cheio de cantos arredondados e almofadas macias, e enquanto conversávamos sobre o jornal, sua esposa e as últimas notícias de Chicago, examinei seu corpo em busca de algo afiado. Uma fivela de cinto, um alfinete de segurança, uma corrente de relógio.

— Lamento muito, menina — disse ele no final da visita, e eu sabia que falava sério, porque sua voz soava fraca.

Quando ele saiu eu estava tão nauseada comigo mesma que vomitei no banheiro, e enquanto vomitava, notei os parafusos cobertos de borracha atrás do vaso. Arranquei o revestimento de um e arranhei a palma da minha mão — *Eu* — até funcionários me arrastarem para fora, sangue escorrendo do ferimento como de um estigma.

Minha colega de quarto se matou ainda naquela semana. Não se cortando, o que, claro, foi a ironia. Bebeu uma garrafa de limpa-vidros que um faxineiro deixara para trás. Tinha dezesseis anos, uma ex-animadora de torcida que se cortava acima da coxa para ninguém notar. Seus pais olharam feio para mim quando foram pegar as coisas dela.

Em inglês a depressão é chamada de *blues*, mas eu ficaria feliz em despertar para um mundo azulado. Para mim a depressão é amarelo-urina. Quilômetros exaustos de mijo fraco.

As enfermeiras nos davam remédios para acalmar nossas peles excitadas. E mais remédios para aplacar nossos cérebros queimando. Passávamos por revistas íntimas duas vezes por semana em busca de objetos afiados, e sentávamos em grupos, teoricamente nos purgando de raiva e ódio a nós mesmas. Aprendemos a culpar. Após um mês de bom comportamento ganhávamos banhos sedosos e massagens. Aprendíamos a bondade do toque.

A única outra visita foi a da minha mãe, que eu não via há meia década. Cheirava a flores púrpura e sacudia no pulso uma pulseira com pingentes de amuletos que eu cobiçara na infância. Quando estávamos sozinhas, ela falou sobre a folhagem e alguma nova lei da cidade determinando que as luzes de Natal fossem retiradas até quinze de janeiro. Quando meus médicos se juntaram a nós, ela chorou, me tocou e se preocupou comigo. Acariciou meus cabelos e se perguntou por que eu teria feito isso a mim mesma.

Depois, inevitavelmente, vieram as histórias de Marian. Ela já perdera uma filha, entendem? Isso quase a matara. Por que a mais velha (embora necessariamente menos amada) iria se machucar de forma deliberada? Eu era muito diferente de sua garota perdida, que — *pensem nisso* — teria quase trinta anos caso tivesse sobrevivido. Marian abraçara a vida, da qual havia sido poupada. Senhor, ela absorvera o mundo — *lembra, Camille, de como ela ria, mesmo no hospital?*

Odiei lembrar à minha mãe que essa era a natureza de uma menina moribunda e confusa de dez anos. Por que me dar o trabalho? É impossível competir com os mortos. Eu gostaria de conseguir parar de tentar.

CAPÍTULO CINCO

Alan vestia calças brancas, os vincos como dobras no papel, e uma camisa social verde-clara quando desci para o café. Estava sentado sozinho no enorme conjunto de mogno da sala de jantar, sua sombra clara cintilando na madeira encerada. Fitei explicitamente as pernas da mesa para ver sobre o que havia sido toda a confusão da noite anterior. Alan escolheu não reparar. Estava comendo ovos leitosos de uma tigela com uma colher de chá. Quando me olhou, um fio borrachento de gema balançou no seu queixo como cuspe.

— Camille. Sente-se. O que posso pedir a Gayla para lhe trazer?

Ele tocou o sino de prata ao lado, e pela porta de vaivém da cozinha passou Gayla, uma antiga garota da fazenda que dez anos antes trocara os porcos pelo trabalho diário de limpar e cozinhar na casa da minha mãe. Tinha minha altura — alta —, mas não devia pesar mais que quarenta e cinco quilos. O vestido de enfermeira engomado que ela usava como uniforme balançava frouxamente nela, como um sino.

Minha mãe passou por ela, beijou Alan no rosto e colocou uma pera sobre um guardanapo de algodão branco à frente de onde estava sentada.

— Gayla, você se lembra de Camille.

— Claro que sim, Sra. Crellin — disse ela, apontando seu rosto vulpino para mim. Sorriu com dentes tortos e lábios rachados e secos. — Olá, Camille. Temos ovos, torrada, fruta.

— Só café, por favor. Creme e açúcar.

— Camille, trouxemos comida só por sua causa — disse minha mãe, mordiscando a base da pera. — Aceite pelo menos uma banana.

— E uma banana.

Gayla voltou para a cozinha com um sorrisinho.

— Camille, devo me desculpar com você por ontem à noite — começou Alan. — Amma está passando por uma daquelas fases.

— Ela é muito apegada — disse minha mãe. — Quase sempre de uma forma doce, mas algumas vezes sai um pouco do controle.

— Ou mais que um pouco — falei. — Aquele foi um ataque sério para uma menina de treze anos. Achei um pouco assustador.

Aquilo foi a eu de Chicago retornando — mais segura e definitivamente mais assertiva. Fiquei aliviada.

— Sim, bem, você mesma não era exatamente plácida nessa idade.

Eu não sabia o que minha mãe queria dizer — meus cortes, meus surtos de choro por causa da minha irmã perdida ou a vida sexual demasiadamente ativa na qual tinha embarcado. Decidi apenas concordar.

— Bem, espero que ela esteja bem — disse, encerrando, e me levantei para sair.

— Por favor, Camille, sente-se — disse Alan baixinho, limpando os cantos da boca. — Conte-nos sobre Chicago. Partilhe um minuto conosco.

— Chicago vai bem. O trabalho ainda é bom, tenho tido boas reações.

— O que significa *boas reações*? — perguntou Alan, se inclinando na minha direção, mãos cruzadas, como se achasse a pergunta muito encantadora.

— Bem, tenho feito algumas matérias importantes. Cobri três assassinatos desde o começo do ano.

— E isso é uma coisa boa, Camille? — reagiu minha mãe, parando de mordiscar. — Nunca entenderei de onde vem seu gosto pela feiura. Parece que você tem o suficiente disso na vida sem precisar procurar por vontade própria.

Ela riu: um som agudo, como um balão que sai voando quando o ar lhe escapa.

Gayla retornou com meu café e uma banana depositada desajeitadamente em uma tigela. Enquanto ela saía, Amma entrou, como dois atores em uma comédia de costumes. Beijou minha mãe no rosto, cumprimentou Alan e se sentou à minha frente. Ela me chutou uma vez sob a mesa e riu. *Ah, era você?*

— Lamento que tenha me visto daquele modo, Camille — disse Amma. — Sobretudo porque não nos conhecemos de verdade. Estou apenas passando por uma fase — falou, e exibiu um sorriso exagerado. — Mas agora estamos juntas. Você é como a pobre Cinderela, e eu sou a irmã malvada. Meia-irmã.

— Não há um grama de maldade em você, querida — disse Alan.

— Mas Camille foi a primeira. A primeira normalmente é a melhor. Agora que ela voltou vocês amarão Camille mais que a mim? — perguntou Amma.

A pergunta foi apenas uma provocação, mas suas bochechas ruborizaram enquanto esperava que minha mãe respondesse.

— Não — disse Adora em voz baixa.

Gayla colocou um prato de presunto diante de Amma, que derramou mel por cima em círculos elaborados.

— Porque você *me* ama — falou Amma entre bocadas de presunto. O cheiro doentio de carne e doce se elevou. — Gostaria de ter sido assassinada.

— Não diga isso, Amma — retrucou minha mãe, empalidecendo.

Seus dedos se dirigiram aos cílios, depois retornaram à mesa, determinados.

— Dessa forma eu nunca teria que me preocupar de novo. Quando você morre, se torna perfeita. Eu seria como a princesa Diana. Todo mundo a ama agora.

— Você é a garota mais popular da escola, e é adorada em casa, Amma. Não seja gananciosa.

Amma me chutou de novo sob a mesa e sorriu enfaticamente, como se alguma questão importante houvesse sido resolvida. Jogou sobre o ombro uma ponta do traje que estava vestindo, e me dei conta de que o que eu pensara ser um vestido simples era um lençol azul inteligentemente enrolado. Minha mãe também notou.

— O que é isso que você está vestindo, Amma?

— É minha capa de virgem. Estou indo à floresta interpretar Joana d'Arc. As garotas vão me queimar.

— Você não fará isso, querida — disse minha mãe, arrancando o mel de Amma, que estava prestes a encharcar ainda mais o presunto. — Duas garotas da sua idade estão mortas e você acha que vai brincar na floresta?

As crianças na floresta fazem jogos selvagens secretos. O começo de um poema que um dia eu soube de cor.

— Não se preocupe, ficarei bem — retrucou Amma, sorrindo em um exagero sentimental.

— Você ficará aqui.

Amma cravou a faca no presunto e murmurou algo desagradável. Minha mãe se virou para mim com a cabeça inclinada, o diamante em sua aliança brilhando em meus olhos como um SOS.

— Então, Camille, podemos pelo menos fazer algo agradável enquanto você está aqui? Poderíamos fazer um piquenique no jardim dos fundos. Ou então pegar o conversível, dar um passeio, talvez jogar golfe em Woodberry. Gayla, me traga chá gelado, por favor.

— Tudo isso parece legal. Só preciso descobrir quanto tempo mais ficarei aqui.

— Sim, para nós também seria agradável saber. Não que não seja bem-vinda para ficar quanto tempo quiser — disse ela. — Mas seria bom saber, para podermos fazer nossos planos.

— Claro.

Dei uma mordida na banana, que tinha gosto de um nada amarelo-claro.

— Ou talvez Alan e eu pudéssemos ir a Chicago em algum momento este ano. Nunca conhecemos realmente a cidade.

Meu hospital ficava noventa minutos ao sul da cidade. Minha mãe tinha voado para o aeroporto O'Hare e sido levada até lá de táxi. Custara cento e vinte e oito dólares, cento e quarenta com a gorjeta.

— Isso também seria bom. Temos alguns museus ótimos. Você iria adorar o lago.

— Não sei se ainda consigo me entreter com água, em qualquer formato.

— Por que não? — perguntei.

Eu já sabia a resposta.

— Depois daquela garotinha, a pequena Ann Nash, ter sido deixada para se afogar no riacho — disse, e fez uma pausa para um gole em seu chá gelado. — Eu a conhecia, você sabe.

Amma gemeu e começou a se mexer na cadeira.

— Mas ela não se afogou — falei, sabendo que minha retificação iria incomodá-la. — Ela foi estrangulada. Apenas acabou no riacho.

— E depois a garota Keene. Eu tinha muito carinho por ambas. Muito carinho.

Ela olhou o horizonte, melancólica, e Alan colocou a mão sobre as dela. Amma se levantou, deu um gritinho como o que um filhotinho animado poderia soltar de repente, e subiu as escadas correndo.

— Pobrezinha — comentou minha mãe. — Ela está passando por um momento quase tão difícil quanto eu.

— Amma realmente via as garotas todo dia, então estou certa que sim — falei agressivamente, mesmo não querendo. — Como você as conhecia?

— Não preciso lembrar a você que Wind Gap é uma cidade pequena. Elas eram garotinhas doces e bonitas. Bem bonitas.

— Mas você não as conhecia de verdade.

— Eu as conhecia. Eu as conhecia bem.

— Como?

— Camille, tente não fazer isso. Acabei de dizer que estou chateada e nervosa, e, em vez de me confortar, você me ataca.

— Certo. Então, vai abrir mão de toda e qualquer água daqui em diante?

Minha mãe emitiu um som rápido, estalado.

— Você precisa se calar agora, Camille.

Ela dobrou o guardanapo ao redor dos restos da pera como uma atadura e deixou a sala. Alan a seguiu com seu assovio maníaco, como um pianista das antigas criando clima para um filme mudo.

Toda tragédia que acontece no mundo acontece com minha mãe, e isso, mais que qualquer outra característica dela, revira meu estômago. Ela se preocupa com pessoas que nunca conheceu e passam por uma maré de azar. Chora por causa de notícias do outro lado do mundo. Tudo é intenso demais para ela, a crueldade dos seres humanos.

Ela não saiu do quarto por um ano depois que Marian morreu. Um quarto deslumbrante. Cama com dossel do tamanho de um navio, penteadeira coberta de garrafas foscas de perfume. Um piso tão glorioso que foi fotografado para várias revistas de decoração: feito de puro marfim, em peças quadradas, ele iluminava o quarto por baixo. Aquele quarto e seu piso decadente me deixavam impressionada, ainda mais porque era proibido para mim. Notáveis como Truman Winslow, o prefeito de Wind Gap, faziam visitas semanais, levavam flores frescas e romances clássicos. Em uma ocasião, vi minha mãe quando a porta se abriu para deixar essas pessoas entrarem. Ela estava sempre na cama, apoiada em uma avalanche de travesseiros, vestindo uma série de finos robes floridos. Eu nunca pude entrar.

O prazo final de Curry para a matéria seria em apenas dois dias, e eu tinha pouco a relatar. Sentada em meu quarto, deitada formalmente em minha cama com as mãos cruzadas como um cadáver, resumi o que sabia, encaixei tudo à força em uma estrutura. Ninguém testemunhara o sequestro de Ann Nash em agosto do ano passado. Ela simplesmente desaparecera, seu corpo surgindo a alguns quilômetros dali em Falls Creek dez horas depois. Fora estrangulada cerca de quatro horas após ser levada. Sua bicicleta nunca fora encontrada. Se tivesse que dar um palpite, eu diria que ela conhecia a pessoa. Agarrar uma criança e sua bicicleta contra a vontade dela seria algo barulhento naquelas ruas calmas. Teria sido alguém da igreja ou do bairro? Alguém que parecesse seguro?

Mas com o primeiro assassinato cometido cautelosamente, por que levar Natalie de dia, na frente de um amigo? Não fazia sentido. Se James Capisi estivesse de pé no limite daquela floresta em vez de estar tomando sol, estaria morto agora? Ou Natalie Keene fora um alvo deliberado? Ela também fora mantida cativa por mais tempo: mais de dois dias desaparecida antes de encontrarem seu corpo, enfiado nos trinta centímetros entre a loja de ferragens e um salão de beleza na muito pública Main Street.

O que James Capisi viu? O garoto me deixou desconfortável. Não achei que estivesse mentindo. Mas crianças digerem o terror de forma diferente. O menino viu um horror, e aquele horror se tornou a bruxa má dos contos de fadas, a cruel rainha da neve. Mas e se essa pessoa simplesmente parecesse feminina? Um homem alto e magro com cabelos compridos, uma travesti, um garoto andrógino? Mulheres não matam assim, simplesmente não matam. Era possível contar nos dedos de uma das mãos o número de mulheres assassinas em série, e suas vítimas eram quase sempre do sexo masculino — em geral questões sexuais que deram errado. Mas as garotas não tinham sido agredidas sexualmente, e isso também não se encaixava no padrão.

A escolha das duas garotas também parecia sem sentido. Não fosse por Natalie Keene, eu acreditaria que elas teriam sido vítimas de puro azar. Mas se James Capisi não estava mentindo, alguém tinha feito um esforço para pegar aquela garota no parque, e se de fato aquela garota específica era quem o assassino queria, então Ann também não tinha sido puro acaso. Nenhuma das garotas era bonita de um modo que alimentasse obsessão. Como Bob Nash tinha dito, *Ashleigh é a mais bonita*. Natalie vinha de uma família com dinheiro, ainda bastante nova em Wind Gap. Ann pertencia à classe média baixa, e os Nash viviam em Wind Gap havia gerações. As garotas não eram amigas. A única ligação entre elas era uma maldade partilhada, a crer nas histórias de Vickery. E havia a teoria do viajante de carona. Era nisso que Richard Willis realmente estava pensando? Estávamos perto de uma grande rota de caminhões que iam para Memphis e voltavam. Mas nove meses é tempo demais para um estranho passar sem ser notado, e as florestas cercando Wind Gap ainda não tinham revelado nada, nem mesmo muitos animais. Eles haviam sido caçados até a extinção anos antes.

Eu podia sentir meus pensamentos se autossabotando, sujos de antigos preconceitos e muito autoconhecimento. De repente senti uma necessidade desesperada de conversar com Richard Willis, uma pessoa que não era de Wind Gap, que via o que estava acontecendo como um trabalho, um projeto a montar e concluir, o último prego no lugar, arrumado e contido. Eu precisava pensar assim.

Tomei um banho com as luzes apagadas. Depois me sentei na beira da banheira e passei o hidratante da minha mãe na pele toda, uma vez, rapidamente. Os calombos e elevações me faziam encolher.

Vesti calças de algodão leves e uma camisa de gola redonda e mangas compridas. Escovei meu cabelo e me olhei no espelho. Apesar do que eu havia feito com o restante do meu corpo, meu rosto ainda era bonito. Nenhum traço marcante, mas tudo era perfeitamente equilibrado. Fazia um sentido impressionante. Grandes olhos azuis, maçãs do rosto proeminentes emoldurando um pequeno nariz triangular. Lábios carnudos levemente curvados para baixo. Eu era adorável de se ver, desde que totalmente vestida. Se as coisas tivessem acontecido de outro modo, eu poderia ter me divertido partindo o coração de amantes. Poderia ter flertado com homens brilhantes. Poderia ter me casado.

Do lado de fora, nosso pedaço de céu do Missouri estava, como sempre, azul-elétrico. Só de pensar eu começava a lacrimejar.

Encontrei Richard na lanchonete dos Broussard, comendo waffles sem calda, com uma pilha de pastas quase na altura do seu ombro na mesa. Eu me joguei na frente dele e me senti estranhamente feliz — conspiratória e confortável.

Ele ergueu os olhos e sorriu.

— Sra. Preaker. Coma uma torrada. Sempre que venho aqui peço a eles sem torrada. Parece que não funciona. Como se tentassem cumprir uma cota.

Peguei uma fatia, espalhei sobre ela uma camada de manteiga. O pão estava frio e duro, e minha mordida espalhou migalhas sobre a mesa. Eu as varri para baixo do prato e fui direto ao ponto.

— Veja, Richard. Fale comigo. Oficialmente ou em off. Não estou conseguindo entender nada. Não consigo ser suficientemente objetiva.

Ele deu um tapinha na pilha de pastas ao seu lado, acenando para mim com seu bloco de anotações.

— Tenho toda a objetividade que você quer; pelo menos desde 1927. Ninguém sabe o que aconteceu aos registros anteriores a 1927. Provavelmente algum funcionário jogou fora, acredito, para manter a delegacia arrumada.

— Que tipo de registro?

— Estou compilando um perfil criminal de Wind Gap, uma história da violência da cidade — disse, agitando uma pasta à minha frente. — Sabia que em 1975 duas adolescentes foram encontradas mortas à beira de Falls Creek, muito perto de onde Ann Nash apareceu, com os pulsos cortados? A polícia determinou que foram ferimentos autoinfligidos. As garotas eram "demasiadamente próximas, insalubremente íntimas para a idade. Suspeita-se de ligação homossexual". Mas eles nunca encontraram a faca. Estranho.

— Uma delas se chamava Murray.

— Ah, então você sabe.

— Ela tinha acabado de ter um bebê.

— Sim, uma menininha.

— O nome do bebê era Faye. Estudou na minha escola. Eles a chamavam de Fanchona. Os garotos a levavam para a floresta depois da aula e se revezavam fazendo sexo com ela. A mãe se matou e, dezesseis anos depois, Faye teve que trepar com todo garoto da escola.

— Por quê?

— Para provar que não era lésbica. Tal mãe, tal filha, certo? Se ela não trepasse com aqueles garotos, ninguém iria querer nada com ela. Então ela trepava. E provou que não era lésbica, mas que era uma *vadia*. Então ninguém queria nada com ela. Assim é Wind Gap. Todos conhecemos os segredos dos outros. E todos os usamos.

— Lugarzinho adorável.

— Sim. Eu quero uma declaração.

— Acabei de lhe dar uma.

Isso me fez rir, e fiquei surpresa. Podia me imaginar dando a matéria a Curry: *Polícia não tem pistas, mas acredita que Wind Gap é um "lugarzinho adorável"*.

— Veja, Camille, vou fazer um acordo. Eu lhe dou uma declaração que possa usar em uma matéria e você me ajuda a conhecer essas velhas histórias. Preciso de alguém que me diga como esta cidade é de verdade, e Vickery não vai fazer isso. Ele é muito... protetor.

— Quero uma declaração oficial. Mas trabalhe comigo em off. Não vou usar nada que você me diga a não ser que me dê o ok. Você pode usar tudo o que eu lhe disser.

Não era o acordo mais justo, mas teria que ser o suficiente.

— Que declaração eu realmente deveria dar? — perguntou Richard, sorrindo.

— Você acredita mesmo que esses assassinatos foram cometidos por alguém de fora?

— Para ser publicado?

— É.

— Ainda não descartamos ninguém — disse ele, pegando um último pedaço de waffle e pensando, olhando para o teto. — Estamos estudando atentamente possíveis suspeitos da comunidade, mas também considerando com cuidado a possibilidade de que essas mortes possam ser obra de alguém de fora.

— Então você não tem nenhuma pista.

Ele sorriu, deu de ombros.

— Eu lhe dei minha declaração.

— Certo, em off, você não tem nenhuma pista?

Ele abriu e fechou a tampa da garrafa de calda algumas vezes, cruzou os talheres no prato.

— Em off, Camille, você realmente acha que parece um crime de alguém de fora? Você é repórter policial.

— Acho que não.

Dizer isso em voz alta me agitou. Tentei desviar os olhos dos dentes do garfo na minha frente.

— Garota esperta.

— Vickery disse que você achava que tinha sido alguém viajando de carona ou algo assim.

— Ah, droga, mencionei isso como uma possibilidade na primeira vez que vim para cá, há nove meses. Ele se aferra a isso como se fosse prova da minha incompetência. Vickery e eu temos problemas de comunicação.

— Você tem algum suspeito de verdade?

— Deixe-me levá-la para tomar um drinque esta semana. Quero que você conte tudo o que sabe sobre todos em Wind Gap.

Ele agarrou a conta, empurrou a garrafa de calda para a parede. Deixou um anel açucarado na mesa e, sem pensar, passei um dedo nele e o levei à boca. Cicatrizes escaparam da manga da camisa. Richard ergueu os olhos no instante em que eu recolocava as mãos sob a mesa.

Não me incomodo de contar as histórias de Wind Gap para Richard. Não sentia nenhuma fidelidade especial à cidade. Era o lugar onde minha irmã morrera, o lugar onde eu começara a me cortar. Uma cidade tão sufocante e pequena que todos os dias você esbarrava em pessoas que odiava. Pessoas que sabiam coisas sobre você. É o tipo de lugar que deixa marcas.

Embora seja verdade que, em teoria, eu não poderia ter sido mais bem tratada quando morei aqui. Minha mãe era a garantia para isso. A cidade a adorava, ela era como a cobertura do bolo: a garota mais bonita e doce que Wind Gap criara. Os pais dela, meus avós, eram donos da fazenda de porcos e de metade das casas ao redor dela, e mantinham minha mãe sob as mesmas regras rígidas que aplicavam aos empregados: nada de bebida, nada de cigarro, nada de palavrões, frequência obrigatória à igreja. Só posso imaginar como receberam a notícia quando minha mãe engravidou aos dezessete anos. Algum garoto do Kentucky que ela conheceu em um acampamento da igreja apareceu para uma visita no Natal e me deixou na barriga dela. A fúria de meus avós foi somatizada em tumores, cujo crescimento acompanhou a expansão da barriga de minha mãe, e o câncer acabou por matá-los antes do meu primeiro aniversário.

Os pais da minha mãe tinham amigos no Tennessee, e o filho deles começou a cortejar Adora antes que eu fosse capaz de comer alimentos sólidos, fazendo visitas quase todo fim de semana. Não consigo imaginar esse cortejo a não ser como algo desajeitado. Alan, todo engomado, falando sobre o clima. Minha mãe, sozinha e sem cuidados pela primeira vez na vida, carecendo de um bom par, rindo de... piadas? Não tenho certeza se Alan alguma vez contou uma piada, mas estou certa de que minha mãe encontrou alguma razão para rir femininamente para ele. E onde eu entrava nesse quadro? Provavelmente em algum quarto distante, mantida quieta pela empregada, Adora dando a ela cinco pratas a mais pelo trabalho. Posso imaginar Alan pedindo minha mãe em casamento enquanto fingia olhar por sobre os ombros dela, ou brincando com uma planta, qualquer coisa para evitar contato visual. Minha mãe aceitando gentilmente e, então, servindo mais chá a ele. Um beijo seco no final, talvez.

Não importa. Quando aprendi a falar, eles estavam casados. Não sei quase nada sobre meu pai de verdade. O nome na certidão de nascimento é falso: Newman Kennedy, em homenagem ao ator e ao presidente preferidos da minha mãe, respectivamente. Ela se recusou a me dizer seu nome verdadeiro, para que não o procurasse. Não, eu deveria ser considerada filha de Alan. Isso foi difícil, já que ela logo teve a filha de Alan, oito meses depois do casamento. Ela tinha vinte anos, ele, trinta e cinco, com dinheiro de família de que minha mãe não precisava, tendo muito do seu próprio. Eles nunca trabalharam. Eu soube pouco mais sobre Alan ao longo dos anos. Ele é um cavaleiro premiado que não cavalga mais porque isso deixa Adora nervosa. Está frequentemente doente, e mesmo quando não está, fica basicamente imóvel. Lê inúmeros livros sobre a Guerra Civil, e parece ficar contente em deixar a cargo da minha mãe a maior parte das conversas. Ele é liso e superficial como vidro. Mas Adora nunca tentou forjar um laço entre nós. Eu era considerada filha de Alan, mas ele nunca foi de fato meu pai, eu nunca fui encorajada a chamá-lo de outra forma que não pelo seu nome próprio. Alan nunca me deu seu sobrenome, e eu nunca pedi. Lembro-me de ter tentado um *Pai* quando era pequena, e o choque em seu rosto foi suficiente para bloquear qualquer outra tentativa. Francamente, acho que Adora prefere que não tenhamos intimidade. Quer que todas as relações na casa passem por ela.

Ah, mas de volta ao bebê. Marian foi uma doce sequência de doenças. Teve dificuldade de respirar desde o começo, me acordava de noite arfando em busca de ar, manchada e cinza. Eu podia ouvi-la como um vento doentio mais à frente no corredor, no quarto junto ao de minha mãe. Luzes eram acesas e havia murmúrios, ou às vezes choro ou gritos. Idas regulares à emergência, a quarenta quilômetros, em Woodberry. Depois ela teve dificuldade para digerir, e ficava sentada murmurando com as bonecas em uma cama de hospital instalada em seu quarto enquanto minha mãe a nutria via tubos intravenosos e de alimentação.

Naqueles últimos anos, minha mãe arrancou todos os cílios. Não conseguia manter os dedos afastados. Deixava pilhas deles nos tampos das mesas. Eu dizia a mim mesma que eram ninhos de fadas. Lembro-me de encontrar dois longos cílios louros grudados na lateral de meu sapato, e os mantive por semanas junto ao travesseiro. À noite, eu fazia cócegas nas bochechas e nos lábios com eles, até que um dia acordei e descobri que tinham sido soprados para longe.

Quando minha irmã enfim morreu, eu de certa forma fiquei grata. Parecia que ela havia sido expelida para este mundo não totalmente formada. Não estava pronta para o peso dele. As pessoas sussurravam consolos sobre Marian ter sido chamada de volta para o céu, mas minha mãe não seria distraída do seu sofrimento. Até hoje isso continua a ser um passatempo.

Meu carro, azul-claro coberto de cocô de passarinho, os assentos de couro certamente queimando, não me atraiu, então decidi dar uma volta pela cidade. Na Main Street, passei por um aviário que recebia frangos frescos vindos diretamente dos campos da morte de Arkansas. O cheiro queimou minhas narinas. Uma dúzia ou mais de aves peladas pendiam lascivamente na vitrine, algumas penas brancas revestindo a prateleira abaixo.

No final da rua, onde surgira um santuário improvisado para Natalie, vi Amma e suas três amigas. Estavam mexendo entre os balões e presentes baratos, três montando guarda enquanto minha meia-irmã roubava duas velas, um buquê de flores e um urso de pelúcia. Tudo menos o urso foi colocado em sua gigantesca bolsa. Ela segurou o urso enquanto as garotas davam os braços e deslizavam debochadamente na minha direção. Para cima de mim, na verdade, não parando até estarem a dois centímetros, enchendo o ar com o tipo de perfume pesado que vem em amostras grátis em revistas.

— Você nos viu fazendo aquilo? Vai colocar isso na sua matéria de jornal? — guinchou Amma. Ela definitivamente superara o chilique da casa de bonecas. Essas coisas infantis eram deixadas em casa. Ela trocara o vestido de verão por minissaia, sandálias de plataforma e um top tomara que caia. — Se for, coloque meu nome direito: Amity Adora Crellin. Pessoal, esta é... minha irmã. De Chicago. *A bastarda da família.*

Amma olhou para mim mexendo as sobrancelhas, e as garotas deram risinhos.

— Camille, estas são minhas adorááável amigas, mas você não precisa escrever sobre elas. Sou a líder.

— Só é a líder por ser a mais barulhenta — disse uma garota pequena de cabelos cor de mel com voz rouca.

— E por ter os peitos maiores — disse a segunda garota, com cabelos da cor de um sino de latão.

A terceira, de cabelo louro-avermelhado, agarrou o seio esquerdo de Amma e deu um apertão.

— Parte real, parte enchimento.

— Vá se foder, Jodes — disparou Amma e, como se disciplinando um gato, deu um tapa em seu maxilar.

A garota ficou ruborizada e murmurou uma desculpa.

— Seja como for, qual é a sua, mana? — cobrou Amma, baixando os olhos para o urso. — Por que está escrevendo uma matéria sobre duas garotas mortas que para início de conversa ninguém notava? Como se estar morta tornasse alguém popular.

Duas das garotas deram risos forçados; a terceira ainda olhava para o chão. Uma lágrima caiu na calçada.

Reconheci esse papo provocador de garota. Era o equivalente à marcação de território, mas com palavras. E ainda assim parte de mim gostou do espetáculo. Mas eu estava me sentindo protetora em relação a Natalie e Ann, e o desrespeito agressivo da minha irmã me incomodou.

Para ser honesta, deveria acrescentar que sentia inveja de Amma. (Seu nome do meio era Adora?)

— Aposto que Adora não ficaria feliz em ler que sua filha roubou objetos de uma homenagem a uma de suas colegas de escola — falei.

— Colega de escola não é a mesma coisa que amiga — retrucou a garota alta, olhando ao redor em busca de confirmação da minha estupidez.

— Ah, Camille, estamos só brincando — falou Amma. — Eu me sinto péssima. Elas eram garotas legais. Apenas esquisitas.

— Decididamente esquisitas — ecoou uma delas.

— Ahhh, pessoal, e se ele estiver matando todas as esquisitas? — disse Amma com um risinho. — Isso não seria perfeito?

A garota que chorava ergueu os olhos e sorriu. Amma a ignorou explicitamente.

— Ele? — perguntei.

— Todos sabem quem fez isso — disse a loura rouca.

— O irmão de Natalie. Esquisitos vivem em grupo — proclamou Amma.

— Ele tem uma coisa por garotinhas — disse, desanimada, a garota chamada Jodes.

— Está sempre procurando desculpas para falar comigo — comentou Amma. — Pelo menos agora sei que não vai me matar. Muito legal.

Ela soprou um beijo no ar, entregou o urso a Jodes, deu os braços às outras garotas e com um "Licença" impertinente, passou por mim. Jodes foi atrás.

Vi no escárnio de Amma um toque de desespero e ansiedade. Como ela choramingara à mesa do café: *Queria ter sido assassinada*. Amma não queria que ninguém recebesse mais atenção que ela. Certamente não garotas que não podiam competir quando vivas.

Telefonei para Curry quase meia-noite, para a casa dele. Curry faz um deslocamento diário no contrafluxo, noventa minutos desde a casa que seus pais deixaram para ele em Mt. Greenwood, um enclave operário irlandês no South Side, até nosso escritório no subúrbio. Ele e a esposa, Eileen, não têm filhos. Nunca quiseram, Curry diz sempre, mas notei o modo como ele olha para os filhos dos funcionários de longe, a grande atenção que dispensa quando um bebê faz uma rara aparição no nosso escritório. Curry e a esposa se casaram tarde. Imagino que não tenham conseguido procriar.

Eileen é uma mulher curvilínea de sardas e cabelos ruivos que ele conheceu no lava a jato do bairro quando tinha quarenta e dois anos. Mais tarde descobriu que ela era prima em segundo grau de seu melhor amigo de infância. Eles se casaram três meses depois do dia em que se falaram pela primeira vez. Estão juntos há vinte e dois anos. Eu gosto que Curry goste de contar essa história.

Eileen foi calorosa ao atender ao telefone, que era exatamente o que eu precisava. Claro que não estavam dormindo, ela disse, rindo. Na verdade, Curry estava trabalhando em um dos seus quebra-cabeças de quatro mil e quinhentas peças. Ele ocupara a sala de estar, e ela lhe dera uma semana para concluir.

Eu podia ouvir Curry ir resmungando até o telefone, quase podia sentir o cheiro de tabaco.

— Preaker, minha garota, o que manda? Está tudo bem?

— Estou bem. É só que não tem muita coisa acontecendo aqui. Demorou isso tudo só para conseguir uma declaração oficial da polícia.

— Que é?

— Estão investigando todo mundo.

— Ah. Isso é besteira. Tem que ter mais coisa. Descubra. Conversou novamente com os pais?

— Ainda não.

— Fale com os pais. Se você não consegue descobrir nada, quero o perfil das garotas mortas. Isso é material humano, não só reportagem policial simples. Converse também com outros pais, descubra se têm teorias. Pergunte se estão tomando precauções especiais. Converse com chaveiros e vendedores de armas, veja se estão fazendo mais negócios. Arrume um religioso ou alguns professores. Talvez um dentista, descubra se é difícil arrancar tantos dentes, que tipo de ferramenta precisa ser usada, se é necessária alguma experiência. Converse com uns garotos. Quero vozes, quero rostos. Quero setenta e cinco centímetros para domingo; vamos aproveitar isso enquanto é exclusividade nossa.

Fiz anotações em um bloco, depois mentais, enquanto começava a traçar as cicatrizes no meu braço direito com minha hidrográfica.

— Você quer dizer antes que haja outro assassinato.

— A não ser que a polícia saiba muito mais do que está lhe dizendo, haverá outro, sim. Esse tipo de cara não para depois de dois, não quando tem esse ritual.

Curry não tinha nenhum conhecimento em primeira mão sobre assassinatos rituais, mas ele lê alguns livros baratos sobre crimes reais toda semana, brochuras amareladas com capas espalhafatosas que compra em um brechó. *Dois por um dólar, Preaker; é o que chamo de diversão.*

— Então, Foquinha, alguma teoria se é alguém local?

Curry parecia gostar do apelido que me dera, sua repórter foca preferida. A voz sempre se animava quando ele falava assim, como se as próprias palavras enrubescessem. Eu podia imaginá-lo na sala de estar, olhando para o quebra-cabeça, Eileen dando um trago rápido no cigarro enquanto mexia uma salada de atum com picles para o almoço do marido. Ele comia isso três dias por semana.

— Em off eles dizem que sim.

— Bem, droga, faça com que digam oficialmente. Precisamos disso. É bom.

— Tem uma coisa estranha, Curry. Conversei com um garoto que diz que estava com Natalie quando ela foi sequestrada. Ele disse que foi uma mulher.

— Uma mulher? Não é uma mulher. O que a polícia diz?

— Sem comentários.

— Quem é o garoto?

— Filho de uma funcionária do abatedouro. Menino bonzinho. Ele parece realmente assustado, Curry.

— A polícia não acredita nele, caso contrário a informação já teria vazado. Certo?

— Honestamente, não sei. Eles são fechados por aqui.

— Por Cristo, Preaker, abra esse pessoal. Arrume algo oficial.

— Falar é fácil. Eu meio que sinto que é uma desvantagem ser daqui. Eles se ressentem de eu voltar para casa para isso.

— Faça com que gostem de você. Você é uma pessoa agradável. Sua mãe falará bem de você.

— Minha mãe também não ficou muito feliz por eu estar aqui.

Silêncio, depois um suspiro do outro lado da linha que zumbiu em meus ouvidos. Meu braço direito era um mapa rodoviário azul-escuro.

— Você está indo bem, Preaker? Está se cuidando?

Não falei nada. De repente senti vontade de chorar.

— Estou bem. Este lugar faz coisas ruins comigo. Eu me sinto... errada.

— Segure a onda, garota. Está se saindo muito bem. Vai ficar bem. E, se não se sentir bem, ligue. Eu tiro você daí.

— Certo, Curry.

— Eileen está dizendo para você se cuidar. Porra, e eu digo a mesma coisa.

CAPÍTULO SEIS

Cidades pequenas normalmente atendem as necessidades alcoólicas de apenas um tipo de bebedor. Esse tipo pode variar: há as cidades barulhentas, que mantêm seus bares na periferia e fazem os clientes se sentirem um pouco como foras da lei. Há as cidades de bebedores de drinques chiques, com bares que cobram demais por um *Gin Rickey* para que os pobres sejam obrigados a beber em casa. Há as cidades de classe média, com shoppings onde as cervejas chegam com cebolas fritas e sanduíches com nomes engraçadinhos.

Felizmente, todo mundo bebe em Wind Gap, então temos todos esses bares e mais. Podemos ser pequenos, mas bebemos mais que a maioria das cidades. O bar mais perto da casa da minha mãe era uma caixa de vidro cara especializada em saladas e coquetéis de vinho, o único local elegante da cidade. Era hora do brunch, e eu não suportava a ideia de Alan e seus ovos aguados, então caminhei até La Mère. Meu francês é de colégio, mas, a julgar pela temática agressivamente náutica da casa, acho que os donos quiseram batizá-lo de La Mer, O Mar, e não La Mère, A Mãe. Ainda assim o nome era adequado, já que A Mãe, a minha, frequentava aquele lugar, assim como suas amigas. Todas simplesmente adoram frango Caesar, que não é nem francês nem fruto do mar, mas não serei eu a insistir nisso.

— Camille!

Uma loura com roupa de jogar tênis trotou pelo salão, reluzindo em colares de ouro e anéis grossos. Era a melhor amiga de Adora, Anabelle Gasser, nascida Anderson, apelidada Annie-B. Sabia-se que Annabelle odiava o sobrenome do marido — até mesmo torcia ao nariz ao dizê-lo. Nunca lhe ocorrera que não precisava adotá-lo.

— Oi, querida, sua mãe me disse que estava na cidade. — Ao contrário da pobre Jackie O'Neele, ignorada por Adora, e que também vi à mesa, parecendo tão tonta quanto estivera no velório. Annabelle beijou meu rosto e recuou para me avaliar. — Ainda tão bonita. Venha, fique conosco. Estamos tomando umas garrafas de vinho e jogando conversa fora. Você pode reduzir a média etária sentando-se com a gente.

Annabelle me levou a uma mesa à qual Jackie conversava com duas outras mulheres louras e bronzeadas. Nem sequer parou de falar enquanto Annabelle fazia as apresentações, simplesmente continuou a tagarelar sobre o novo conjunto de quarto, depois derrubou um copo de água ao se virar para mim.

— Camille? Você está aqui! Estou muito feliz em vê-la novamente, meu amor — disse, parecendo sincera.

Aquele cheiro de chiclete Juicy Fruit se elevou novamente dela.

— Ela está aqui há cinco minutos — cortou outra loura, limpando o gelo e a água no chão com um gesto da mão escura. Diamantes reluziam em dois dedos.

— Certo, eu lembro. Você está cobrindo os assassinatos, sua menina má — continuou Jackie. — Adora deve odiar isso. Dormindo na casa dela com sua cabecinha suja — disse, dando um sorriso que deveria ser malicioso vinte anos antes.

Agora parecia ligeiramente louco.

— Jackie! — exclamou uma loura, virando para ela brilhantes olhos arregalados.

— Claro que, antes de Adora assumir, todas dormimos na casa de Joya com nossas cabecinhas sujas. Mesma casa, outra dama louca no comando — falou para mim, brincando com a pele atrás das orelhas. Pontos daquela plástica?

— Você nunca conheceu sua avó Joya, não é mesmo, Camille? — ronronou Annabelle.

— Uau! Ela era uma figura, minha querida — disse Jackie. — Uma mulher muito assustadora.

— Como assim? — perguntei.

Eu nunca soube muitos detalhes sobre minha avó. Adora reconhecia que ela era rígida, mas não contara mais.

— Ah, Jackie está exagerando — falou Annabelle. — Ninguém gosta da mãe quando está no colégio. E Joya morreu pouco depois. Elas nunca tiveram realmente uma chance de estabelecer uma relação adulta.

Por um segundo tive uma lamentável dose de esperança de que fosse esse o motivo pelo qual minha mãe e eu éramos tão distantes: ela não tinha prática. A ideia morreu antes que Annabelle terminasse de encher minha taça.

— Certo, Annabelle — atalhou Jackie. — Tenho certeza de que, se Joya estivesse viva hoje, elas iriam se divertir muito. Pelo menos Joya iria. Ela iria adorar perturbar Camille. Lembra daquelas unhas muito compridas dela? Nunca as pintou. Sempre achei bizarro.

— Mudando de assunto — disse Annabelle sorrindo, cada palavra como a badalada de um sino de mesa.

— Acho que o trabalho de Camille deve ser fascinante — disse uma das louras, procurando ser educada.

— Especialmente este — comentou outra.

— É, Camille, nos conte quem fez isso — soltou Jackie.

Sorriu maliciosamente de novo e piscou os redondos olhos castanhos. Ela lembrava um boneco de ventríloquo que tivesse ganhado vida. Com pele dura e vasos sanguíneos rompidos.

Eu tinha que dar alguns telefonemas, mas decidi que aquilo poderia ser melhor. Um quarteto de donas de casa bêbadas, entediadas e maliciosas que conheciam todas as fofocas de Wind Gap? Eu poderia considerar aquilo um almoço de trabalho.

— Na verdade estou interessada no que vocês todas pensam.

Uma frase que elas certamente não ouviam com muita frequência.

Jackie mergulhou seu pão em um pratinho de molho cremoso, depois deixou pingar à sua frente.

— Bem, vocês todas sabem o que eu acho. O pai de Ann, Bob Nash. Ele é um pervertido. Sempre olha para meus peitos quando o vejo na loja.

— O pouco peito que há — disse Annabelle, e me cutucou de brincadeira.

— Falando sério, é inadequado. Estou pensando em contar a Steven.

— Tenho novidades deliciosas — falou a quarta loura.

Dana ou Diana? Esqueci assim que Annabelle nos apresentou.

— Ah, DeeAnna sempre tem material bom, Camille — observou Annabelle, apertando meu braço.

DeeAnna fez uma pausa de efeito, lambeu os dentes, serviu-se de outra taça de vinho e nos olhou por cima dela.

— John Keene saiu da casa dos pais — anunciou.

— O quê? — reagiu uma loura.

— Está brincaaando — disse outra.

— Ora veja — soltou uma terceira.

— E... — continuou DeeAnna, triunfante, sorrindo como uma apresentadora de programa prestes a entregar um prêmio. — Se mudou para a casa de Julie Wheeler. O anexo nos fundos.

— Isso é bom demais — disse Melissa, ou Melinda.

— Ah, você *sabe* que eles estão fazendo — falou Annabelle, rindo. — Não há como Meredith sustentar essa coisa de Srta. Perfeita. Veja, Camille, John Keene é o irmão mais velho de Natalie, e quando a família se mudou para cá, a cidade inteira ficou maluquinha por ele. Quero dizer, ele é maravilhoso. Ele. É. Maravilhoso. Julie Wheeler é amiga da sua mãe e nossa. Não teve filhos até estar mais ou menos com trinta, e quando isso aconteceu, ficou insuportável. Uma daquelas pessoas cujos filhos nunca fazem nada errado. Então, quando Meredith, filha dela, fisgou John, ai meu Deus. Achamos que nunca iríamos parar de ouvir falar sobre isso. Meredith, essa pequena virgem aluna nota 10 pega o Grande Cara do campus. Mas não há como um garoto como aquele, com aquela idade, ficar com uma garota que não esteja dando. Simplesmente não funciona assim. E agora, isso é conveniente para eles. Deveríamos tirar polaroides e prender nos limpadores de para-brisa do carro de Julie.

— Bem, você sabe como ela vai lidar com isso — interrompeu Jackie. — A coisa vai girar em torno de como eles são bons por receber John e dar a ele um pouco de espaço para respirar enquanto está de luto.

— Mas por que ele está saindo de casa? — perguntou Melissa/Melinda, que eu estava começando a ver como a voz da razão. — Quero dizer, ele não deveria ficar com a família em um momento desses? Por que iria precisar de espaço para respirar?

— Porque *ele* é o assassino — soltou DeeAnna, e a mesa toda começou a rir.

— Ah, seria delicioso se Meredith Wheeler estivesse dando para um assassino em série — falou Jackie

De repente a mesa parou de rir. Annabelle emitiu um barulho pelo nariz e conferiu o relógio. Jackie apoiou o queixo na mão e bufou com força o bastante para espalhar as migalhas de pão em seu prato.

— Não consigo acreditar que isso realmente esteja acontecendo — disse DeeAnna, baixando os olhos para as unhas. — Em nossa cidade, onde crescemos. Aquelas garotinhas. Isso me deixa enjoada.

— Fico contente por minhas meninas serem crescidas — falou Annabelle. — Acho que não iria aguentar. A pobre Adora deve estar em pânico por causa de Amma.

Mordisquei um pedaço de pão do modo que minhas anfitriãs faziam, como passarinhos, e desviei a conversa para longe de Adora.

— As pessoas realmente acham que John Keene poderia ter algo a ver com isso? Ou isso não passa de fofoca? — perguntei, e me senti cuspindo a última parte. Eu tinha me esquecido de como mulheres como aquelas podiam tornar a vida em Wind Gap difícil para as pessoas de quem não gostavam. — Só pergunto porque um grupo de garotas, provavelmente estudantes, me disse a mesma coisa ontem.

Achei melhor não mencionar que Amma era uma delas.

— Deixe-me adivinhar, quatro coisinhas louras falantes que se acham mais bonitas do que realmente são — sugeriu Jackie.

— Jackie, querida, você percebeu para quem acabou de dizer isso? — falou Melissa/Melinda, colocando a mão no ombro dela.

— Ah, merda. Sempre esqueço que Amma e Camille são parentes; vidas diferentes, sabe? — retrucou Jackie, sorrindo. Um grande estouro soou atrás dela, que ergueu a taça de vinho sem sequer olhar para o garçom. — Camille, é melhor que ouça isto aqui: sua pequena Amma é problemááática.

— Ouvi dizer que elas vão a todas as festas da escola — disse DeeAnna. — E pegam todos os garotos. E fazem coisas que não fizemos até nos tornarmos velhas mulheres casadas; e mesmo assim só depois de negociar algumas joias — falou, e girou um bracelete de diamantes.

Todas elas riram; Jackie chegou a socar a mesa, como uma criança tendo um ataque.

— Mas...

— Não sei se as pessoas acham mesmo que John fez isso. Sei que a polícia falou com ele — contou Annabelle. — É definitivamente uma família estranha.

— Ah, achei que vocês eram próximos. Eu a vi na casa deles depois do velório. — *Suas malditas piranhas*, acrescentei mentalmente.

— Todo mundo importante na cidade de Wind Gap esteve naquela casa depois do velório — falou DeeAnna. — Como se fôssemos perder uma ocasião como aquela.

Ela tentou provocar o riso novamente, mas Jackie e Annabelle anuíam de forma solene. Melissa/Melinda olhava ao redor como se desejasse estar em outra mesa.

— Onde está sua mãe? — perguntou Annabelle de repente. — Ela precisa vir aqui. Poderia fazer bem a ela. Ela tem agido de modo muito estranho desde que tudo isso começou.

— Ela também estava agindo de modo muito estranho antes que isto começasse — disse Jackie, mexendo o maxilar.

Fiquei pensando se ela iria vomitar.

— Ah, por favor, Jackie.

— Falando sério. Camille, deixe-me dizer umas coisas: neste instante, do jeito que as coisas estão com sua mãe, você estaria melhor em Chicago. Deveria voltar logo.

O rosto dela perdera a expressão maníaca — ela parecia completamente solene. E realmente preocupada. Eu voltei a gostar dela.

— Sério, Camille...

— Jackie, cale a boca — ordenou Annabelle, e jogou um pãozinho no rosto dela, com força.

O pãozinho bateu no nariz da mulher e caiu na mesa. Um gesto de violência bobo, como quando Dee jogou a bola de tênis em mim; você fica menos chocado com o impacto que com o fato de que realmente aconteceu. Jackie registrou o golpe com um gesto de mão e continuou a falar:

— Vou falar o que quero, e o que estou dizendo é que Adora pode ferir...

Annabelle se levantou, foi até o lado de Jackie, levantou-a pelo braço.

— Jackie, você precisa vomitar — falou. A voz era uma mistura de sedução e ameaça. — Você já bebeu muito, e se não botar para fora vai passar realmente mal. Deixe-me levá-la ao toalete e ajudá-la.

Jackie inicialmente afastou a mão, mas o aperto de Annabelle se fechou e as duas logo se afastaram, cambaleando. Silêncio à mesa. Eu fiquei boquiaberta.

— Não é nada — disse DeeAnna. — Nós, meninas velhas, temos briguinhas do mesmo modo que vocês, meninas novas. Então, Camille, ouviu dizer que estão pensando em abrir uma Gap aqui?

As palavras de Jackie não saíram da minha cabeça: *Do jeito que as coisas estão com sua mãe, você estaria melhor em Chicago.* De que outro sinal eu precisava para deixar Wind Gap? Fiquei pensando por que exatamente ela e Adora teriam brigado. Devia ser mais que o esquecimento de um cartão. Fiz uma anotação mental para passar na casa de Jackie quando ela estivesse menos bêbada. Se é que ficava sóbria em algum momento. Enfim, não seria eu quem iria fazer cara feia para uma pessoa que gostava de beber.

Navegando em um agradável pileque de vinho, liguei para os Nash da loja de conveniência, e uma voz trêmula de menina disse alô e depois ficou em silêncio. Eu podia ouvir sua respiração, mas nenhuma resposta aos meus pedidos de falar com mamãe ou papai. Depois, um lento clique deslizante antes de a ligação cair. Decidi tentar a sorte pessoalmente.

Uma minivan da era *disco* estava na rampa dos Nash junto a um Trans Am da GM amarelo enferrujado, que significava, imaginei, que Bob e Betsy estavam em casa. A filha mais velha atendeu à campainha, mas ficou do lado de dentro olhando para minha barriga através da porta de tela enquanto eu perguntava se os pais estavam. Os Nash eram pequenos. Aquela, Ashleigh, eu sabia ter doze anos, mas, como o garoto roliço que eu encontrara em minha primeira visita, parecia vários anos mais nova. E agia como tal. Chupava os cabelos e mal piscou quando o pequeno Bobby foi até o lado dela e começou a chorar ao me ver. Depois uivar. Um bom minuto se passou antes que Betsy Nash fosse até a porta. Parecia tão atônita quanto os dois filhos e aparentou confusão quando me apresentei.

— Wind Gap não tem um jornal diário — falou.

— Certo, eu sou do *Chicago Daily Post* — expliquei. — De Chicago. Illinois.

— Bem, é meu marido que lida com compras assim — falou, e começou a passar os dedos pelos cabelos louros do filho.

— Não estou vendendo assinatura nem nada... O Sr. Nash está em casa? Será que eu poderia falar com ele rapidamente?

Todos os três Nash se afastaram da porta juntos, e após mais alguns minutos Bob Nash me conduziu para dentro e estava tirando roupas do sofá para abrir espaço para que eu me sentasse.

— Droga, este lugar está um lixo — murmurou alto na direção da esposa. — Peço desculpas pelo estado da nossa casa, Srta. Preaker. As coisas estão meio infernais desde Ann.

— Ah, não se preocupe com isso — falei, puxando um par de pequenas cuecas infantis nas quais havia me sentado. — Essa é a aparência da minha casa o tempo todo.

Isso era o oposto da verdade. Uma qualidade que herdei da minha mãe foi a arrumação compulsiva. Tenho que me conter para não passar meias a ferro. Quando voltei do hospital, passei até por um período de ferver as coisas: pinças e curvex, grampos de cabelos e escovas de dentes. Era um exagero que eu me permitia. Mas acabei jogando fora as pinças. Muitos pensamentos tarde da noite sobre suas pontas brilhantes e quentes. Menina má, de fato.

Eu esperava que Betsy Nash desaparecesse. Literalmente. Era tão insubstancial que podia imaginá-la evaporando devagar, deixando apenas um ponto viscoso na beirada do sofá. Mas ela permaneceu, o olhar se alternando entre mim e o marido antes mesmo de começarmos a conversar. Como se estivesse se preparando para a conversa. As crianças também ficaram por ali, pequenos fantasmas louros presos em um limbo entre a indolência e a estupidez. A garota bonita poderia escapar, mas a roliça do meio, que agora entrava cambaleando atonitamente na sala, estava destinada a sexo carente e comilança de bolinhos. O menino era o tipo que acabaria bebendo em postos de gasolina. O tipo de garoto raivoso e entediado que eu vira ao entrar na cidade.

— Sr. Nash, preciso conversar um pouco mais com o senhor sobre Ann. Para uma matéria maior. O senhor foi muito gentil comigo, e estava esperando obter um pouco mais de informação.

— Qualquer coisa que ajude a chamar alguma atenção para o caso, não nos importamos — respondeu. — O que você precisa saber?

— De que tipo de brincadeiras ela gostava, que tipo de comida? Quais palavras usaria para descrevê-la? Ela tendia a ser líder ou seguidora? Tinha muitos amigos, ou apenas alguns mais próximos? Gostava da escola? O que fazia aos sábados? — disparei, e os Nash me encararam em silêncio por um segundo. — Para começar — concluí, sorrindo.

— É minha esposa quem deveria responder à maioria dessas perguntas — disse Bob Nash. — Ela é quem... cuida.

Ele se virou para Betsy Nash, que dobrava e redobrava o mesmo vestido no colo.

— Ela gostava de pizza e iscas de peixe. E tinha muitas amigas, mas poucas delas eram íntimas, se entende o que quero dizer. Brincava muito sozinha.

— Olha, mamãe, Barbie precisa de roupas — disse Ashleigh, agitando uma boneca de plástico nua diante do rosto da mãe.

Nós três a ignoramos, ela jogou o brinquedo no chão e começou a rodopiar pela sala em falsos movimentos de bailarina. Vendo uma rara oportunidade, Tiffanie se jogou na Barbie e começou a escancarar as pernas de borracha bronzeadas, abrindo e fechando, abrindo e fechando.

— Ela era durona, era a mais durona das minhas filhas — acrescentou Bob Nash. — Poderia jogar futebol se fosse menino. Estava sempre caindo, sempre com arranhões e hematomas.

— Ann era a linguaruda — disse Betsy em voz baixa.

E não continuou.

— Como assim, Sra. Nash?

— Ela falava mesmo, dizia o que passava pela cabeça. No bom sentido. Na maioria das vezes — falou, depois voltou a ficar em silêncio por alguns segundos, mas eu podia ver que atrás dos olhos ela pensava, recuando, então não comentei nada. — Sabe, achei que ela poderia ser advogada, fazer debates na faculdade ou algo assim um dia, porque era... Ela nunca parava para medir as palavras. Como eu. Eu acho que tudo o que digo é idiotice. Ann achava que todos tinham que ouvir tudo o que tinha a dizer.

— A senhora mencionou a escola, Srta. Preaker — interrompeu Bob Nash. — Foi onde a tagarelice a colocou em apuros. Ela podia ser um pouco mandona, e ao longo dos anos recebemos alguns telefonemas dos professores sobre ela não se comportar muito bem em sala. Era um pouco selvagem.

— Mas às vezes acho que era só por ser muito inteligente — acrescentou Betsy Nash.

— Ela era bem esperta, sim. — Bob Nash confirmou com um gesto de cabeça. — Algumas vezes eu achava que ela era mais esperta que o pai. Algumas vezes *ela* achava que era mais esperta que o pai.

— Olhe para mim, mamãe — disse a Porquinha Tiffanie, que estivera distraída mastigando os dedos dos pés da Barbie e no momento corria para o centro da sala de estar e começava a dar saltos mortais.

Ashleigh, tomada por uma raiva fantasma, gritou ao ver a mãe dar atenção à segunda filha e a empurrou com força. Então puxou seus cabelos uma vez. O rosto de Tiffanie se abriu em um uivo vermelho, que fez Bobby Jr. chorar novamente.

— A culpa é da Tiffanie — berrou Ashleigh, também começando a choramingar.

Eu havia rompido uma dinâmica delicada. Uma casa com muitas crianças é um buraco de ciúmes, eu sabia, e os pequenos Nash estavam em pânico com a ideia de competir não apenas uns com os outros, mas com uma irmã morta. Elas tinham minha solidariedade.

— Betsy — murmurou Bob Nash, sobrancelhas levemente erguidas.

Bobby Jr. foi rapidamente apanhado e colocado no colo, Tiffanie tirada do chão com uma das mãos, outro braço ao redor da agora inconsolável Ashleigh, e logo os quatro estavam saindo da sala.

Bob olhou para eles rapidamente.

— Já estão assim há quase um ano, as garotas. Agindo como bebezinhos. Embora devessem estar ansiosas para crescer. A partida de Ann mudou esta casa mais que... — Ele se acomodou no sofá. — É só que ela era uma *pessoa* real, sabe? Você pensa: nove anos de idade, o que é isso? O que há ali? Mas Ann tinha *personalidade*. Eu podia adivinhar o que ela ia pensar das coisas. Quando estávamos assistindo à TV, eu sabia que tipo de coisas ela acharia engraçadas e quais acharia bobas. Não consigo fazer isso com meus outros filhos. Que inferno, não consigo fazer isso com minha esposa. No caso de Ann, você simplesmente a sentia. Eu só...

A voz de Bob Nash travou. Ele se levantou e deu as costas para mim, virou uma vez, depois de costas de novo, se afastou, caminhou em círculos atrás do sofá, depois se sentou à minha frente.

— Droga, eu a quero de volta. Quero dizer, e agora? É isso? — perguntou, fazendo um gesto abarcando a sala, na direção da passagem por onde sua esposa e seus filhos tinham saído. — Porque, se for isso, então não faz muito sentido, faz? E que merda, alguém precisa encontrar aquele homem, porque ele tem que me dizer: por que Ann? Preciso saber. Ela era a que eu sempre achei que se daria bem na vida.

Fiquei em silêncio por um segundo, podendo sentir a pulsação no pescoço.

— Sr. Nash, me foi sugerido que talvez a personalidade de Ann, que o senhor mencionou ser bastante forte, a tivesse colocado em atrito com algumas pessoas do modo errado. Acha que isso poderia ter alguma relação?

Eu podia sentir a cautela dele, ver o modo como se sentava e deliberadamente recostava no sofá, esticava os braços e fingia descontração.

— Atrito do modo errado com quem?

— Bem, pelo que entendi houve problemas com Ann e o pássaro de um vizinho. Ela poderia ter ferido o pássaro de um vizinho?

Bob Nash esfregou os olhos, olhou para os pés.

— Deus, como as pessoas fofocam nesta cidade. Ninguém nunca provou que Ann fez aquilo. Ela e os vizinhos não se davam. Joe Duke, do outro lado da rua. As garotas dele são mais velhas, implicavam muito com Ann, a provocavam demais. Então um dia a levaram para brincar. Não sei realmente o que aconteceu, mas, quando Ann voltou, todos estavam gritando que ela tinha matado o maldito pássaro — disse ele, depois riu e deu de ombros. — Por mim tudo bem se fez isso, era um bicho velho e barulhento.

— Acha que Ann poderia fazer algo assim caso provocada?

— Bem, alguém que provocasse minha filha seria um tolo — respondeu. — Ela não lidava bem com essas coisas. Não era exatamente uma pequena dama.

— Você acredita que a pessoa que a matou seja algum conhecido?

Nash pegou uma camiseta rosa no sofá, a dobrou em quadrados como um lenço.

— Já achei que não. Agora acho que sim. Acho que ela foi com alguém que conhecia.

— Seria mais fácil ir com um homem ou uma mulher? — perguntei.

— Então você ouviu a história de James Capisi.

Confirmei com um aceno de cabeça.

— Bem, é mais fácil uma garotinha confiar em uma pessoa que lembre sua mãe, certo?

Depende de como é a mãe, pensei.

— Mas ainda acho que é um homem. Não consigo imaginar uma mulher fazendo tudo... aquilo a uma criança. Ouvi dizer que John Keene não tem álibi. Talvez quisesse matar uma garotinha, via Natalie todo dia, o dia inteiro, e não conseguia suportar a ânsia, então saiu e matou outra menina, uma garota como Natalie. Mas no fim não conseguiu resistir e também pegou Natalie.

— É o que dizem? — perguntei.

— Alguns, suponho.

Betsy Nash apareceu de repente à porta. Olhando para os joelhos, ela disse:

— Bob. Adora está aqui.

Meu estômago se contraiu involuntariamente.

Minha mãe entrou, uma brisa refrescante como água cristalina. Parecia mais confortável na casa dos Nash do que a própria Sra. Nash se sentia. Era um dom natural de Adora, fazer com que as outras mulheres se sentissem acessórias. Betsy Nash se retirou da sala, como uma empregada em um filme dos anos trinta. Minha mãe se recusou a olhar para mim, indo na direção de Bob Nash.

— Bob, Betsy me disse que havia uma repórter aqui, e soube imediatamente que era minha filha. Lamento muito. Não posso me desculpar o suficiente pela intrusão.

Bob Nash olhou para Adora, depois para mim.

— Ela é sua filha? Não tinha ideia.

— Não, provavelmente não. Camille não faz o tipo família.

— Por que não disse nada? — perguntou Nash.

— Eu lhe disse que era de Wind Gap. Não tinha ideia de que poderia estar interessado em quem era minha mãe.

— Ah, não estou com raiva, não me entenda mal. É só que sua mãe é uma grande amiga nossa — retrucou, como se ela fosse uma benfeitora de grande coração. — Ajudava Ann em inglês e gramática. Ela e Ann eram muito próximas. Minha filha sentia muito orgulho de ter uma amiga adulta.

Minha mãe se sentou com as mãos cruzadas no colo, saia esticada no sofá, e piscou para mim. Eu me senti como se fosse alertada a não dizer algo, mas não sabia o quê.

— Eu não tinha ideia — falei, enfim.

Era verdade. Eu achara que minha mãe estivesse exagerando seu sofrimento, fingindo conhecer as garotas. Agora estava surpresa com a sutileza dela. Mas por que afinal estaria ajudando Ann? Ela fizera essa coisa de mãe voluntária em minha escola quando eu era menina — principalmente para passar algum tempo com outras donas de casa de Wind Gap —, mas não podia imaginar que essa *noblesse oblige* se estendesse a passar tardes com uma garota desmazelada da zona oeste da cidade. Às vezes eu subestimava Adora. Suponho.

— Camille, acho que deveria ir embora — disse Adora. — Estou aqui em uma visita social, e é difícil, para mim, relaxar perto de você atualmente.

— Ainda não terminei de conversar com o Sr. Nash.

— Terminou, sim — falou Adora, buscando a confirmação do Sr. Nash, que deu um sorriso desajeitado, como alguém que não sabe o que fazer.

— Talvez possamos continuar mais tarde, Srta... Camille.

Uma palavra brilhou de repente em meu quadril inferior: *punição*. Eu podia senti-la esquentando.

— Obrigada por seu tempo, Sr. Nash — disse, e saí da sala a passos largos, sem olhar para minha mãe.

Eu estava chorando antes mesmo de chegar ao carro.

CAPÍTULO SETE

Certa vez eu estava parada em uma esquina fria de Chicago, esperando o sinal abrir, quando um cego surgiu batendo sua bengala. *Qual é o cruzamento aqui?*, perguntou, e quando não respondi, ele se virou na minha direção e perguntou: *Há alguém aqui?*

Eu estou aqui, falei, e essas palavras pareceram chocantemente reconfortantes. Quando entro em pânico eu as digo a mim mesma em voz alta. *Eu estou aqui.* Não costumo sentir que estou. Sinto como se uma rajada de vento quente pudesse soprar em minha direção e me fazer desaparecer para sempre, nenhuma ponta de unha deixada para trás. Alguns dias acho essa ideia reconfortante; em outros, ela me dá arrepios.

Minha sensação de falta de gravidade, acho, deriva do fato de que sei muito pouco sobre meu passado — ou pelo menos foi o que os analistas na clínica disseram. Eu há muito desisti de tentar descobrir algo sobre meu pai; quando penso nele é como uma imagem genérica de "pai". Não suporto pensar nele de modo muito específico, imaginá-lo fazendo compras ou tomando uma xícara de café pela manhã ou indo para casa ver os filhos. Será que um dia vou me deparar com uma garota parecida comigo? Quando criança eu me esforçava para ver uma semelhança clara entre mim e minha mãe, alguma ligação que provasse que eu saíra dela. Eu a analisava quando ela não estava olhando, roubava os retratos emoldurados do quarto dela e tentava me convencer de que tinha seus olhos. Ou talvez não fosse algo no rosto. A curva de uma panturrilha ou a base do pescoço.

Ela nunca me contou sequer como conhecera Alan. O que sabia da história deles vinha de outras pessoas. Perguntas são desestimuladas, consideradas bisbilhotice. Lembro-me do choque de ouvir minha colega de quarto na faculdade conversando com a mãe pelo telefone. A minúcia dos relatos e a falta de censura me pareceram decadentes. Ela dizia coisas bobas, como esquecer de ter se matriculado em uma disciplina — tinha se esquecido completamente que deveria estar em Geografia I três vezes por semana —, e dizia isso no mesmo tom orgulhoso de um aluno de jardim de infância que ganhou uma estrela dourada por seu desenho com lápis de cera.

Lembro-me de finalmente conhecer a mãe dela, de como ela circulou pelo nosso quarto fazendo muitas perguntas, já sabendo tanto sobre mim. Deu a Alison um saco plástico grande com alfinetes de segurança, que achou que poderiam ser úteis, e quando elas saíram para almoçar, eu me surpreendi caindo em lágrimas. O gesto — tão aleatório e gentil — me arrasara. Era aquilo que mães faziam, ficavam pensando se você poderia precisar de alfinetes de segurança? A minha telefonava uma vez por mês e sempre me fazia as mesmas perguntas práticas (notas, aulas, despesas futuras).

Quando criança, não me lembro de dizer a Adora minha cor favorita ou que nome daria à minha filha quando crescesse. Não acho que ela tenha um dia sabido qual é o meu prato preferido, e certamente nunca fui ao quarto dela de madrugada, chorando por causa de pesadelos. Sempre me senti triste pela garota que eu era, porque nunca me ocorrera que minha mãe poderia me consolar. Ela nunca me disse que me amava, e nunca supus que sim. Ela cuidava de mim. Ela me administrava. Ah, sim, uma vez me comprou hidratante com vitamina E.

Por um tempo me convenci de que a distância de Adora era uma defesa criada depois de Marian. Mas na verdade acho que ela sempre teve mais problemas com crianças do que consegue perceber. Acredito que ela as odeia. Há uma inveja, um ressentimento que consigo sentir mesmo agora, em minha memória. Em algum momento ela provavelmente gostou da ideia de ter uma filha. Quando criança, aposto que sonhava acordada com ser mãe, mimar, lamber o filho como uma gata cheia de leite. Ela tem essa voracidade com crianças. Ela se lança sobre elas. Mesmo eu, em público, era uma criança amada. Assim que seu período de luto por Marian terminou, ela desfilava comigo pela cidade, sorrindo e me provocando, me fazendo cócegas enquanto conversava com pessoas nas calçadas. Quando chegávamos em casa, ela partia para o quarto, como uma frase incompleta, e eu ficava sentada do lado de fora com o rosto colado em sua porta, repassando o dia na cabeça, buscando pistas do que eu tinha feito para deixá-la insatisfeita.

Tenho uma lembrança que segue grudada a mim como uma casca pegajosa de ferida. Marian estava morta havia uns dois anos, e minha mãe ia receber um grupo de amigas para um drinque à tarde. Uma delas levou um bebê. A criança foi mimada por horas, coberta de beijos vermelhos de batom, limpada com lenços, depois suja novamente de batom. Eu deveria ficar lendo em meu quarto, mas estava sentada no alto da escada, assistindo.

Minha mãe finalmente pegou o bebê, e o mimou com ferocidade. *Ah, que maravilha é segurar um bebê novamente!* Adora o balançou no joelho, caminhou com ele pelas salas, sussurrou para ele, e eu vi de cima como um pequeno deus maldoso, o verso de minha mão sobre o rosto, imaginando como seria estar cara a cara com minha mãe.

Quando as damas foram para a cozinha ajudar a guardar a louça, algo mudou. Lembro-me de minha mãe sozinha na sala de estar, olhando para a criança de modo quase lascivo. Ela apertou os lábios com força sobre a bochecha do bebê. Depois abriu a boca ligeiramente, segurou com os dentes um pedaço mínimo de pele e, então, mordeu.

O bebê berrou. A marca sumiu enquanto Adora o acalentava e dizia às outras mulheres que estava apenas irritadinho. Corri para o quarto de Marian e me enfiei debaixo das cobertas.

De volta ao Footh's para um drinque depois do encontro com minha mãe e os Nash. Eu estava bebendo muito, mas nunca ao ponto da embriaguez, argumentei comigo mesma. Só precisava de uma dose. Sempre gostara da imagem do álcool como um lubrificante — uma camada de proteção para todos aqueles pensamentos cortantes na cabeça. O bartender era um cara de rosto redondo, de duas turmas abaixo da minha, que eu tinha quase certeza de se chamar Barry, mas não certeza o bastante para chamá-lo assim. Enquanto enchia meu copo grande com dois terços de bourbon e misturava com um pouco de Coca, ele murmurou:

— Bem-vinda de volta. Por conta da casa — falou para o porta-guardanapos. — Aqui não aceitamos dinheiro de mulheres bonitas.

Seu pescoço ficou vermelho, e ele de repente fingiu ter negócios urgentes na outra ponta do balcão.

Peguei a Neeho Drive na volta para casa. Era uma rua onde vários amigos meus tinham morado, que cortava a cidade e ficava cada vez mais elegante à medida que se aproximava da casa de Adora. Vi a velha casa de Katie Lacey, uma mansão delicada que os pais construíram quando tínhamos dez anos — após terem feito sua antiga casa vitoriana em pedaços.

Um quarteirão à frente, uma garotinha em um carrinho de golfe decorado com adesivos de flores avançava aos trancos. Usava os cabelos em tranças elaboradas como uma pequena empregada suíça em uma caixa de chocolate. Amma. Aproveitara a visita de Adora aos Nash para dar uma pequena escapada — garotas passeando sozinhas era algo estranho em Wind Gap desde o assassinato de Natalie.

Em vez de seguir para casa, ela virou e foi para leste, ou seja, para o lado das casas vagabundas e da fazenda de porcos. Virei na esquina e a segui tão lentamente que o carro quase morreu.

O caminho era um belo declive para Amma, e o carrinho deslizou tão rápido que as tranças tremulavam atrás dela. Em dez minutos, estávamos no campo. Grama amarela alta e vacas entediadas. Celeiros inclinados como idosos. Deixei o carro se arrastar por alguns minutos para dar uma boa vantagem a Amma, depois mantive distância, mas sem perdê-la de vista. Eu a segui passando por casas de fazenda e uma barraca de castanhas na beira da estrada comandada por um garoto que segurava seu cigarro com a confiança de um astro do cinema. Logo o ar começou a cheirar a merda e saliva azeda, e soube para onde estávamos indo. Mais dez minutos e surgiram os abrigos metálicos de porcos, compridos e reluzentes como cartuchos de grampos. Os guinchos fizeram minhas orelhas suarem. Como rangidos de uma bomba de água enferrujada. Minhas narinas se dilataram involuntariamente e meus olhos começaram a lacrimejar. Se você já esteve perto de um abatedouro de animais, sabe o que quero dizer. O cheiro não é gasoso nem líquido; é sólido. Como se você pudesse cortar um buraco no fedor para ter algum alívio. Não pode.

Amma passou em disparada pelos portões da fábrica. O cara na guarita apenas acenou para ela. Eu tive mais dificuldade até dizer a palavra mágica: *Adora*.

— Certo. Adora tem uma filha adulta. Eu lembro — disse o velho. Sua identificação dizia *Jose*.

Tentei ver se ele tinha todos os dedos. Mexicanos não conseguem empregos em escritório a não ser que os empregadores sejam obrigados a conceder. É assim que as fábricas funcionam aqui: os mexicanos ficam com os empregos mais vagabundos e perigosos, e os brancos ainda reclamam.

Amma estacionou seu carrinho perto de uma picape e espanou a poeira do corpo. Depois, tomando uma linha reta objetiva, passou pelo abatedouro, pelas filas de baias de porcos, aqueles focinhos rosados e úmidos se enfiando entre os respiradouros, até um grande galpão onde fica a maternidade. A maioria das fêmeas é inseminada repetidamente, ninhada após ninhada, até seus corpos se esgotarem, quando elas vão para o abate. Mas enquanto úteis, são obrigadas a amamentar — presas de lado a uma caixa, pernas abertas, mamilos expostos. Porcos são criaturas extremamente inteligentes e sociais, e essa intimidade forçada de linha de montagem faz com que as fêmeas lactentes queiram morrer. O que fazem assim que secam.

Acho repulsiva até mesmo a ideia dessa prática. Mas a visão realmente faz algo a você, o torna menos humano. É como assistir a um estupro e não fazer nada. Vi Amma no final do galpão, de pé na beirada de uma caixa metálica. Alguns homens estavam tirando do espaço uma ninhada que guinchava, colocando outra no lugar. Fui até o lado mais distante do galpão para poder ficar atrás de Amma sem que ela me visse. A porca estava deitada de lado quase comatosa, a barriga exposta entre barras metálicas, mamilos ensanguentados apontando para fora como dedos. Um dos homens esfregou óleo no mamilo mais machucado, depois deu um peteleco e riu. Não deram qualquer atenção a Amma, como se fosse muito normal estar ali. Ela piscou para um enquanto colocavam outra fêmea em uma caixa e a levavam para a ninhada seguinte.

Os filhotes no cercado estavam se lançando sobre a porca como formigas em uma forma de gelatina. Os mamilos eram disputados, entrando e saindo de bocas, sacudindo rigidamente como borracha. A fêmea revirou os olhos. Amma ficou sentada de pernas cruzadas e olhou, fascinada. Após cinco minutos, ela continuava na mesma posição, sorrindo e se remexendo. Eu precisava ir embora. Caminhei, primeiro lentamente, e depois corri até meu carro. Porta fechada, rádio no máximo, bourbon quente queimando minha garganta, dirigi para longe do fedor e do som. E daquela criança.

CAPÍTULO OITO

Amma. Todo esse tempo eu sentira pouco interesse por ela. Agora sentia. O que vira na fazenda deu um nó na minha garganta.

Minha mãe dissera que ela era a garota mais popular da escola, e eu acreditara. Jackie dissera que era a mais malvada, e eu acreditara também. Viver no redemoinho da amargura de Adora tinha que deixar a pessoa um pouco deformada. E fiquei pensando o que Amma achava de Marian. Como seria confuso viver à sombra de uma sombra. Mas ela era uma garota esperta — fazia sua encenação longe de casa. Perto de Adora era obediente, doce, carente — exatamente o que tinha que ser para conseguir o amor da minha mãe.

Mas aquele traço violento — o chilique, o tapa na amiga e agora aquela repugnância. Uma tendência a fazer e ver coisas horrendas. De repente me lembrou das histórias sobre Ann e Natalie. Amma não era como Marian, mas talvez fosse um pouco como elas.

Era final da tarde, pouco antes do jantar, e decidi fazer uma segunda visita aos Keene. Precisava de uma declaração para meu perfil, e se não conseguisse, Curry iria me tirar da matéria. Deixar Wind Gap não me causaria dor alguma pessoalmente, mas eu precisava provar que podia cuidar de mim mesma, sobretudo com minha credibilidade em baixa. Uma garota que se corta não é a primeira na lista para missões difíceis.

Passei pelo lugar onde o corpo de Natalie havia sido descoberto. O que Amma considerara indigno de roubar estava em uma pilha triste:

três tocos de vela, apagadas há muito tempo, juntamente com flores baratas ainda nas embalagens de supermercado. Um balão de hélio murcho na forma de coração balançando sem ânimo.

Na rampa da garagem diante da casa dos Keene, o irmão de Natalie estava no banco do carona de um conversível vermelho batendo papo com uma loura que quase correspondia à sua beleza. Estacionei atrás deles, os vi olhar por sobre os ombros, depois fingir não ter me notado. A garota começou a rir animada, passando as unhas pintadas de vermelho por entre os cabelos escuros do garoto. Fiz um aceno de cabeça rápido e desajeitado para eles, que certamente não viram, e rumei em direção à porta da frente.

A mãe de Natalie atendeu. Atrás dela, a casa estava escura e silenciosa. O rosto permaneceu receptivo; não me reconheceu.

— Sra. Keene, lamento muito incomodá-la a uma hora dessas, mas realmente preciso conversar com a senhora.

— Sobre Natalie?

— Sim, posso entrar?

Era um truque repulsivo abrir caminho para a casa dela sem me identificar. Curry gosta de dizer que repórteres são como vampiros. Não podem entrar em sua casa sem seu convite, mas, uma vez do lado de dentro, você não consegue expulsá-los até que tenham sugado todo o seu sangue. Ela abriu a porta.

— Ah, está agradável e fresco aqui dentro, obrigada — falei. — A máxima prevista para hoje era trinta graus, mas acho que passamos disso.

— Ouvi falar em trinta e cinco.

— Acredito. Seria muito incômodo pedir um copo de água?

Outro velho truque: há menos chance de uma mulher colocá-la na rua depois de ter oferecido hospitalidade. Se você tem alergia ou um resfriado, pedir um lenço de papel é ainda melhor. Mulheres adoram vulnerabilidade. A maioria delas.

— Claro.

Ela parou, olhando para mim, como se achasse que deveria saber quem eu era e estivesse constrangida demais para perguntar. Donos de funerárias, padres, policiais, médicos, enlutados — ela provavelmente conhecera mais pessoas nos últimos dias do que no ano anterior.

Enquanto a Sra. Keene desaparecia na cozinha, olhei ao redor. A sala parecia totalmente diferente nesse dia, com os móveis de volta aos lugares certos. Em uma mesa próxima, havia uma foto das duas crianças Keene. Cada uma apoiada de um lado de um grande carvalho, vestindo jeans e suéteres vermelhos. Ele sorria, desconfortável, como se fizesse algo que não devesse ser documentado. Ela talvez tivesse metade da altura dele e parecia determinadamente séria, como alguém em um velho daguerreótipo.

— Qual o nome do seu filho?

— John. Um garoto muito agradável e gentil. Sempre me orgulhei disso. Acabou de terminar o ensino médio.

— Anteciparam um pouco; quando estudei aqui, eles nos seguravam até junho.

— Ahnn. Devia ser bom ter verões mais longos.

Eu sorri. Ela sorriu. Sentei e bebi minha água. Não conseguia me lembrar do que Curry recomendava assim que você conseguia entrar na sala de estar de alguém.

— Não fomos apresentadas devidamente. Meu nome é Camille Preaker. Do *Chicago Daily Post*, lembra? Falamos rapidamente ao telefone outra noite.

Ela parou de sorrir. Começou a trincar os dentes.

— Você deveria ter dito isso antes.

— Sei que é um momento horrível para a senhora, e se eu pudesse apenas fazer algumas perguntas...

— Não pode.

— Sra. Keene, queremos ser justos com sua família, por isso estou aqui. Quanto mais informações pudermos dar às pessoas...

— Mais jornais venderão. Estou enjoada e cansada de tudo isso. Vou lhe dizer pela última vez: não volte mais aqui. Não tente entrar em contato conosco. Não tenho absolutamente nada a lhe dizer — falou, se levantando e se curvando sobre mim.

Assim como no velório, ela usava um colar de contas de madeira com um grande coração vermelho no centro. Ele balançava para a frente e para trás em seu colo como um relógio de hipnotizador.

— Acho que você é uma parasita — disse na minha cara. — Você é nojenta. Espero que algum dia olhe para trás e veja como é repulsiva. Agora, por favor, saia.

Ela me acompanhou até a porta, como se não pudesse acreditar que eu realmente tinha ido embora até me ver pisar fora de sua casa. Fechou a porta atrás de mim com força suficiente para fazer o sino da porta badalar levemente.

Fiquei no patamar enrubescendo, pensando em como aquele colar de coração seria um belo detalhe em minha matéria, e vi a garota no conversível vermelho me encarando. O garoto havia partido.

— Seu nome é Camille Preaker, certo? — perguntou.
— É.
— Eu me lembro de você. Eu era muito pequena quando você morava aqui, mas todas a conhecíamos.
— Qual é o seu nome?
— Meredith Wheeler. Você não vai lembrar, eu era apenas uma bobinha quando você estava no ensino médio.

A namorada de John Keene. O nome era familiar graças às amigas de minha mãe, mas eu não teria me lembrado dela. Que inferno, ela deveria ter seis ou sete anos no meu último ano na cidade. Ainda assim, eu não me surpreendia que ela me conhecesse. Garotas crescendo em Wind Gap observavam as garotas mais velhas obsessivamente: quem namorava os astros do futebol, quem era a rainha do baile de volta às aulas, quem era importante. Você trocava suas preferidas como figurinhas de beisebol. Ainda me lembro de CeeCee Wyatt, rainha do baile da Calhoon High da minha época de menina. Uma vez comprei onze batons de farmácia tentando encontrar o tom de rosa exato que ela usava quando me disse olá certa manhã.

— Me lembro de você — falei. — Não posso acreditar que já esteja dirigindo.

Ela riu, parecendo satisfeita com minha mentira.

— Você agora é repórter, certo?
— Sim, em Chicago.
— Vou fazer John falar com você. Entrarei em contato.

Meredith desapareceu. Estou certa de que ficou muito feliz consigo mesma — *Entrarei em contato* — enquanto retocava o brilho labial e não pensava nem um pouco na menina de dez anos morta que era o tema da conversa.

Telefonei para a principal loja de ferragens da cidade — aquela onde o corpo de Natalie havia sido encontrado. Sem me identificar, comecei a conversar sobre talvez reformar um banheiro, talvez comprar azulejos novos. Não foi muito difícil desviar a conversa para os assassinatos. Suponho que muita gente esteja repensando a segurança doméstica recentemente, sugeri.

— De fato, madame. Tivemos uma grande procura por correntes e trancas duplas nos últimos dias — disse a voz rosnada.

— Sério? Quantas vendeu?

— Umas quarenta, acho.

— Principalmente famílias? Pessoas com crianças?

— Ah, sim. São essas que têm motivos para se preocupar, certo? Coisa horrível. Estamos querendo fazer uma doação à família da pequena Natalie. — Fez uma pausa. — Quer dar uma passada para ver amostras de azulejos?

— Acho que vou fazer isso, obrigada.

Mais uma obrigação jornalística cumprida em minha lista, e nem sequer tive que me submeter a xingamentos de uma mãe enlutada.

Richard escolheu para nosso jantar o Gritty's, um "restaurante familiar" com um bufê de saladas que oferecia todo tipo de comida, menos salada. A alface sempre ficava em um pequeno recipiente aos fundos, uma última chance murcha e pálida. Richard estava conversando com a recepcionista rechonchuda quando entrei apressada, doze minutos atrasada. A garota, cujo rosto combinava com as tortas que giravam na vitrine atrás dela, não pareceu me notar. Estava mergulhada nas possibilidades de Richard: em sua mente, já se passava o que ela escreveria em seu diário naquela noite.

— Preaker — disse ele, os olhos ainda na garota. — Seu atraso é um escândalo. Tem sorte de JoAnn estar aqui para me fazer companhia.

A garota deu um risinho, fez uma cara feia para mim e nos levou a um reservado de canto, onde jogou um cardápio engordurado diante de mim. Eu ainda podia ver na mesa a mancha dos copos do cliente anterior.

A garçonete apareceu, deslizou para mim um copo de água minúsculo, depois deu a Richard um balde de isopor de refrigerante.

— Oi, Richard. Lembrei, está vendo?

— É por isso que você é minha garçonete preferida, Kathy.

Fofo.

— Oi, Camille, ouvi dizer que estava na cidade.

Eu não queria ouvir essa frase nunca mais. A garçonete, quando olhei novamente, era uma antiga colega de turma. Fomos amigas por um semestre no segundo ano porque namorávamos melhores amigos — o meu era Phil, o dela era Jerry —, atletas que jogavam futebol americano no outono, lutavam no inverno e faziam festas o ano todo na sala de jogos do porão de Phil. Tive uma lembrança de nós duas dando as mãos para nos equilibrar enquanto mijávamos na neve do lado de fora, bêbadas demais para encarar a mãe dele no andar de cima. Lembro-me dela me contando sobre fazer sexo com Jerry na mesa de sinuca. O que explicava por que o feltro estava viscoso.

— Oi, Kathy, bom ver você. Como estão as coisas?

Ela estendeu os braços e olhou ao redor do restaurante.

— Bem, você pode imaginar. Mas ei, é o que se ganha ficando aqui, certo? Bobby mandou um oi. Bobby Kidder.

— Ah, certo! Deus... — exclamei. Eu esquecera que tinham se casado. — Como ele está?

— O mesmo Bobby de sempre. Você deveria aparecer um dia desses. Se tiver tempo. Estamos na Fisher.

Eu podia imaginar o relógio tiquetaqueando alto enquanto eu me sentava na sala de estar de Bobby e Kathy Kidder, tentando descobrir o que dizer. Kathy se encarregaria de falar, como sempre. Era o tipo de pessoa que preferiria ler placas de rua em voz alta a sofrer o silêncio. Se ainda fosse o mesmo velho Bobby, ele era silencioso mas afável, um cara com poucos interesses e olhos azul-acinzentados que só entravam em foco quando o assunto era caça. Na época do colégio, ele guardava os cascos de todos os cervos que matava e sempre tinha o último par no bolso e os tirava e batia com eles em qualquer superfície dura disponível. Sempre achei que fosse o código Morse do cervo morto, um pedido de socorro atrasado transmitido pelo almoço do dia seguinte.

— Enfim, vão querer o bufê?

Pedi uma cerveja, o que produziu uma pausa pesada. Kathy olhou por sobre o ombro para o relógio na parede.

— Ahnnn, não devemos servir até as oito horas. Mas vou ver se consigo roubar uma para você; pelos velhos tempos, certo?

— Bem, não quero causar problemas para você.

Típico de Wind Gap ter regras arbitrárias para bebida. Cinco horas pelo menos faz sentido. Oito horas é apenas um jeito de fazer com que você se sinta culpado.

— Por Deus, Camille, seria a coisa mais interessante a me acontecer em um bom tempo.

Enquanto Kathy ia roubar uma bebida para mim, Richard e eu enchemos nossos pratos com peito de frango frito, cuscuz, purê de batata e, no caso de Richard, uma fatia trêmula de gelatina que estava derretendo em sua comida quando retornamos à mesa. Kathy discretamente deixara uma garrafa de cerveja no meu assento.

— Sempre bebe assim tão cedo?

— Estou só tomando uma cerveja.

— Senti cheiro de destilado em seu hálito quando entrou, sob uma camada de balas... De hortelã?

Ele sorriu para mim, como se estivesse apenas curioso, sem julgamentos. Aposto que era ótimo na sala de interrogatório.

— Balas, sim; destilado, não.

Na verdade, esse era o motivo do meu atraso. Logo antes de estacionar, me dei conta de que o golinho que tomara após sair dos Keene precisava de um reforço, e dirigi mais alguns quarteirões para comprar balas na loja de conveniência. De hortelã.

— Certo, Camille — disse ele, gentilmente. — Não se preocupe. Não é da minha conta.

Ele pegou uma garfada de purê de batata, tingido de vermelho pela gelatina, e ficou em silêncio. Pareceu levemente constrangido.

— Então, o que quer saber sobre Wind Gap?

Senti que o havia decepcionado, como se eu fosse um pai negligente que não tinha cumprido a promessa de levá-lo ao zoológico no aniversário. Então estava disposta a contar a verdade, responder de forma impecável à pergunta seguinte para compensar — e de repente fiquei pensando se essa fora a razão pela qual ele questionara minha bebida. Policial esperto.

Ele me encarou.

— Quero saber sobre a violência daqui. Todo lugar tem sua própria tensão. É explícita, é escondida? É cometida em grupo, com brigas de bar, estupros coletivos, ou é específica, pessoal? Quem comete? Quem é o alvo?

— Bem, não sei se posso simplesmente dar uma declaração abrangente sobre todo o histórico de violência daqui.

— Cite um incidente realmente violento que presenciou enquanto crescia.

Minha mãe com o bebê.

— Vi uma mulher machucar uma criança.

— Espancando? Batendo?

— Ela mordeu.

— Certo. Menino ou menina?

— Menina, acho.

— A criança era dela?

— Não.

— Certo, certo, isso é bom. Então, um ato de violência muito pessoal contra uma menina. Quem cometeu, para eu conferir?

— Não sei o nome da pessoa. Parente de alguém de fora da cidade.

— Bem, quem poderia saber o nome? Quero dizer, se ela tinha laços aqui, vale a pena investigar.

Eu podia sentir meus membros se soltando, flutuando à minha volta como restos de um naufrágio em um lago oleoso. Apertei as pontas dos dedos contra os dentes do garfo. Contar a história em voz alta me deixara em pânico. Nem sequer pensei que Richard poderia querer detalhes.

— Ei, achei que isto seria apenas um perfil de violência — falei, minha voz abafada pelo latejar nos meus ouvidos. — Não tenho nenhum detalhe. Foi uma mulher que não reconheci e que não sei com quem estava. Só supus que fosse de fora da cidade.

— Achei que repórteres não supusessem — disse ele, novamente sorrindo.

— Eu não era repórter na época, só uma garotinha...

— Camille, eu estou pressionando você, desculpe — falou, tirando o garfo dos meus dedos, colocando-o deliberadamente do lado dele da mesa, pegando minha mão e beijando-a. Pude ver a palavra *batom* se arrastando para fora da minha manga direita. — Desculpe, não quis te torturar. Estava bancando o policial mau.

— Acho difícil ver você como policial mau.

Ele sorriu.

— Verdade, é forçação. Culpa dessa minha aparência jovem!

Demos um gole em nossas bebidas. Ele girou o saleiro e disse:
— Posso fazer mais perguntas?
Confirmei com um gesto de cabeça.
— Qual o próximo incidente de que consegue se lembrar?
O cheiro sufocante da salada de atum em meu prato estava revirando meu estômago. Procurei Kathy para conseguir outra cerveja.
— Quinta série. Dois garotos encurralaram uma garota no recreio e a obrigaram a enfiar uma vara dentro dela.
— Contra sua vontade? Eles a forçaram?
— Ahnn... Um pouco, acho. Eles eram os malvados, mandaram que ela fizesse e ela fez.
— E você viu isso ou ouviu falar?
— Eles mandaram alguns de nós assistir. Quando a professora descobriu, tivemos que nos desculpar.
— Com a garota?
— Não, a garota também teve que se desculpar com a turma. "Damas devem controlar seus corpos, porque os meninos não conseguem controlá-los."
— Jesus. Algumas vezes esquecemos como as coisas eram diferentes, e não faz muitos anos. Quanta... desinformação — disse Richard, anotando em seu bloco, deslizando um pouco de gelatina pela garganta. — Do que mais se lembra?
— Uma vez, no oitavo ano, uma garota ficou bêbada em uma festa do ensino médio e quatro ou cinco caras do time de futebol fizeram sexo com ela, meio que passaram de um para o outro. Isso conta?
— Camille. Claro que conta. Você sabe disso, certo?
— Bem, eu simplesmente não sabia se isso contava como violência explícita ou...
— É, eu consideraria um bando de vagabundos estuprando uma menina de treze anos como violência explícita, certamente consideraria.
— Como está tudo? — perguntou Kathy, de repente sorrindo para nós.
— Acha que conseguiria roubar mais uma cerveja para mim?
— Duas — disse Richard.
— Certo, essa eu só faço como um favor a Richard, que dá as melhores gorjetas da cidade.
— Obrigado, Kathy — falou ele, sorrindo.

Eu me inclinei sobre a mesa.

— Não tenho dúvidas de que é errado, Richard; só estou tentando entender seu critério de violência.

— Certo, e estou tendo um bom panorama do tipo de violência com que estamos lidando aqui apenas pelo fato de você me perguntar se isso conta. A polícia foi notificada?

— Claro que não.

— Fico surpreso por ela não ter sido obrigada a se desculpar por eles a terem estuprado. Oitavo ano. Isso me deixa enjoado.

Ele tentou pegar minha mão novamente, mas eu a pousei no colo.

— Então é a idade que faz disso estupro — falei.

— Seria estupro em qualquer idade.

— Se eu ficasse bêbada além da conta esta noite, perdesse a cabeça e fizesse sexo com quatro caras, isso seria estupro?

— Legalmente não sei, dependeria de muitas coisas, como seu advogado. Mas eticamente, sim.

— Você é machista.

— O quê?

— Você é machista. Estou farta de homens liberais de esquerda praticando discriminação sexual sob o disfarce de proteger as mulheres da discriminação sexual.

— Posso lhe garantir que não estou fazendo nada desse tipo.

— Tem um cara na redação; *sensível*. Quando fui preterida em uma promoção, ele sugeriu que processasse por discriminação. Não sofri discriminação, era uma repórter medíocre. E algumas vezes mulheres bêbadas não são estupradas; elas simplesmente fazem escolhas idiotas. E dizer que merecemos tratamento especial quando estamos bêbadas porque somos mulheres, dizer que precisamos ser *cuidadas*, isso é ofensivo.

Kathy voltou com nossas cervejas e bebemos em silêncio até terem acabado.

— Deus do céu, Preaker, está bem, eu desisto.

— Certo.

— Mas você vê um padrão, não vê? Nos ataques às mulheres. Na postura em relação aos ataques.

— O problema é que nem Nash nem Keene foram agredidas sexualmente. Certo?

— Acho que, na cabeça do cara, arrancar os dentes equivale a estupro. Tudo diz respeito a poder; é invasivo, exige uma boa dose de força, e a cada dente que sai... alívio.

— Isso é oficial?

— Se eu vir isso no seu jornal, se vir ao menos um indício desta conversa sob sua assinatura, nós nunca mais vamos nos falar. E isso seria realmente ruim, porque gosto de conversar com você. Saúde — brindou Richard, batendo sua garrafa vazia contra a minha.

Fiquei em silêncio.

— Na verdade, deixe-me convidá-la para sair — falou. — Só diversão. Nada de trabalho. Meu cérebro precisa desesperadamente de uma noite de folga. Poderíamos fazer algo adequado a uma cidade pequena.

Eu ergui as sobrancelhas.

— Fazer balas de coco? Pegar um porco ensebado? — disse ele, enumerando atividades com os dedos. — Produzir nosso próprio sorvete? Descer a Main Street em um carrinho de rolimã? Ah, tem um charmoso parque de diversões municipal por aqui; eu poderia realizar um feito de força para você.

— Essa atitude realmente deve aproximá-lo dos locais.

— Kathy gosta de mim.

— Porque você dá gorjetas.

Terminamos no Garret Park, enfiados em balanços pequenos demais para nós, indo para a frente e para trás na poeira da noite quente. O lugar onde Natalie Keene fora vista com vida pela última vez, mas nenhum de nós mencionou isso. Do outro lado do campo, uma velha fonte de pedra de água potável jorrava sem parar, e não seria desligada antes do Dia do Trabalho.

— Vejo muitos estudantes fazendo a festa aqui à noite — disse Richard. — Vickery atualmente está ocupado demais para correr atrás deles.

— Era exatamente assim quando eu estava no colégio. Beber não é um problema aqui. Exceto, aparentemente, no Gritty's.

— Gostaria de tê-la visto aos dezesseis anos. Deixe-me adivinhar. Você era como a filha atrevida do pastor. Beleza, dinheiro e inteligência. Diria que aqui essa é uma receita para problemas. Posso imaginar você lá — disse, apontando para as arquibancadas rachadas. — Bebendo mais que os meninos.

Aquele era o menor dos ultrajes que eu tinha cometido naquele parque. Não apenas meu primeiro beijo, mas meu primeiro boquete, aos treze anos. Um jogador de beisebol do último ano me colocou sob o braço e me levou para o mato. Disse que não me beijaria até que eu o satisfizesse. Depois não me beijou por nojo de onde minha boca estivera. Amor juvenil. Pouco depois foi minha noite selvagem com os jogadores de futebol, a história que deixara Richard com tanta raiva. Oitavo ano, quatro caras. Mais ação naquele dia do que tive nos últimos dez anos. Senti a palavra *má* queimar na minha pelve.

— Tive minha cota de diversão — falei. — Beleza e dinheiro levam você longe em Wind Gap.

— E inteligência?

— A inteligência você esconde. Eu tinha muitos amigos, mas não era íntima de nenhum, sabe?

— Posso imaginar. Era íntima da sua mãe?

— Não exatamente — respondi.

Eu bebera demais; meu rosto parecia fechado e quente.

— Por quê? — perguntou Richard, virando o balanço para me encarar.

— Só acho que algumas mulheres não nascem para ser mães. E algumas mulheres não nascem para ser filhas.

— Ela alguma vez te machucou?

A pergunta me irritou, particularmente depois da nossa conversa no jantar. Ela não me machucou? Eu tinha certeza de que algum dia sonharia com uma lembrança dela me arranhando, mordendo ou beliscando. Eu sentia que isso tinha acontecido. Eu me imaginei tirando a blusa para mostrar a ele minhas cicatrizes, gritando *sim, veja!* Condescendente.

— Essa é uma pergunta bizarra, Richard.

— Desculpe, você apenas soou tão... triste. Irritada. Algo assim.

— Essa é a marca de alguém que tem uma relação saudável com os pais.

— Entendi — disse ele, e riu. — Que tal mudar de assunto?

— Sim.

— Certo, vejamos... Conversa leve. Conversa de balanço.

Richard retorceu o rosto, fingindo pensar.

— Certo, então qual é a sua cor preferida, seu sorvete preferido e sua estação preferida?

— Azul, café e inverno.

— Inverno. Ninguém gosta de inverno.

— Escurece cedo, eu gosto.

— Por quê?

Porque significa que o dia terminou. Gosto de riscar os dias no calendário — cento e cinquenta e um dias riscados e nada realmente horrível aconteceu. Cento e cinquenta e dois e o mundo não está destruído. Cento e cinquenta e três e eu não destruí ninguém. Cento e cinquenta e quatro e ninguém realmente me odeia. Às vezes penso que nunca me sentirei segura até poder contar meus últimos dias em uma das mãos. Mais três dias a suportar até não precisar mais me preocupar com a vida.

— Gosto da noite.

Estava prestes a dizer mais, não muito mais, porém algo a mais, quando um Camaro amarelo caindo aos pedaços roncou até parar do outro lado da rua. Amma e suas louras saltaram da traseira. Ela se inclinou na janela do motorista, o decote provocando o garoto, que tinha os cabelos compridos louro-escuros oleosos que se espera de alguém que ainda dirige um Camaro amarelo. As três garotas ficaram paradas atrás dela, quadris projetados, a mais alta virando a bunda para eles e se curvando, flexível e comprida, fingindo amarrar o sapato. Belos movimentos.

As garotas deslizaram na nossa direção, Amma agitando as mãos de forma extravagante em protesto contra a nuvem de fumaça preta do escapamento. Eram coisinhas excitantes, eu tinha que admitir. Cabelos louros compridos, rostos em forma de coração e pernas magras. Minissaias com minúsculas camisetas expondo barriguinhas lisas de bebê. E a não ser pela garota Jodes, cujo colo era alto e duro demais para ser qualquer coisa que não enchimento, as demais tinham seios fartos, móveis e um tanto maduros demais. Todos aqueles primeiros anos cheios de leite, porco e carne. E todos os hormônios extras que colocamos em nosso gado. Em pouco tempo veremos bebês com peitos.

— Ei, Dick — chamou Amma.

Ela chupava um enorme pirulito.

— Olá, senhoritas.

— Oi, Camille, eu já sou uma estrela? — perguntou Amma rolando a língua ao redor do pirulito.

As tranças alpinas tinham sumido, assim como as roupas que usara para ir à fábrica, que deviam feder com cheiros de todos os tipos e espécies. Vestia camiseta e uma saia que não descia mais de três centímetros abaixo da virilha.

— Ainda não.

Ela tinha pele de pêssego, tão livre de manchas e rugas, o rosto tão perfeito e sem personalidade que poderia ter acabado de pular do útero. Todas pareciam não ter sido concluídas. Eu queria que fossem embora.

— Dick, quando vai nos levar para um passeio? — perguntou Amma, se jogando na terra à nossa frente, as pernas erguidas para permitir um vislumbre da calcinha.

— Para fazer isso eu teria que prender vocês. Talvez tenha que prender aqueles garotos com os quais vocês andam. Garotos do ensino médio são velhos demais para vocês.

— Eles não estão no ensino médio — disse a garota alta.

— É — confirmou Amma com um risinho. — Eles abandonaram a escola.

— Amma, quantos anos você tem? — perguntou Richard.

— Acabei de fazer treze.

— Por que vocês sempre se preocupam tanto com Amma? — interrompeu a loura de latão. — Também estamos aqui, sabe? Você provavelmente nem sabe nossos nomes.

— Camille, você conhece Kylie, Kelsey e Kelsey? — perguntou Richard, apontando para a garota alta, a garota tom de latão e a garota que minha irmã chamava de...

— Essa é Jodes — disse Amma. — Há duas Kelsey, então ela responde pelo sobrenome. Para evitar confusão. Certo, Jodes?

— Eles podem me chamar de Kelsey se quiserem — retrucou a garota, cuja colocação inferior na matilha provavelmente era punição por ser a menos bonita. Queixo para dentro.

— E Amma é sua meia-irmã, certo? — continuou Richard. — Não estou voando tanto.

— Não, parece que você está voando alto — disse Amma. Ela fez com que as palavras soassem sexuais, embora eu não pudesse pensar em nenhum trocadilho. — Então, vocês estão namorando ou o quê? Ouvi dizer que a pequena Camille aqui é especial. Ou pelo menos era.

Richard arrotou um riso, um coaxar chocado. *Desprezível* subiu queimando pela minha perna.

— É verdade, Richard. Eu era uma coisa e tanto antigamente.

— *Uma coisa e tanto* — debochou Amma. As duas garotas riram. Jodes desenhou linhas frenéticas na terra com uma vareta. — Você deveria ouvir as histórias, Dick. Te deixariam com tesão. Ou talvez você já esteja.

— Senhoras, temos que ir, mas, como sempre, decididamente foi *uma coisa e tanto* — disse Richard, e tomou minha mão para me ajudar a sair do balanço.

Eu a segurei e apertei duas vezes enquanto caminhávamos até o carro.

— Ele não é um cavalheiro? — disse Amma, e as quatro se levantaram e começaram a nos seguir. — Não consegue resolver um crime, mas tem tempo para ajudar Camille a entrar em seu carro vagabundo.

Elas estavam logo atrás de nós, Amma e Kylie literalmente em nossos calcanhares. Eu podia sentir *doentia* brilhando no meu tendão de aquiles, onde a sandália de Amma raspara. Depois ela pegou o pirulito molhado e o girou em meus cabelos.

— Para — falei sem emitir som.

Virei e agarrei o pulso dela com tanta força que podia sentir a pulsação. Mais lenta que a minha. De fato, ela não se contorceu, apenas se aproximou de mim. Pude sentir seu hálito de morango no meu pescoço.

— Vamos lá, faça algo — disse Amma, sorrindo. — Você poderia me matar agora mesmo e Dick não conseguiria descobrir.

Eu a soltei, a empurrei para longe de mim, e Richard e eu entramos no carro mais rápido do que eu gostaria.

CAPÍTULO NOVE

Adormeci de repente, um sono pesado às nove da noite, e acordei com um sol raivoso às sete da manhã seguinte. Uma árvore seca raspava os galhos na janela de tela como se quisesse se deitar ao meu lado para me consolar.

Vesti meu uniforme — as mangas compridas, a saia comprida — e desci me arrastando. Gayla reluzia no jardim dos fundos, seu vestido branco de enfermeira brilhando sobre o verde. Segurava uma bandeja de prata na qual minha mãe colocava rosas imperfeitas. Adora usava um vestido de verão cor de manteiga que combinava com seus cabelos. Investigava entre os grupos de botões rosa e amarelos com uma tesoura. Examinava cada flor ansiosamente, arrancando pétalas, empurrando e estudando.

— Você precisa regar mais estas, Gayla. Veja o que fez a elas.

Ela separou uma rosa clara de um arbusto, colocou-a no chão, prendeu com um pé delicado e a cortou na raiz. Gayla devia ter duas dúzias de rosas na bandeja. Eu mal podia ver algo de errado com elas.

— Camille, eu e você vamos fazer compras em Woodberry hoje — avisou minha mãe sem erguer os olhos. — Certo?

Ela não falou nada sobre o confronto do dia anterior nos Nash. Isso seria direto demais.

— Tenho algumas coisas a fazer — respondi. — Por falar nisso, não sabia que era amiga dos Nash. De Ann.

Eu sentia um pouco de culpa por tê-la provocado sobre a garota durante o café da manhã outro dia. Não que realmente me sentisse mal por ter chateado minha mãe — era mais que eu odiava ficar com qualquer débito na conta dela.

— Aham. Alan e eu vamos dar uma festa no próximo sábado. Estava planejada muito antes de sabermos que viria. Embora não soubéssemos que você viria.

Outra rosa cortada.

— Achei que você mal conhecia as garotas. Não me dei conta...

— Tudo bem. Será uma bela festa de verão, muitas pessoas realmente interessantes, e você vai precisar de um vestido. Estou certa de que não trouxe um.

— Não.

— Bom, então será uma bela oportunidade para conversarmos. Você está aqui há mais de uma semana, acho que é hora — disse, colocando uma última flor na bandeja. — Certo, Gayla, pode jogar essas fora. Pegaremos algumas decentes para a casa mais tarde.

— Vou levar essas para meu quarto, mamãe. Para mim parecem boas.

— Não estão.

— Não me importo.

— Camille, eu estava olhando para elas agora, e não são bons botões — disse.

Jogou a tesoura no chão e começou a puxar um galho.

— Mas estão bons para mim. Para meu quarto.

— Ah, veja o que você fez. Estou sangrando.

Minha mãe ergueu as mãos furadas por espinhos, e trilhas vermelho-escuras começaram a escorrer pelos pulsos. Fim da conversa. Ela caminhou na direção da casa, Gayla seguindo-a, eu seguindo Gayla. A maçaneta da porta dos fundos estava viscosa de sangue.

Alan colocou ataduras extravagantes nas mãos da minha mãe, e quando quase esbarramos em Amma, novamente trabalhando na casa de bonecas na varanda, Adora a provocou com um puxão na trança e disse para que fosse conosco. Ela seguiu, obediente, e fiquei esperando aqueles chutes nos calcanhares. Não com a mãe por perto.

Adora queria que eu dirigisse seu conversível azul-bebê até Woodberry, que tinha duas butiques sofisticadas, mas não queria a capota baixada.

— Ficamos resfriadas — disse, lançando um sorriso conspiratório para Amma.

A garota se sentou em silêncio atrás de minha mãe, torceu a boca em um sorriso espertinho quando a flagrei olhando para mim pelo retrovisor. A intervalos de minutos ela passava a ponta dos dedos nos cabelos de minha mãe, de leve para que ela não notasse.

Enquanto eu estacionava o Mercedes em frente à loja preferida de Adora, ela pediu fracamente que eu abrisse a porta do carro. Era a primeira coisa que havia me dito em vinte minutos. Bela oportunidade para conversarmos. Também abri a porta da butique para ela, e a campainha feminina combinava com o cumprimento encantado da vendedora.

— Adora! — disse, e depois franziu a testa. — Por Deus, o que aconteceu com suas mãos?

— Apenas um pequeno acidente. Fazendo serviços em casa. Vou ao meu médico hoje à tarde.

Claro que sim. Ela marcaria consulta até por um corte com papel.

— O que aconteceu?

— Ah, na verdade, não quero falar sobre isso. Eu queria mesmo é lhe apresentar minha filha, Camille. Ela está de visita.

A vendedora olhou para Amma, depois me deu um sorriso incerto.

— Camille? — disse, recuperando-se rápido. — Acho que tinha esquecido que você tinha uma terceira filha — disse, baixando a voz na palavra "filha" como um juramento, depois continuou, examinando meu rosto como se fosse um cavalo que ela pudesse comprar: — Ela deve ter puxado ao pai. Amma parece muito com você, e Marian também, pelo menos nas fotos. Mas esta...

— Ela não puxou muito a mim — disse minha mãe. — Tem a cor do pai, e suas maçãs do rosto. E o temperamento também.

Era o máximo que eu já ouvira minha mãe falar sobre meu pai. Fiquei pensando em quantas outras vendedoras haviam recebido informações tão descontraídas sobre ele. Tive uma rápida fantasia de conversar com todas as vendedoras de lojas no sul do Missouri, montando um perfil borrado do homem.

Minha mãe deu tapinhas em meu cabelo com mãos envoltas em gaze.

— Precisamos de um vestido novo para minha querida filha. Algo colorido. Ela tende a pretos e cinza. Tamanho trinta e oito.

A mulher, tão magra que os ossos do quadril se projetavam da saia como galhadas, começou a percorrer os cabideiros circulares, criando um buquê de vestidos verdes, azuis e rosa-berrantes.

— Isso ficaria bonito em você — disse Amma, mostrando à minha mãe uma blusa dourada brilhante.

— Pare com isso, Amma — retrucou minha mãe. — É cafona.

— Eu realmente lembro meu pai? — perguntei a Adora, sem conseguir evitar.

Podia sentir minhas faces esquentando com minha presunção.

— Sabia que não deixaria isso passar — retrucou ela, retocando o batom em um espelho da loja.

A gaze em suas mãos permanecia impossivelmente impecável.

— Só fiquei curiosa; nunca ouvi você dizer que minha personalidade lembrava...

— Sua personalidade lembra alguém muito diferente de mim. E você certamente não puxou a Alan, então suponho que deva ter sido de seu pai. Agora, basta.

— Mas mamãe, eu só queria saber...

— Camille, você está me fazendo sangrar mais.

Ela ergueu as mãos em ataduras, agora marcadas de vermelho. Eu quis arranhá-la.

A vendedora foi até nós com alguns vestidos.

— Você decididamente vai precisar deste — falou, erguendo um vestido de verão turquesa.

Tomara que caia.

— E essa belezinha aqui? — continuou a mulher, apontando com a cabeça para Amma. — Ela provavelmente vai caber em nossos tamanhos menores.

— Amma só tem treze anos. Não está pronta para esse tipo de roupa — disse minha mãe.

— Só treze, Deus do céu. Sempre esqueço, ela parece uma moça. Você deve estar morta de preocupação com tudo o que está acontecendo agora em Wind Gap.

Minha mãe colocou um braço ao redor de Amma, beijou-a no alto da cabeça.

— Alguns dias acho que não vou suportar a preocupação. Quero trancá-la em algum lugar.

— Como as mulheres mortas do Barba Azul — murmurou Amma.
— Como Rapunzel — falou minha mãe. — Bem, vamos lá, Camille, mostre à sua irmã como pode ser bonita.

Ela me acompanhou até os provadores, silenciosa e virtuosa. Na pequena cabine com espelho, com minha mãe acomodada em uma cadeira do lado de fora, examinei minhas opções. Tomara que caia, alça fina, manga de aba. Minha mãe estava me punindo. Achei um vestido rosa com mangas três-quartos e, depois de tirar calças e camisa rapidamente, o vesti. O decote era mais profundo do que eu pensara: as palavras em meu peito pareciam inchadas sob a luz fluorescente, como vermes fazendo túneis sob minha pele: *gemido, leite, ferida, sangrar*.

— Camille, deixe-me ver.
— Ahn, este não ficou bom.
— Deixe-me ver.

Depreciar queimou no quadril direito.

— Vou experimentar outro.

Examinei os outros vestidos. Todos igualmente reveladores. Tive uma visão de mim no espelho. Fiquei horrorizada.

— Camille, abra a porta.
— O que há de errado com ela? — perguntou Amma.
— Este não vai ficar bom.

O zíper lateral prendeu. Meus braços nus dispararam cicatrizes rosa-escuras e roxas. Mesmo sem olhar diretamente para o espelho, eu podia vê-las refletidas sobre mim — um grande borrão de pele arrasada.

— Camille — chamou minha mãe, com raiva.
— Por que ela não mostra?
— Camille.
— Mamãe, você viu os vestidos, sabe que não vai dar certo — insisti.
— Apenas deixe-me ver.
— Eu experimento um, mamãe — bajulou Amma.
— Camille...
— Está bem — falei, escancarando a porta.

Minha mãe, o rosto na altura do meu colo, se encolheu.

— Ah, por Deus — disse, e pude sentir seu hálito sobre mim. Ela ergueu uma mão com curativo, como se prestes a tocar meu peito, depois a deixou cair. Atrás dela, Amma gemia como um cãozinho.
— Veja o que você fez a si mesma. Veja só isso.

— Estou vendo.

— Espero que tenha adorado. Espero que consiga se suportar.

Ela fechou a porta e eu ataquei o vestido, o zíper ainda travado, até que meus puxões furiosos percorrerem os dentes dos trilhos o suficiente para baixar aos quadris, e então escapei dele, o zíper deixando uma trilha de arranhões rosados na minha pele. Enrolei o vestido, levei-o à boca e gritei.

Pude ouvir a voz contida da minha mãe no salão. Quando saí, a vendedora estava embrulhando uma blusa de renda de mangas compridas e colarinho alto e uma saia coral que chegava aos tornozelos. Amma me encarou, os olhos rosados e penetrantes, antes de sair para esperar junto ao carro.

Em casa, segui Adora até a entrada, onde Alan estava de pé em uma pose falsamente descontraída, mãos nos bolsos da calça de linho. Ela passou apressada por ele rumo às escadas.

— Como foi o passeio? — perguntou.

— Horrível — gemeu minha mãe.

Ouvi a porta dela fechar no segundo andar. Alan franziu a testa para mim e foi cuidar da minha mãe. Amma já tinha desaparecido.

Fui à cozinha, à gaveta de talheres. Só queria dar uma olhada nas facas que havia usado em mim mesma. Não ia me cortar, apenas me permitir aquela pressão afiada. Já podia sentir a ponta da faca pressionando suavemente a ponta dos meus dedos, aquela tensão delicada imediatamente antes do corte.

A gaveta se moveu apenas três centímetros, depois travou. Minha mãe tinha colocado um cadeado. Puxei repetidas vezes. Podia ouvir o chacoalhar metálico de todas aquelas lâminas deslizando umas sobre as outras. Como estúpidos peixes metálicos. Minha pele queimava. Estava prestes a ligar para Curry quando a campainha se insinuou com seus tons educados.

Olhando pelo canto da parede, vi Meredith Wheeler e John Keene de pé do lado de fora.

Eu me senti como se tivesse sido flagrada me masturbando. Mordendo a parte interna das bochechas, abri a porta. Meredith deslizou para dentro, avaliando os aposentos, soltando exclamações mentoladas sobre como tudo era bonito, emanando ondas de um perfume soturno mais adequado a uma matrona da sociedade que a uma adolescente em um traje verde e branco de animadora de torcida. Ela me flagrou olhando.

— Eu sei, eu sei. A escola acabou. Na verdade esta é a última vez que uso isto. Estamos tendo uma sessão com as garotas do próximo ano. Uma espécie de passagem do bastão. Você foi animadora de torcida, certo?

— Fui, dá para acreditar?

Eu não era particularmente boa, mas ficava bem de saia. Nos tempos em que limitava meus cortes ao tronco.

— Dá, sim. Você era a garota mais bonita da cidade. Meu primo era calouro quando você estava no último ano. Dan Wheeler? Estava sempre falando de você. Bonita e inteligente, bonita e inteligente. E legal. Ele me mataria se soubesse que estou lhe contando isso. Hoje mora em Springfield. Mas não é casado.

O tom bajulador me fez lembrar das garotas com as quais eu não ficava à vontade, os tipos que apregoavam uma espécie de intimidade plástica, que me diziam coisas sobre si mesmas que apenas amigas deveriam saber, que se descreviam como "pessoas que gostam de pessoas".

— Este é o John — disse ela, como se surpresa de vê-lo ao seu lado.

Era a primeira vez que eu o via de perto. Era realmente bonito, quase andrógino, alto e magro, com lábios obscenamente carnudos e olhos azuis cristalinos. Prendeu um cacho de cabelos negros atrás da orelha e sorriu para a mão enquanto a estendia para mim, como se fosse um animal de estimação fazendo um truque novo.

— Então, onde querem conversar? — perguntou Meredith.

Por um segundo pensei em me livrar da garota, temerosa de que ela não soubesse quando, ou como, fechar a boca. Mas ele parecia precisar de companhia, e eu não queria afugentá-lo.

— Vocês podem se sentar na sala de estar. Vou pegar chá gelado para a gente — falei.

Primeiro subi as escadas correndo, enfiei uma fita nova em meu minigravador e fiquei escutando junto à porta de minha mãe. Silêncio, a não ser pelo ruído de um ventilador. Estaria dormindo? Nesse caso, Alan estaria aninhado junto a ela ou acomodado na cadeira da penteadeira, apenas observando? Mesmo após tanto tempo, eu não tinha ideia de como era a vida particular de Adora e seu marido. Passando pelo quarto de Amma, eu a vi sentada muito educadamente na beirada de uma cadeira de balanço, lendo um livro chamado *Deusas gregas*. Desde que eu tinha chegado, ela já havia brincado de ser Joana d'Arc, a esposa de Barba Azul e a princesa Diana — todas mártires, notei. Encontraria papéis ainda mais insalubres entre as deusas. Eu a deixei em paz.

Servi as bebidas na cozinha. Depois, contando dez segundos, pressionei os dentes de um garfo na palma da mão. Minha pele começou a aquietar.

Entrei na sala de estar e vi Meredith com as pernas jogadas sobre o colo de John, beijando seu pescoço. Quando fiz barulho ao pousar a bandeja de chá em uma mesa, ela não parou. John olhou para mim e se afastou lentamente.

— Você não está divertido hoje — disse ela, fazendo bico.

— Então, John, fico realmente contente que tenha decidido conversar comigo. Sei que sua mãe está relutante — comecei.

— Sim. Ela não quer falar com ninguém, especialmente... com a imprensa. Ela é muito reservada.

— Mas tudo bem para você? — perguntei. — Você tem dezoito anos, suponho?

— Acabei de fazer — respondeu, tomando o chá formalmente.

— Porque o que eu realmente quero é poder descrever sua irmã para nossos leitores — falei. — O pai de Ann Nash está falando sobre ela, e não quero que Natalie desapareça nisso. Sua mãe sabe que está conversando comigo?

— Não, mas tudo bem. Acho que teremos que concordar em discordar quanto a isso — retrucou, seu riso saindo entrecortado.

— A mãe dele é meio assustada com a mídia — disse Meredith, bebendo do copo de John. — Ela é uma pessoa extremamente reservada. Quero dizer, acho que ela nem sabe quem eu sou, e estamos juntos há mais de um ano, certo?

Ele confirmou com um aceno de cabeça. Ela franziu a testa, desapontada, supus, por ele não ter acrescentado nada à história do seu romance. Tirou as pernas do colo dele, cruzou-as e começou a brincar com a beirada do sofá.

— Ouvi dizer que você agora está morando com os Wheeler.

— Temos uma casa anexa — disse Meredith. — Minha irmã mais nova está puta; costumava ser o ponto de encontro dela e de suas amiguinhas nojentas. A não ser sua irmã. Sua irmã é legal. Você conhece minha irmã, certo? Kelsey?

Claro, aquela figura teria ligações com Amma.

— Kelsey alta ou Kelsey baixa? — perguntei.

— Claro. Esta cidade tem Kelseys demais. A minha é a alta.

— Eu a conheci. Elas parecem próximas.

— É melhor que sejam — disse Meredith, tensa. — A pequena Amma manda naquela escola. Tolice ser inimiga dela.

Chega de Amma, pensei, mas imagens dela provocando garotas mais fracas junto aos armários tomaram minha cabeça. Ensino médio é uma época difícil.

— Então, John, está se sentindo bem lá?

— Ele está bem — cortou Meredith. — Juntamos um monte de coisas de menino para ele; minha mãe até conseguiu um CD player.

— É mesmo? — falei, olhando diretamente para John.

Hora de falar, amigo. Não seja dominado por ela no tempo que tenho.

— Só preciso de um período fora de casa no momento — disse ele. — Estamos todos meio tensos, sabe, e as coisas de Natalie estão por toda parte, e minha mãe não deixa ninguém encostar em nada. Os sapatos dela estão no corredor e a roupa de banho, pendurada no banheiro que dividimos, então eu tenho que ver toda manhã quando tomo banho. Eu não aguento.

— Posso imaginar.

E podia: lembro o casaquinho rosa de Marian pendurado no armário do saguão até eu ir para a faculdade. Poderia estar lá ainda.

Liguei o gravador e o empurrei pela mesa na direção do garoto.

— Conte como sua irmã era, John.

— Ahn, era uma criança legal. Muito inteligente. Inacreditável.

— Inteligente como? Boa na escola ou só esperta?

— Bem, ela não se saía tão bem na escola. Tinha alguns problemas de disciplina. Mas acho que era só porque ficava entediada. Ela deveria ter pulado uma série ou duas.

— A mãe dele não queria estigmatizá-la — interrompeu Meredith. — Estava sempre preocupada que Natalie se destacasse.

Ergui as sobrancelhas para ele.

— É verdade. Minha mãe realmente queria que Natalie se adaptasse. Ela era um tipo de criança boba, meio moleca, meio esquisita.

Ele riu, olhando para os pés.

— Está pensando em alguma história específica? — perguntei.

Casos eram muito valorizados por Curry. Ademais, eu estava interessada.

— Ah, uma vez ela inventou um idioma, sabe? E em uma criança comum, isso seria uma baboseira. Mas Natalie concebeu todo o alfabeto; parecia russo. E me ensinou. Ou tentou. Ficou frustrada comigo muito rapidamente — contou, e riu de novo, o mesmo coaxado, como se viesse do subterrâneo.

— Ela gostava da escola?

— É difícil ser a menina nova, e as garotas aqui... Bem, acho que em qualquer lugar as garotas podem ser um pouco metidas.

— Johnny! Que feio! — interrompeu Meredith, fingindo empurrá-lo.

Ele a ignorou.

— Quero dizer, sua irmã... Amma, não é?

Confirmei com um gesto de cabeça.

— Elas foram amigas por algum tempo. Corriam pela floresta, e Natalie voltava para casa toda arranhada e doida.

— Sério?

Considerando o desprezo com que Amma mencionara o nome de Natalie, eu não podia imaginar.

— Elas foram realmente próximas por um tempo. Mas acho que Amma se entediou dela, por Natalie ser alguns anos mais nova. Não sei. Tiveram algum tipo de ruptura.

Amma aprendera isso com a mãe — a facilidade para descartar amigos.

— Mas tudo bem — disse John, como se tentasse me tranquilizar. Ou a si mesmo. — Havia um garoto com quem ela brincava muito, James Capisi. Um garoto do campo cerca de um ano mais novo com quem ninguém mais falava. Mas pareciam se dar bem.

— Ele diz que foi o último a ver Natalie viva — falei.

— Ele é um mentiroso — atalhou Meredith. — Também ouvi essa história. Ele sempre inventou coisas. Quero dizer, a mãe está morrendo de câncer. Ele não tem pai. Não tem ninguém que lhe dê atenção. Então inventa essa história louca. Não escute nada do que ele diz.

Olhei novamente para John, que deu de ombros.

— É uma história meio louca, sabe? Uma senhora maluca pega Natalie em plena luz do dia — falou. — Além disso, por que uma mulher faria isso?

— Por que um homem faria? — perguntei.

— Quem sabe por que homens fazem coisas tão bizarras? — acrescentou Meredith. — É uma coisa genética.

— Tenho que lhe perguntar, John: você foi ouvido pela polícia?

— Junto com meus pais.

— E tem um álibi para as noites dos dois assassinatos? — falei, e esperei uma reação, mas ele continuou a tomar seu chá calmamente.

— Não. Estava passeando de carro. Às vezes só preciso sair daqui, sabe? — retrucou, e lançou um olhar rápido para Meredith, que apertou os lábios quando o flagrou olhando. — É uma cidade menor do que estou acostumado. Às vezes você precisa se perder um pouco. Sei que você não entende isso, Mer.

A menina permaneceu em silêncio.

— Eu entendo — disse eu. — Lembro de me sentir muito claustrofóbica crescendo aqui, e não consigo imaginar como deve ser mudar para cá vindo de outro lugar.

— Johnny está sendo um cavalheiro — interrompeu Meredith. — Ele estava comigo nas duas noites. Só não quer me meter em apuros. Publique isso.

Meredith estava balançando na beirada do sofá, rígida, empertigada e ligeiramente desconectada, como se em um surto.

— Meredith, não — murmurou John.

— Não vou deixar que as pessoas pensem que meu namorado é a porra de um assassino de bebês, John, muito obrigada.

— Se você contar essa história à polícia, eles saberão a verdade em uma hora. E vai ficar ainda pior para mim. Ninguém acha realmente que matei minha própria irmã.

John pegou um cacho de cabelo de Meredith e levou os dedos gentilmente das raízes às pontas. A palavra *cócegas* brilhou aleatoriamente no meu quadril direito. Acreditei no garoto. Ele chorou em público, contou histórias bobas sobre a irmã, brincou com os cabelos da namorada e eu acreditei nele. Quase podia ouvir Curry debochando da minha ingenuidade.

— Por falar em histórias — prossegui —, preciso lhe perguntar sobre uma. É verdade que Natalie feriu um colega de turma na Filadélfia?

John ficou paralisado, virou para Meredith, e pela primeira vez pareceu desagradado. Ele me ofereceu uma imagem real para a expressão *lábios franzidos*. O corpo inteiro ficou tenso, e achei que correria para a porta, mas então se recostou e respirou fundo.

— Ótimo. É por isso que minha mãe odeia a mídia — resmungou. — Saiu uma matéria sobre essa história em um jornal de lá. Apenas alguns parágrafos. Fez Natalie parecer um animal.

— Então me diga o que aconteceu.

Ele deu de ombros. Brincou com uma unha.

— Foi na aula de artes, os garotos estavam cortando e pintando, e uma garotinha saiu ferida. Natalie era temperamental, e essa garota meio que estava sempre mandando nela. E dessa vez Natalie por acaso estava com uma tesoura nas mãos. Não foi agressão premeditada. Quero dizer, ela tinha nove anos na época.

Tive uma visão de Natalie, aquela menina séria da foto de família dos Keene, brandindo lâminas contra os olhos de uma garotinha. Uma imagem de sangue vermelho-brilhante inesperadamente se misturando a aquarelas pastel.

— O que aconteceu à garotinha?

— Salvaram o olho esquerdo. O direito foi, hã, arruinado.

— Natalie atacou os dois olhos?

Ele se levantou, apontando para mim quase do mesmo ângulo que a mãe.

— Natalie se consultou com um analista por um ano depois disso, para lidar com o acontecido. Acordou com pesadelos por meses. Ela tinha nove anos. Foi um acidente. Todos nos sentimos péssimos. Meu pai abriu uma poupança para a garotinha. Tivemos de nos mudar para Natalie poder recomeçar. Por isso viemos para cá; papai pegou o primeiro emprego que encontrou. Nós nos mudamos no meio da noite, como criminosos. Para este lugar. Para esta maldita cidade.

— Por Deus, John, não me dei conta de que estava tendo uma vida tão horrível — murmurou Meredith.

Ele então começou a chorar, voltando a se sentar, a cabeça nas mãos.

— Não quis dizer que lamento ter vindo para cá. Quis dizer que lamento por ela ter vindo para cá, porque agora está morta. Estávamos tentando ajudar. E ela está morta — disse, depois deu um uivo baixo e Meredith passou os braços relutantemente ao redor dele. — Alguém matou minha irmã.

Não haveria jantar formal naquela noite, já que miss Adora não se sentia bem, segundo me informou Gayla. Supus que tivesse sido afetação de minha mãe pedir o *miss* antes do nome, e tentei imaginar como teria sido a conversa. *Gayla, os melhores empregados nas melhores casas se referem a suas senhoras de maneira formal. Queremos ser os melhores, não?* Algo assim.

Não estava certa se foi minha discussão com minha mãe ou a dela com Amma o que causara o problema. Eu podia ouvi-las se bicando como belos pássaros no quarto da minha mãe, Adora corretamente acusando Amma de ter dirigido o carro de golfe sem permissão. Como todas as cidades rurais, Wind Gap tem uma obsessão por máquinas. A maioria das casas tem um carro e meio por ocupante (sendo o meio uma antiguidade de coleção ou um velho lixo sobre tijolos, dependendo da renda), mais barcos, jet skis, scooters, tratores e, entre a elite, carros de golfe, que crianças sem habilitação usam para circular pela cidade. Tecnicamente ilegal, mas ninguém nunca os para. Imaginei que minha mãe havia tentado suspender essa porção de liberdade de Amma depois dos assassinatos. Eu teria feito isso. A briga continuou por quase meia hora. *Não minta para mim, mocinha...* O alerta era tão familiar que me causou uma velha sensação de desconforto. Então Amma de vez em quando era flagrada.

Quando o telefone tocou eu atendi, apenas para que Amma não perdesse o momento, e fiquei surpresa ao ouvir o *staccato* de animadora de torcida da minha velha amiga Katie Lacey. Angie Papermaker estava marcando uma reunião com as meninas para reclamar da vida. Beber vinho, ver um filme triste, fofocar. Eu estava convidada. Angie morava no lado novo-rico da cidade — mansões enormes na periferia de Wind Gap. Praticamente no Tennessee. Eu não sabia dizer pela voz de Katie se isso a deixava com inveja ou se sentindo superior. Conhecendo-a, provavelmente um pouco dos dois. Ela sempre fora uma daquelas garotas que queriam o que todos os outros tinham, mesmo que não quisesse de fato.

Quando vira Katie e suas amigas na casa dos Keene, eu soubera que teria que me submeter a pelo menos uma noite fora. Era isso ou terminar de transcrever minha conversa com John, que estava me deixando perigosamente triste. Ademais, como Annabelle, Jackie e o grupo cruel de amigas da minha mãe, aquele encontro provavelmente forneceria mais informações do que eu conseguiria reunir em uma dúzia de entrevistas formais.

Assim que ela estacionou em frente à casa me dei conta de que Katie Lacey, agora Brucker, se saíra previsivelmente bem. Soube disso pelo fato de que demorou só cinco minutos para ir me pegar (a casa dela ficava a apenas um quarteirão) e pelo carro que usou para me pegar: um daqueles enormes utilitários idiotas que custam mais que as casas de algumas pessoas e oferecem quase tantos confortos. Atrás da minha cabeça eu podia ouvir o DVD player rindo com algum programa infantil, apesar da ausência de crianças. À minha frente, o navegador do painel fornecia direções passo a passo desnecessárias.

O marido, Brad Brucker, era fascinado pelo pai dela, e quando o sogrão se aposentasse, ele assumiria o negócio. Eles vendiam um polêmico hormônio usado para engordar frangos com uma rapidez horrenda. Minha mãe sempre desprezara isso — nunca usaria nada que apressasse tanto o processo de crescimento. Não significava que evitasse hormônios: os porcos de minha mãe eram injetados com substâncias químicas até que ficassem roliços e vermelhos como cerejas estourando, até suas pernas não conseguirem sustentar sua cintura suculenta. Mas isso era feito em um ritmo mais relaxado.

Brad Brucker era o tipo de marido que viveria onde Katie dissesse, inseminaria Katie quando ela pedisse e compraria para Katie o sofá da Pottery Barn que ela quisesse, e fora isso ficaria calado. Tinha boa aparência caso você olhasse por tempo suficiente, e um pau do tamanho do meu dedo anelar. Isso eu sabia em primeira mão, graças a uma transa um pouco mecânica em meu primeiro ano. Mas aparentemente a coisinha funcionava bem: Katie estava no final da gravidez do primeiro trimestre do terceiro filho. Iam continuar tentando até ela ter um menino. *Queremos muito um moleque correndo pela casa.*

Olhe para mim: Chicago, sem marido, mas ainda cruzando os dedos! Olhe para ela: seus cabelos, seu novo programa de vitaminas, Brad, suas duas filhas, Emma e Mackenzie, voluntária junto aos veteranos de Wind Gap e o trabalho horrível que fizeram na parada do dia de São Patrício. Depois o suspiro: *aquelas pobres menininhas*. Sim, suspiro: minha matéria sobre aquelas pobres menininhas. Aparentemente ela não ligava tanto assim, porque logo estava de volta às voluntárias, e como estava desorganizado agora que Becca Hart (nascida Mooney) era diretora de atividades. Na nossa época, Becca era uma garota de popularidade média que se tornara uma estrela da sociedade cinco anos antes, ao agarrar Eric Hart, cujos pais eram donos do amplo Go-Kart, armadilha para turistas com toboágua e minigolfe na região mais feia das Montanhas Ozarks. A situação era reprovável. Ela estaria lá naquela noite e eu mesma poderia ver. Simplesmente não se adequava.

A casa de Angie parecia o desenho infantil de uma mansão: era tão genérica que não parecia tridimensional. Quando entrei na sala me dei conta de como não queria estar ali. Havia Angie, que desnecessariamente perdera uns cinco quilos desde o colégio, e que agora sorriu de forma discreta para mim e voltou a servir um fondue. Havia Tish, que era a mãezona do grupo mesmo então, aquela que segurava seu cabelo enquanto você vomitava e que eventualmente tinha surtos dramáticos de choro sobre não se sentir amada. Soube que se casara com um cara de Newcastle, um homem levemente idiota (isso em murmúrios de Katie) que ganhava bem. Mimi se aninhava em um sofá de couro cor de chocolate. Uma adolescente deslumbrante, mas sua beleza não chegou à maturidade. Ninguém mais parecia notar. Todos ainda se referiam a ela como "a gostosa". Somando-se a isso: a pedra enorme em sua mão, presente de Joey Johansen, um garoto comprido e gentil que surgira como *linebacker* do futebol americano no primeiro ano e de repente exigira ser chamado de Jo-ha. (É realmente tudo o que me lembro dele.) A pobre Becca estava sentada entre elas, parecendo ansiosa e desajeitada, vestida quase comicamente de forma muito parecida com a anfitriã (será que Angie tinha levado Becca às compras?). Lançava sorrisos para todas com as quais fazia contato visual, mas ninguém falava com ela.

Vimos *Amigas para sempre*.

Tish soluçava quando Angie acendeu as luzes.

— Voltei a trabalhar — anunciou em um gemido, estreitando os olhos, as unhas pintadas de rosa-coral.

Angie serviu-se de vinho e deu um tapinha em seu joelho, olhando com preocupação fingida.

— Meu Deus, querida, por quê? — murmurou Katie.

Mesmo seu murmúrio era feminino e estalado. Como mil ratos mordiscando biscoitos.

— Com Tyler na creche, eu achei que queria — disse Tish entre soluços. — Como se precisasse de um propósito.

Ela cuspiu a última palavra como se estivesse contaminada.

— Você tem um propósito — falou Angie. — Não deixe que a sociedade lhe diga como criar sua família. Não deixe que as feministas — acrescentou, e olhou para mim — a façam se sentir culpada por ter o que elas não têm.

— Ela está certa, Tish, completamente certa — concordou Becca. — Feminismo significa permitir que as mulheres façam as escolhas que quiserem.

As mulheres olhavam de modo dúbio para Becca quando de repente vieram do canto os soluços de Mimi; então a atenção, e Angie com o vinho, se voltou para ela.

— Steven não quer mais filhos — disse, chorando.

— Por que não? — perguntou Katie com um ultraje impressionantemente estridente.

— Ele diz que três está bom.

— Bom para ele ou para você? — disparou Katie.

— Foi o que eu falei. Eu quero uma menina. Quero uma filha.

As mulheres acariciaram seus cabelos. Katie acariciou a barriga.

— E eu quero um filho — choramingou, olhando diretamente para a foto do menino de três anos de Angie sobre a lareira.

O choro e o desconforto se alternaram entre Tish e Mimi — *Sinto falta dos meus bebês... Sempre sonhei com uma casa grande cheia de crianças, sempre foi o que eu quis... O que há de tão errado em ser apenas mãe?* Eu sentia pena delas — pareciam realmente perturbadas — e eu sem dúvida conseguia sentir solidariedade em relação a uma vida que não saíra como o planejado. Mas após assentir muito e concordar com murmúrios, não consegui pensar em nada útil a dizer, então fui para a cozinha fatiar um pouco de queijo e ficar fora do caminho. Eu conhecia aquele ritual do colégio, e sabia que não iria demorar para a coisa ficar feia. Becca logo se juntou a mim na cozinha e começou a lavar pratos.

— Isto acontece basicamente toda semana — disse, e olhou para o teto, fingindo estar menos irritada que achando graça.

— Catártico, acho — sugeri.

Podia sentir que ela queria que eu dissesse mais. Eu conhecia a sensação. Quando estou prestes a conseguir uma boa declaração, é como se quase pudesse enfiar a mão na boca da pessoa e arrancá-la da língua.

— Eu não tinha ideia de que minha vida era tão infeliz até começar a vir a essas reuniõezinhas de Angie — sussurrou Becca, pegando uma faca recém-lavada para fatiar um pedaço de Gruyère.

Tínhamos queijo suficiente para alimentar toda Wind Gap.

— Ah, bem, ter conflitos significa que você pode ter uma vida superficial sem precisar lidar com o fato de ser uma pessoa superficial.

— Faz muito sentido — disse Becca. — Era assim quando vocês estavam no colégio?

— Ah, sim, quando não estávamos esfaqueando umas às outras pelas costas.

— Acho que fico feliz de ter sido a otária — comentou, e riu. — Imagina como eu posso ser menos legal agora?

Então eu também ri, servi uma taça de vinho a ela, ligeiramente tonta com o absurdo de me ver jogada de volta à minha vida adolescente.

Quando voltamos, ainda rindo de leve, todas as mulheres na sala choravam, e todas nos encararam ao mesmo tempo, como um retrato vitoriano medonho que ganhasse vida.

— Bem, fico contente por vocês duas estarem se divertindo tanto — disparou Katie.

— Considerando o que está acontecendo em nossa cidade — acrescentou Angie.

O tema claramente se ampliara.

— O que há de errado com o mundo? Por que alguém iria ferir garotinhas? — choramingou Mimi. — Coitadinhas delas.

— E arrancar os dentes delas, é isso que não consigo aguentar — disse Katie.

— Só gostaria que tivessem sido mais bem tratadas quando estavam vivas — soluçou Angie. — Por que as garotas são tão cruéis umas com as outras?

— As garotas implicavam com elas? — perguntou Becca.

— Um dia elas encurralaram Natalie no banheiro depois das aulas... E cortaram seus cabelos — falou Mimi, soluçando.

Seu rosto estava destruído, inchado e manchado. Riachos escuros de rímel marcavam a blusa.

— Elas obrigaram Ann a mostrar suas... intimidades aos garotos — disse Angie.

— Elas sempre provocavam essas garotas, só porque eram um pouco diferentes — observou Katie, limpando as lágrimas delicadamente com o punho da blusa.

— Quem são "elas"? — quis saber Becca.

— Pergunte a Camille, é ela quem está *cobrindo* essa situação toda — falou Katie, erguendo o queixo, um gesto de que eu me lembrava da época do colégio. Significava que estava se virando contra você, mas achando muito justificado. — Você sabe como sua irmã é terrível, não sabe, Camille?

— Sei que garotas podem ser muito difíceis.

— Então está defendendo ela? — reagiu Katie, raivosa.

Eu me sentia sendo arrastada para a política de Wind Gap, e entrei em pânico. *Briga* começou a latejar em minha panturrilha.

— Ah, Katie, eu nem a conheço bem o suficiente para defendê-la ou não — falei, fingindo cansaço.

— Você chorou ao menos uma vez por aquelas garotinhas? — perguntou Angie.

Agora elas eram um bando, me encarando.

— Camille não tem filhos — disse Katie, em um tom moralizador. — Não acho que possa sentir a dor como sentimos.

— Fico muito triste por aquelas garotas — falei, mas soou artificial, como uma candidata a miss pedindo a paz mundial.

Eu me sentia triste, mas explicitar isso parecia banal.

— Não quero que isso soe cruel, mas parece que parte do seu coração não pode funcionar se você não tem filhos — declarou Tish. — Como se ficasse para sempre fechado.

— Concordo — disse Katie. — Eu não me tornei realmente mulher até sentir Mackenzie dentro de mim. Quero dizer, hoje há toda essa questão de Deus em oposição à ciência, mas parece que, no caso dos bebês, os dois lados concordam. A Bíblia diz para crescer e multiplicar, e a ciência, bem, no final das contas é para isso que as mulheres são feitas, certo? Para ter filhos.

— Poder feminino — murmurou Becca bem baixinho.

Becca me levou para casa, porque Katie quis dormir na casa de Angie. Imagino que a babá lidaria com suas queridas filhas pela manhã. Becca fez algumas brincadeiras sobre a obsessão das mulheres pela maternidade, às quais reagi com pequenas risadas. *Fácil para você dizer, você tem dois filhos*. Estava me sentindo desesperadamente soturna.

Vesti uma camisola limpa e me sentei bem no centro da cama. Nada mais de álcool para você esta noite, sussurrei. Dei tapinhas nas faces e relaxei os ombros. Eu me chamei de amorzinho. Queria me cortar: *docinho* brilhava em minha coxa, *nojenta* queimava perto do joelho. Eu queria talhar *estéril* na minha pele. Era como permaneceria, minhas entranhas não utilizadas. Vazia e imaculada. Imaginei minha pelve aberta para revelar um pequeno vazio, como o ninho de um animal desaparecido.

Aquelas garotinhas. *O que há de errado com o mundo?* Mimi chorara e mal fora registrado, o lamento tão comum. Mas naquele momento eu o sentia. Havia algo errado bem ali, terrivelmente errado. Podia imaginar Bob Nash sentado na beirada da cama de Ann tentando recordar a última coisa que dissera à filha. Vi a mãe de Natalie chorando sobre uma das velhas camisetas dela. Eu me vi, uma menina desesperada de treze anos soluçando no chão do quarto da irmã morta, segurando um pequeno sapato florido. Ou Amma, ela mesma com treze anos, uma menina-mulher de corpo deslumbrante e um desejo persistente de ser a bebê que minha mãe perdera. Minha mãe chorando por Marian. Mordendo aquele bebê. Amma afirmando seu poder sobre criaturas mais fracas, rindo enquanto ela e as amigas cortavam os cabelos de Natalie, os cachos caindo no chão de ladrilhos. Natalie furando os olhos de uma garotinha. Minha pele gritava, meus ouvidos latejavam com minha pulsação. Fechei os olhos, me abracei e chorei.

Após dez minutos soluçando no travesseiro, o ataque de choro foi terminando, pensamentos mundanos surgindo em minha cabeça: as declarações de John Keene que poderia usar na matéria, o fato de que meu aluguel venceria na semana seguinte em Chicago, o cheiro da maçã estragando na cesta de lixo junto à minha cama.

Então, do lado de fora, Amma sussurrou meu nome bem baixo. Abotoei o alto da camisola, baixei as mangas e a deixei entrar. Ela vestia uma camisola rosa de estampa florida, os cabelos louros descendo em cascata sobre os ombros, os pés descalços. Parecia realmente adorável, não havia palavra melhor.

— Você estava chorando — disse ela, levemente espantada.
— Um pouco.
— Por causa dela? — perguntou.

A última palavra era um fardo, eu podia imaginá-la redonda e pesada, produzindo um baque no travesseiro.

— Um pouco, acho.
— Eu também — falou, e olhou para os limites da minha pele: o colarinho da camisola, a beirada das mangas. Estava tentando vislumbrar cicatrizes. — Não sabia que você se cortava — disse finalmente.
— Não mais.
— Isso é bom, acho — retrucou, e oscilou na beirada da minha cama. — Camille, já sentiu que coisas ruins vão acontecer e que você não vai conseguir impedir? Não pode fazer nada, tem apenas que esperar?
— Como um ataque de ansiedade?

Eu não conseguia parar de olhar para a pele dela, tão suave e morena, como sorvete começando a derreter.

— Não, não — disse ela, soando como se eu a tivesse decepcionado, falhado em resolver uma charada inteligente. — Mas enfim. Eu lhe trouxe um presente.

Ela estendeu um embrulho quadrado e falou para eu abrir com cuidado. Dentro: um baseado bem enrolado.

— É melhor que a vodca que você bebe — disse Amma, automaticamente defensiva. — Você bebe muito. Isso é melhor. Não vai te deixar tão triste.
— Amma, realmente...
— Posso ver seus cortes de novo? — perguntou, com um sorriso tímido.
— Não.

Um silêncio. Eu ergui o baseado.

— E, Amma, não acho que você deveria...
— Bem, eu faço, então pegue ou não. Só estava tentando ser legal.

Ela franziu a testa e torceu uma ponta da camisola.

— Obrigada. Fofo da sua parte querer me ajudar a me sentir melhor.
— Eu posso ser legal, sabe? — retrucou, a testa ainda franzida. Parecia à beira das lágrimas.
— Eu sei. Só estou pensando por que decidiu ser legal comigo agora.
— Algumas vezes não consigo. Mas neste instante consigo. Quando todos estão dormindo e tudo está em silêncio é mais fácil.

Ela esticou o braço, a mão como uma borboleta diante do meu rosto, depois a baixou, deu um tapinha no meu joelho e saiu.

CAPÍTULO DEZ

"Lamento por ela ter vindo para cá, porque agora está morta", disse um choroso John Keene, 18, sobre sua irmã Natalie, 10. "Alguém matou minha irmã."

O corpo de Natalie Keene foi encontrado em 14 de maio, enfiado na vertical em um espaço entre o salão de beleza Cut-N-Curl e a Bifty's Hardware, na pequena cidade de Wind Gap, Missouri. Ela é a segunda garota assassinada no local nos últimos nove meses: Ann Nash, de 9 anos, foi encontrada em um riacho em agosto do ano passado. As duas garotas foram estranguladas; ambas tiveram os dentes arrancados pelo assassino.

"Ela era um tipo de criança boba", disse John Keene, chorando suavemente, "meio moleca."

Keene, que se mudou da Filadélfia para cá com a família há dois anos e recentemente terminou o ensino médio, descreveu a irmã mais nova como uma garota brilhante e muito criativa, que certa vez inventou até mesmo o próprio idioma, com direito a um alfabeto exclusivo.

"Em uma criança comum isso seria uma baboseira", disse ele, rindo com tristeza.

Baboseira é o caso policial até agora: os policiais de Wind Gap e Richard Willis, um detetive de homicídios enviado de Kansas City, admitem que há poucas pistas.

"Não descartamos ninguém", declarou Willis. "Estamos estudando atentamente possíveis suspeitos da comunidade, mas também considerando com cuidado a possibilidade de que essas mortes possam ser obra de alguém de fora."

A polícia se recusa a fazer comentários sobre uma possível testemunha, um menino que alega ter visto a pessoa que sequestrou Natalie Keene: uma mulher.

Uma fonte próxima da polícia diz que eles acreditam que o assassino é um homem da comunidade local. O dentista James L. Jellard, 56, morador de Wind Gap, concorda, acrescentando que remover os dentes "exigiria alguma força. Eles simplesmente não se soltam".

Enquanto a polícia investiga o caso, a cidade tem assistido a uma corrida atrás de trancas de segurança e armas de fogo. A loja de ferragens local vendeu cerca de 40 trancas de segurança; o negociante de pistolas e rifles da cidade encaminhou mais de 30 autorizações para armas de fogo desde o assassinato de Keene.

"Eu achava que a maioria das pessoas aqui já tinha rifles de caça", disse Dan R. Sniya, 35 anos, dono da maior loja de armas de fogo da cidade. "Mas creio que qualquer um que não tinha uma arma... bem... terá."

Um dos moradores de Wind Gap que aumentaram o próprio arsenal foi o pai de Ann Nash, Robert, 41 anos.

"Tenho duas outras filhas e um filho, e eles estarão protegidos", declarou Nash, que descreve a filha assassinada como uma menina brilhante. "Algumas vezes eu achava que ela era mais esperta que o pai. Algumas vezes *ela* achava que era mais esperta que o pai".

Ele contou que a filha era uma moleca como Natalie, uma garota que gostava de subir em árvores e andar de bicicleta, exatamente o que estava fazendo ao ser sequestrada no último mês de agosto.

O padre Louis D. Bluell, da paróquia católica local, diz que tem visto o efeito dos assassinatos nos moradores: o comparecimento à missa de domingo aumentou perceptivelmente e muitos frequentadores da igreja buscaram aconselhamento espiritual.

"Quando algo assim acontece, as pessoas sentem um anseio real por alimento espiritual", disse ele. "Elas querem saber como algo desse tipo pode ter acontecido."

Aparentemente, polícia também.

Antes de o texto ser impresso, Curry debochou de todas as iniciais do nome do meio. *Bom Deus, os sulistas adoram as formalidades*. Destaquei que tecnicamente Missouri ficava no Meio-Oeste, e ele riu de mim. *E tecnicamente eu sou de meia-idade, mas diga isso à pobre Eileen quando ela tem que lidar com a minha bursite*. Ele também cortou toda a entrevista com James Capisi; só deixou os detalhes mais gerais. *Dar muita atenção ao garoto nos faz parecer otários, especialmente se a polícia não está comprando isso*. Também cortou uma declaração ruim da mãe sobre John: "Ele é um garoto gentil, amável." Foi o único comentário que arranquei dela antes de ser chutada fora da casa, a única coisa que valeu a pena naquela visita infeliz, mas Curry achou que distraía do restante. Provavelmente estava certo. Ele ficou bastante contente de enfim termos um suspeito no qual nos concentrar, meu "homem da comunidade local". Minha "fonte próxima da polícia" era uma invenção, ou, para usar um eufemismo, um amálgama — todos, de Richard ao padre, achavam que alguém dali tinha feito isso. Não contei a Curry sobre minha mentira.

Na manhã em que a matéria saiu, fiquei na cama olhando para o telefone branco de disco, esperando que ele tocasse com reclamações. Seria a mãe de John, que estaria furiosa depois de descobrir que eu tivera acesso ao filho. Ou Richard, por eu ter vazado que o suspeito era algum morador da cidade.

Várias horas silenciosas se passaram, enquanto eu ficava progressivamente mais suada, as moscas zumbindo ao redor da minha janela de tela, Gayla rondando do outro lado da porta, ansiosa para ter acesso ao meu quarto. Nossas roupas de cama e toalhas de banho sempre foram trocadas diariamente; a lavanderia está sempre em funcionamento no porão. Acho que é um hábito remanescente da vida de Marian. Roupas limpas engomadas para nos fazer esquecer de todos os fluidos e cheiros azedos que saem de nossos corpos. Foi na faculdade que me dei conta de que gostava do cheiro do sexo. Entrei no quarto de uma amiga certa manhã após um garoto passar apressado por mim, sorrindo de lado e enfiando as meias no bolso de trás. Ela estava deitada na cama, com manchas pelo corpo e pelada, com uma perna nua balançando fora dos lençóis. Aquele cheiro doce empoçado era puramente animal, como o canto mais fundo da caverna de um urso. Era quase estranho para mim aquele odor natural, noturno. O cheiro mais marcante da minha infância era de alvejante.

Acabou que o primeiro telefonema raivoso foi de alguém que eu não tinha imaginado.

— Não acredito que você me deixou totalmente fora da história — esbravejou Meredith Wheeler, a voz badalando ao telefone. — Não usou nada do que eu disse. Nem sequer notou que eu estava lá. Fui eu quem conseguiu John para você, lembra?

— Meredith, nunca falei que usaria seus comentários — retruquei, irritada com sua agressividade. — Lamento que tenha ficado com essa impressão.

Enfiei um urso de pelúcia murcho sob a cabeça, depois me senti culpada e o devolvi ao pé da cama. É preciso ser fiel às coisas da infância.

— Só não sei por que não iria querer me incluir — continuou Meredith. — Se o objetivo era ter uma ideia de como Natalie era, então você precisava de John. E se precisava de John, então precisava de mim. Sou a namorada dele. Quero dizer, eu praticamente sou *dona* dele, pergunte a qualquer um.

— Bem, você e John não eram o objeto da matéria — falei de um modo um pouco ríspido.

Atrás da respiração de Meredith eu podia ouvir uma balada country-rock tocando e batidas e chiados ritmados.

— Mas você colocou outras pessoas de Wind Gap na matéria. Colocou o idiota do padre Bluell. Por que não eu? John está sofrendo muito, e tenho sido realmente importante para ele, passando por tudo ao lado dele. Ele chora o tempo todo. Sou eu quem o mantém sob controle.

— Quando fizer outra matéria que precise de mais personagens de Wind Gap, eu a entrevistarei. Se tiver algo a acrescentar.

Tump. Chhh. Ela estava passando roupa.

— Eu sei muito sobre aquela família, muito sobre Natalie, coisas de que John não tem ideia. Ou conta.

— Então ótimo. Entrarei em contato. Em breve.

Desliguei, nada confortável com o que a garota estava me oferecendo. Quando baixei os olhos percebi que tinha escrito "Meredith" em uma cursiva ondulada feminina sobre as cicatrizes de minha perna esquerda.

Na varanda, Amma estava enrolada em um edredom de seda rosa, uma toalha úmida sobre a testa. Minha mãe tinha uma bandeja de prata com chá, torrada e garrafas variadas, e pressionava as costas da mão de Amma sobre sua bochecha em um movimento circular.

— Querida, querida, querida — murmurava Adora, embalando a ambas no balanço.

Amma repousava preguiçosamente como um recém-nascido em seu cobertor, estalando os lábios de vez em quando. Era a primeira vez que via minha mãe desde nossa ida a Woodberry. Parei em frente às duas, mas ela não desviou os olhos de Amma.

— Oi, Camille — sussurrou Amma finalmente, e me deu um pequeno sorriso.

— Sua irmã está doente. Desenvolveu uma febre de preocupação desde que você está em casa — disse Adora, ainda pressionando a mão de Amma naquele círculo.

Imaginei os dentes da minha mãe rangendo por dentro das bochechas.

Alan, notei, estava sentado do lado de dentro, observando-as pela tela da janela acima do sofá de dois lugares da sala de estar.

— Precisa deixá-la mais confortável perto de você, Camille; ela é só uma garotinha — acrescentou minha mãe, mimando Amma.

Uma garotinha de ressaca. Amma saiu do meu quarto na noite anterior e desceu para beber sozinha. Era assim que aquela casa funcionava. Eu as deixei murmurando uma para a outra, *favorita* zumbindo no meu joelho.

— E aí, Furo — disse Richard, seguindo ao meu lado em seu sedã.

Eu estava caminhando até o espaço onde o corpo de Natalie havia sido encontrado para pegar detalhes dos balões e bilhetes deixados lá. Curry queria uma matéria sobre uma "cidade de luto". Isso, claro, caso não houvesse pistas sobre os assassinatos. Implicando que era melhor haver alguma pista, e logo.

— Oi, Richard.

— Bela matéria hoje.

Maldita internet.

— Fico contente em saber que encontrou uma fonte próxima da polícia — continuou, sorrindo para mim.

— Eu também.

— Entre, temos trabalho a fazer — falou, abrindo a porta do carona.

— Tenho meu próprio trabalho a fazer. Até agora, trabalhar com você não me rendeu nada a não ser declarações inúteis de nada a declarar. Meu editor vai me chamar de volta logo.

— Bem, não podemos permitir isso. Assim não terei distrações. Venha comigo. Preciso de uma guia para uma excursão por Wind Gap. Em troca responderei a três perguntas, integral e sinceramente. Não de forma oficial, claro, mas falarei a verdade. Vamos lá, Camille. A não ser que tenha um encontro com sua fonte na polícia.

— Richard.

— Não, sério, não quero interferir em seu caso amoroso recente. Você e esse sujeito misterioso devem formar um belo par.

— Cale a boca — disse, e entrei no carro.

Ele se inclinou sobre mim, puxou o cinto de segurança e o prendeu, fazendo uma pausa de um segundo com os lábios junto aos meus.

— Tenho que mantê-la segura.

Apontou para um balão de poliéster balançando no espaço onde o corpo de Natalie fora encontrado. Dizia *Fique boa logo*.

— Para mim aquilo resume perfeitamente Wind Gap — falou.

Richard queria que eu o levasse a todos os lugares secretos da cidade, os cantos que só os locais conheciam. Lugares onde as pessoas se encontravam para trepar ou fumar maconha, onde adolescentes bebiam ou sujeitos iam sentar sozinhos para decidir em que momento suas vidas tinham desandado. Todo mundo tem um momento em que a vida sai dos trilhos. O meu foi no dia em que Marian morreu. O dia em que peguei aquela faca vem em segundo lugar, quase empatando.

— Ainda não encontramos o local de abate de nenhuma das garotas — disse Richard, uma das mãos no volante, a outra no encosto do meu banco. — Só os locais de desova, e esses estão muito contaminados. — Ele fez uma pausa. — Desculpe. "Local de abate" é uma expressão feia.

— Mais adequada a um abatedouro.

— Uau. Cinco pontos com essa palavra, Camille. Sete pontos e meio em Wind Gap.

— É, eu esqueço como vocês de Kansas City são cultos.

Levei Richard até uma estrada de cascalho sem identificação e estacionamos no mato à altura do joelho, cerca de quinze quilômetros ao sul de onde o corpo de Ann fora encontrado. Abanei a nuca no ar úmido, puxei as mangas compridas, grudadas nos braços. Fiquei imaginando se Richard poderia sentir o cheiro do álcool da noite anterior, agora em gotas de suor sobre a minha pele. Caminhamos para a floresta, descendo a colina, depois subindo. As folhas de algodoeiro cintilavam, como sempre, com brisas imaginárias. Vez ou outra podíamos ouvir um animal fugindo, um pássaro alçando voo de repente. Richard caminhava com segurança atrás de mim, arrancando folhas e as rasgando lentamente pelo caminho. Quando chegamos ao local, nossas roupas estavam encharcadas, meu rosto pingava suor. Era uma antiga escola que possuía uma única sala, ligeiramente inclinada para um lado, trepadeiras entrando e saindo das ripas.

Dentro, havia meio quadro-negro na parede. Continha desenhos elaborados de pênis entrando em vaginas — sem corpos anexados. Folhas mortas e garrafas de bebida cobriam o chão, algumas latas de cerveja enferrujadas de uma época anterior à dos anéis de alumínio. Restavam algumas poucas carteiras pequenas. Uma estava coberta por uma toalha de mesa, um vaso de rosas mortas no centro. Um lugar lamentável para um jantar romântico. Espero que tenha sido bom.

— Belo trabalho — disse Richard, apontando para um dos desenhos feitos com giz de cera.

A camisa social azul-clara grudava nele. Dava para ver o contorno de seu peitoral musculoso.

— Isto é basicamente um esconderijo de garotos, obviamente — falei. — Mas é perto do riacho, então achei que deveria ver.

— Aham — retrucou, depois me olhou em silêncio antes de continuar: — O que você faz em Chicago quando não está trabalhando?

Ele se inclinou sobre a carteira, pegou uma rosa seca no vaso e começou a esmagar as folhas.

— O que eu faço?

— Você tem namorado? Aposto que tem.

— Não. Não tenho namorado há muito tempo.

Ele começou a arrancar as pétalas da rosa. Não sabia se estava interessado na minha resposta. Ergueu os olhos e sorriu para mim.

— Você é durona, Camille. Você não *oferece* muita coisa. Você me obriga a me esforçar. Gosto disso, é diferente. A maioria das garotas não sabe ficar calada. Sem querer ofender.

— Não estou tentando ser difícil. Apenas não é uma pergunta que estivesse esperando — falei, retomando o pé na conversa. Papo furado e provocações. Dou conta disso. — Você tem namorada?

Aposto que tem duas. Uma loura e uma morena, para combinar com as gravatas.

— Errada em todas as acusações. Nada de namorada, e a última era ruiva. Não combinava com nada que eu tinha. Teve que ir embora. Uma pena, garota legal.

Normalmente Richard era o tipo de cara de quem eu desgostava, alguém nascido e criado no luxo: beleza, charme, inteligência, provavelmente dinheiro. Eu nunca achava esses homens muito interessantes; são muito comuns e, em geral, covardes. Fugiam instintivamente de qualquer situação que pudesse lhes causar constrangimento ou desconforto. Mas ele não me entediava. Talvez porque seu sorriso fosse um pouco torto. Ou porque ganhasse a vida lidando com coisas feias.

— Você vinha aqui quando era criança, Camille?

A voz dele era baixa, quase tímida. Olhou-me de lado, e o sol da tarde deu um brilho dourado a seus cabelos.

— Claro. Lugar perfeito para atividades inadequadas.

Richard caminhou até mim, me deu o resto da rosa, deslizou um dedo pela minha bochecha suada.

— Dá para ver isso. Pela primeira vez desejei ter sido criado em Wind Gap.

— Você e eu teríamos nos dado bem — disse, e falava sério.

De repente fiquei triste por nunca ter conhecido um garoto como Richard enquanto crescia, alguém que pelo menos fosse um pequeno desafio.

— Você sabe que é bonita, não sabe? — perguntou. — Eu lhe diria, mas parece o tipo de coisa que você ignoraria. Em vez disso, pensei...

Ele ergueu minha cabeça e me beijou, de início devagar, e depois, quando não me afastei, me pegou nos braços e enfiou a língua na minha boca. Era a primeira vez que eu era beijada em quase três anos. Deslizei as mãos entre as omoplatas dele, a rosa sendo esmagada em suas costas. Afastei o colarinho do pescoço e o lambi.

— Acho que você é a garota mais bonita que já vi — falou, correndo um dedo pelo meu queixo. — Na primeira vez em que te vi, não consegui pensar em mais nada pelo resto do dia. Vickery me mandou para casa.

Ele deu uma risada.

— Também acho você muito bonito — retruquei, segurando as mãos dele para que não as movesse.

Minha camisa era fina e eu não queria que ele sentisse as minhas cicatrizes.

— *Também acho você muito bonito?* — repetiu, e riu. — Jesus, Camille, você não é mesmo muito romântica, né?

— Só fui pega de surpresa. Quero dizer, para começar, isto é uma má ideia, eu e você.

— Péssima ideia — disse ele, beijando meu lóbulo.

— E, além do mais, você não quer dar uma olhada no lugar?

— *Miss* Preaker, eu vasculhei este lugar na minha segunda semana aqui. Só queria dar um passeio com você.

Acabou que Richard também tinha coberto os dois outros lugares que eu tinha em mente. Em um abrigo de caça abandonado na parte sul da floresta surgira uma fita de cabelo de estampa xadrez amarela que os pais das garotas não conseguiram identificar. O costão a leste de Wind Gap, onde se podia se sentar e observar o rio Mississippi bem abaixo, revelara uma pegada que correspondia a um tênis que nenhuma das garotas tinha. Foi encontrado um pouco de sangue seco sobre folhas de relva, mas o tipo não correspondia ao de nenhuma das duas. Mais uma vez eu estava me revelando inútil. Mas Richard não parecia ligar. Fomos para o costão mesmo assim, pegamos meia dúzia de cervejas e nos sentamos ao sol, observando o rio Mississippi cintilar em cinza como uma cobra preguiçosa.

Aquele havia sido um dos lugares preferidos de Marian quando ela conseguia sair da cama. Por um instante pude sentir seu peso de criança nas minhas costas, seu riso quente em minhas orelhas, os braços magros apertados sobre meus ombros.

— Onde você estrangularia uma garotinha? — perguntou Richard.

— No meu carro ou na minha casa — respondi.

— E onde arrancaria os dentes?

— Algum lugar que pudesse esfregar bem depois. Um porão. Uma banheira. As garotas já estavam mortas, certo?

— Essa é uma das suas perguntas?

— Claro.

— Ambas estavam mortas.

— Mortas há tempo suficiente para não haver sangue quando os dentes foram arrancados?

Uma barcaça descendo o rio começou a virar de lado na corrente; homens apareceram no convés com varas compridas para recolocá-la na direção certa.

— No caso de Natalie houve sangue. Os dentes foram retirados imediatamente depois do estrangulamento.

Vi uma imagem de Natalie Keene, olhos castanhos congelados abertos, tombada em uma banheira enquanto alguém arrancava os dentes de sua boca. Sangue no queixo. Uma mão segurando um alicate. Mão de mulher.

— Você acredita em James Capisi?

— Não sei, Camille, e não estou querendo confundir você. O garoto está em pânico. A mãe continua pedindo que coloquemos alguém de guarda. Ele está certo de que a mulher vai pegá-lo. Eu o pressionei um pouco, o chamei de mentiroso, tentei ver se mudava a história. Nada — falou, depois se virou para mim. — Vou lhe dizer uma coisa: James Capisi acredita na própria história. Mas não sei como ela pode ser verdadeira. Isso não se encaixa em nenhum perfil do qual eu tenha conhecimento. Não me parece certo. Intuição policial. Você falou com ele; o que acha?

— Concordo com você. Fico pensando se ele não está apenas surtado por causa do câncer da mãe e projetando esse medo de algum modo. Não sei. E quanto a John Keene?

— Encaixa no perfil: faixa etária certa, parente de uma das vítimas, parece talvez um pouco abalado demais com a coisa toda.

— A irmã dele foi assassinada.

— Sim, mas... sou homem e posso lhe dizer que adolescentes preferem se matar a chorar em público. E ele tem chorado pela cidade toda.

Richard soprou um apito grave na garrafa de cerveja, um canto de acasalamento para um rebocador de passagem.

A lua tinha nascido e as cigarras estavam a toda quando Richard me deixou em casa. O canto delas correspondia ao latejar entre minhas pernas onde eu permitira que ele me tocasse. Zíper aberto, a mão dele guiada pela minha até meu clitóris e mantida lá para que não explorasse e se deparasse com as elevações de minhas cicatrizes. Fizemos um ao outro gozar como estudantes (*bolinho* pulsando forte e rosa em meu pé esquerdo enquanto eu gozava), e eu estava viscosa e cheirando a sexo quando abri a porta e vi minha mãe sentada ao pé da escada com uma jarra de amaretto sour.

Vestia uma camisola rosa com mangas infantis bufantes e uma fita de seda na gola. As mãos estavam de novo desnecessariamente envoltas naquela gaze branca, que conseguia manter impecável embora estivesse bêbada. Ela oscilou ligeiramente quando passei pela porta, como um fantasma decidindo se iria desaparecer. Permaneceu.

— Camille. Sente-se aqui — disse, gesticulando para mim com as mãos enevoadas. — Não! Primeiro pegue uma taça na cozinha dos fundos. Você pode tomar um drinque com a mamãe. Com a sua mãe.

Isso vai ser triste, murmurei enquanto pegava um copo. Mas, por trás disso, um pensamento: tempo a sós com *ela*! Um bate-papo que sobrara da infância. Consertar tudo aquilo.

Minha mãe serviu-me de forma descuidada mas perfeita, interrompendo imediatamente antes que meu copo transbordasse. Ainda assim, foi difícil levar à boca sem derramar. Deu um risinho debochado enquanto observava. Voltou a se recostar no pilar do corrimão, enfiou os pés sob o corpo, bebericou.

— Acho que finalmente me dei conta de por que não amo você — falou.

Eu sabia que não, mas nunca a ouvira admitir assim. Tentei afirmar a mim mesma que estava intrigada, como um cientista prestes a fazer uma descoberta, mas minha garganta travou e tive que me esforçar para respirar.

— Você me lembra minha mãe, Joya. Fria e distante, e muito, muito presunçosa. Minha mãe também nunca me amou. E se vocês não me amam, eu também não as amo.

Uma onda de fúria correu por mim.

— Eu nunca lhe disse que não a amava, isso é simplesmente ridículo. Ridículo, porra. Foi você quem nunca gostou de mim, nem quando criança. Nunca senti de você nada além de frieza, então não ouse virar isso contra mim.

Comecei a esfregar a palma da mão com força na beirada da escada. Minha mãe deu um meio sorriso para o gesto e eu parei.

— Você sempre foi muito voluntariosa, nunca foi doce. Lembro-me de quando tinha seis ou sete anos. Eu queria fazer cachinhos em seus cabelos para a foto da escola. Em vez disso, você o cortou todo com minha tesoura de costura.

Não me lembrava de ter feito isso. Lembrava de ouvir que Ann tinha feito isso.

— Acho que não, mamãe.

— Teimosa. Como aquelas garotas. Tentei me aproximar daquelas garotas, as garotas mortas.

— O que quer dizer com se aproximar delas?

— Elas me lembravam você, correndo selvagemente pela cidade. Como animaizinhos lindos. Pensei que se pudesse me aproximar delas, entenderia você melhor. Se pudesse gostar delas, talvez pudesse gostar de você. Mas não pude.

— Não, não espero isso.

O relógio de carrilhão bateu onze horas. Imagino quantas vezes minha mãe tinha ouvido aquilo enquanto crescia naquela casa.

— Quando você estava dentro de mim, quando eu era uma menina, tão mais jovem do que você é hoje, pensei que você me salvaria. Pensei que iria me amar. E então minha mãe iria me amar. Foi uma piada.

A voz da minha mãe se elevou, alta e pura, como uma echarpe vermelha em uma tempestade.

— Eu era um bebê.

— Mesmo desde o começo você desobedecia, não comia. Como se estivesse me punindo por ter nascido. Fazia com que eu parecesse uma idiota. Uma criança.

— Você *era* uma criança.

— E agora você volta e eu só consigo pensar: "Por que Marian e não ela?"

A fúria imediatamente se transformou em desespero. Meus dedos encontraram uma farpa de madeira na tábua. Eu a enfiei sob a unha. Não iria chorar por aquela mulher.

— De qualquer forma, não estou muito contente de estar aqui, mamãe, se isso a faz sentir melhor.

— Você é tão odiosa.

— Aprendi com você.

Minha mãe então avançou, me agarrou pelos braços. Depois esticou a mão atrás de mim e, com uma unha, circulou o ponto em minhas costas que não tinha cicatrizes.

— O único ponto que você deixou — sussurrou para mim.

O hálito era desagradável e almiscarado, como ar subindo de um poço.

— Sim.

— Um dia gravarei meu nome aí — disse ela, me sacudiu uma vez, soltou, depois me deixou nos degraus com os restos da nossa bebida.

Tomei o resto do amaretto sour e tive soturnos sonhos viscosos. Minha mãe me abrira e estava tirando meus órgãos, enfileirando-os na minha cama enquanto minha pele caía dos dois lados. Costurava suas iniciais em cada um deles, depois os jogava de novo dentro de mim, junto com uma série de objetos esquecidos: uma bola de borracha fluorescente que ganhei em uma máquina de chicletes quando tinha dez anos; um par de meias de lã violeta que usei quando tinha doze; um anel dourado barato que um garoto comprou para mim no primeiro ano da faculdade. A cada objeto, o alívio de que não estava mais perdido.

Já passava de meio-dia quando acordei, eu estava desorientada e com medo. Tomei um gole da minha garrafinha de vodca para aplacar o pânico, depois corri para o banheiro e vomitei a bebida, assim como fios de saliva açucarada marrom do amaretto sour.

Nua na banheira, a porcelana fria em minhas costas. Deitei, liguei a água e deixei que ela me encobrisse, subisse por minhas orelhas até que submergissem com o *glup* prazeroso de um navio afundando. Será que um dia teria a disciplina de deixar a água cobrir meu rosto, me afogar de olhos abertos? Simplesmente se recuse a subir cinco centímetros e está feito.

A água ardeu em meus olhos, cobriu meu nariz, depois me envolveu. Eu me imaginei vista de cima: pele cortada e um rosto imóvel tremeluzindo sob uma lâmina de água. Meu corpo se recusou a ficar quieto. Ele gritava: *corpete, suja, megera, viúva!* Meu estômago e minha garganta tinham espasmos, desesperados por ar. *Dedo, puta, vazia!* Alguns momentos de disciplina. Que forma pura de morrer. *Brotar, botão, bom.*

Com um movimento brusco, voltei à superfície, arfei. Ofegando, a cabeça inclinada para o teto. Calma, calma, disse a mim mesma. Calma, benzinho, você ficará bem. Dei tapinhas em minha face, falei comigo mesma como um bebê — lamentável —, mas a respiração desacelerou.

Depois, um surto de pânico. Levei a mão às costas procurando o círculo de pele atrás. Ainda estava liso.

Nuvens negras pousavam sobre a cidade, então o sol se enrolava nas beiradas e dava a tudo um tom amarelo doentio, como se fôssemos insetos sob luzes fluorescentes. Ainda fraca do encontro com minha mãe, achei o brilho débil apropriado. Eu tinha um encontro na casa de Meredith Wheeler para uma entrevista sobre os Keene. Não estava certa de que renderia algo importante, mas pelo menos conseguiria uma declaração, algo de que precisava, não tendo ouvido uma palavra dos Keene depois da última matéria. A verdade é que, com John vivendo nos fundos da casa de Meredith, eu não tinha como chegar a ele a não ser por intermédio dela. Com certeza ela adorava isso.

Caminhei até a Main Street para pegar meu carro onde o abandonara durante o passeio do dia anterior com Richard. Eu me joguei, fraca, no banco do motorista. Ainda consegui chegar meia hora adiantada na casa de Meredith. Sabendo das pompas preparadas para minha visita, supus que ela me colocaria no pátio dos fundos e eu teria uma chance de falar com John. No final das contas, ela nem estava lá, mas pude ouvir música vindo dos fundos da casa; fui até lá e vi as Quatro Lourinhas em biquínis fluorescentes em uma ponta da piscina, fumando um baseado, e John sentado à sombra no outro lado, observando. Amma parecia bronzeada, loura e deliciosa, nenhum sinal da ressaca do dia anterior. Era pequena e colorida como um aperitivo.

Confrontada com toda aquela carne macia, eu podia sentir minha pele começar a tagarelar. Não podia lidar com o contato direto no auge do meu pânico de ressaca. Então observei desde o limite da casa. Qualquer um teria me visto, mas ninguém se preocupou comigo. As três amigas de Amma logo estavam em um barato de maconha e calor, caídas de bruços em suas cangas.

Amma ficou de pé, encarando John, esfregando bronzeador nos ombros, colo, seios, enfiando as mãos sob o sutiã do biquíni, observando John observá-la. John não reagiu, como uma criança após seis horas de TV. Quanto mais lascivamente Amma se esfregava, menos reação ele tinha. Um triângulo do sutiã saiu do lugar, revelando o seio roliço abaixo. Treze anos, pensei comigo mesma, mas senti uma pontada de admiração pela garota. Quando triste, eu me feria. Amma feria os outros. Quando eu queria atenção, me submetia aos garotos: *Faça o que quiser, apenas goste de mim*. As ofertas sexuais de Amma pareciam uma forma de agressão. Pernas compridas ossudas, pulsos finos e uma voz aguda de bebê, tudo apontado como uma arma. *Faça o que quero; talvez eu goste de você.*

— Ei, John, eu faço você se lembrar de quem? — chamou Amma.

— De uma garotinha que se comporta mal e acredita ser mais bonita do que é — respondeu John.

Estava sentado de short na beira da piscina, os pés na água. As pernas tinham uma camada fina, quase feminina, de pelos escuros.

— Mesmo? Então por que não para de me olhar do seu pequeno esconderijo? — falou, apontando com a perna para o anexo, que possuía uma pequena janela de sótão com cortinas xadrez azuis. — Meredith vai ficar com ciúme.

— Gosto de ficar de olho em você, Amma. Saiba que estou sempre de olho em você.

Meu palpite: minha meia-irmã entrara no quarto dele sem permissão, revirara suas coisas. Ou o esperara na cama.

— Certamente está agora — disse ela, rindo, pernas arreganhadas.

Ela parecia horrenda sob a luz fraca, os raios lançando sombras em seu rosto.

— Será sua vez um dia, Amma — disse ele. — Em breve.

— Homem decidido. Ouvi dizer — retrucou Amma.

Kylie ergueu os olhos, concentrou-os na amiga, sorriu e deitou de novo.

— E também paciente.

— Vai precisar ser — falou ela, e soprou um beijo.

O amaretto sour revirava em mim e eu estava farta daquela provocação. Não gostava de John Keene flertando com Amma, não importava que ela o estivesse provocando. Ela ainda tinha treze anos.

— Oi? — chamei, despertando Amma, que agitou os dedos para mim.

Duas das três louras ergueram os olhos, depois deitaram de novo. John pegou água com as mãos e a esfregou no rosto antes de erguer os cantos da boca para mim. Ele estava repassando a conversa, imaginando quanto eu tinha ouvido. Eu estava equidistante dos dois lados e caminhei na direção dele, sentado a menos de dois metros.

— Leu a matéria? — perguntei.

Ele confirmou com um gesto de cabeça.

— É, obrigado, foi gentil. Pelo menos a parte sobre Natalie.

— Vim para conversar um pouco com Meredith sobre Wind Gap; talvez surja algo sobre Natalie. Tudo bem por você?

Ele deu de ombros.

— Claro. Ela ainda não chegou. Não havia açúcar suficiente para o chá gelado. Ela surtou, correu até a loja sem maquiagem.

— Um escândalo.

— Para Meredith, é.

— Como estão as coisas?

— Ah, tudo bem — disse, e começou a dar tapinhas com a mão direita. Se consolando. Senti pena dele de novo. — Não sei se algo voltará a ser bom um dia novamente, então é difícil avaliar se está melhor ou pior, entende o que quero dizer?

— Algo como: este lugar é horrível e eu quero morrer, mas não consigo pensar em nenhum outro lugar onde gostaria de estar — sugeri.

Ele se virou e me encarou, olhos azuis refletindo a piscina oval.

— É exatamente o que eu queria dizer.

Melhor se acostumar com isso, pensei.

— O que acha de fazer aconselhamento, ir a um terapeuta? — perguntei. — Poderia ser útil.

— É, John, poderia aplacar algumas de suas ânsias. Elas podem ser *mortais*, sabe? Não queremos mais garotinhas aparecendo sem os dentes — disse Amma, que entrara na piscina e boiava a três metros de nós.

John levantou-se de um pulo, e por um segundo achei que iria mergulhar na piscina e esganá-la. Em vez disso, apontou um dedo para ela, abriu a boca, fechou e caminhou para seu quarto no sótão.

— Isso foi cruel — falei a ela.

— Mas engraçado — disse Kylie, boiando em um colchão de ar rosa.

— Que cara esquisito — acrescentou Kelsey, que passou remando.

Jodes estava sentada na canga, queixo apoiado nos joelhos, olhos fixos no anexo.

— Você foi tão gentil comigo na outra noite. Agora está tão diferente... — murmurei para Amma. — Por quê?

Ela pareceu surpresa por uma fração de segundo.

— Não sei. Gostaria de poder corrigir isso. Mesmo.

Nadou na direção das amigas quando Meredith surgiu à porta e impacientemente me chamou.

A casa dos Wheeler parecia familiar: um sofá estofado macio, uma mesa de centro com a réplica de um veleiro em cima, um elegante divã de veludo verde, uma foto da Torre Eiffel em preto e branco tirada de um ângulo difícil. Pottery Barn, catálogo de primavera. Até os pratos amarelo-limão que Meredith estava colocando na mesa, com tortinhas de frutas cristalizadas no meio.

Ela usava um vestido de linho cor de pêssego ainda não maduro, cabelos presos na altura da nuca em um rabo de cavalo frouxo que devia ter levado vinte minutos para ficar tão perfeito. De repente pareceu muito com minha mãe. Poderia ser filha de Adora com mais credibilidade do que eu. Senti o começo de um rancor, tentei contê-lo enquanto ela nos servia um copo de chá gelado, e sorri.

— Não tenho ideia do que minha irmã estava lhe dizendo, mas posso imaginar que foi algo odioso, então peço desculpas — disse ela. — Embora esteja certa de que sabe que a verdadeira líder aqui é Amma.

Ela olhou para a tortinha, mas pareceu não querer comê-la. Bonita demais.

— Você provavelmente conhece Amma melhor que eu — falei. — Ela e John não parecem...

— Ela é uma criança muito carente — interrompeu ela, cruzando as pernas, descruzando, alisando o vestido. — Amma teme murchar e explodir se toda atenção não estiver sempre nela. Especialmente de garotos.

— Por que ela não gosta de John? Estava insinuando que foi ele quem machucou Natalie.

Peguei o gravador e apertei o botão para ligar, em parte porque não queria perder tempo com joguinhos, em parte porque esperava que ela me dissesse algo sobre John que valesse a pena ser publicado. Se ele era o principal suspeito, pelo menos nas cabeças de Wind Gap, eu precisava de declarações.

— É só Amma. Ela tem algo malvado. John gosta de mim, não dela, então ela o ataca. Quando não está tentando roubá-lo de mim. Como se fosse conseguir.

— Mas parece que muita gente tem falado que John pode ter alguma coisa a ver com isso. Por que acha que isso está acontecendo?

Ela deu de ombros, projetou o lábio inferior, observou a fita do gravador girar por alguns segundos.

— Você sabe como é. Ele é de fora. É inteligente, cosmopolita e oito vezes mais bonito que qualquer outro aqui. As pessoas gostariam que fosse ele porque isso significaria que essa… *maldade* não vem de Wind Gap. Vem de fora. Coma a torta.

— Você acredita que ele é inocente?

Eu dei uma mordida, a cobertura pingando do meu lábio.

— Claro que sim. Não passa de fofoca. Só por que alguém vai dar uma volta de carro… Muita gente faz isso aqui. John só fez em um momento ruim.

— E quanto à família? O que pode me dizer sobre as garotas?

— Eram adoráveis, muito bem comportadas, uns docinhos. É como se Deus tivesse escolhido as melhores garotas de Wind Gap para levar com ele para o céu.

Ela estivera praticando, as palavras tinham um ritmo ensaiado. Até mesmo o sorriso parecia pensado: pequeno demais é relutante, grande demais é inadequadamente satisfeito. Esse sorriso pareceu correto. Corajoso e esperançoso, era a impressão que passava.

— Meredith, sei que não é isso que você pensava das garotas.

— Bem, que tipo de declaração você quer? — retrucou.

— Uma verdadeira.

— Não posso fazer isso. John me odiaria.

— Não preciso colocar seu nome na matéria.

— Então qual o sentido de me entrevistar?

— Se você sabe algo sobre as garotas que as pessoas não estão dizendo, deveria me contar. Isso poderia desviar as atenções de John, dependendo de qual seja a informação.

Meredith deu um demorado gole no chá, limpou os cantos dos lábios de morango com o guardanapo.

— Mas meu nome ainda pode aparecer em algum outro lugar na matéria?

— Posso citar você em outra parte.

— Eu quero a coisa sobre Deus as levar para o céu — disse Meredith com voz de bebê.

Retorceu as mãos e sorriu para mim de lado.

— Não. Isso não. Vou usar a frase sobre John ser de fora da cidade e por isso as pessoas fofocarem tanto sobre ele.

— Por que não pode usar a que eu quero?

Eu podia imaginar Meredith aos cinco anos, vestida de princesa e reclamando que sua boneca preferida não tinha gostado do chá imaginário.

— Porque isso vai contra muitas coisas que tenho ouvido e porque ninguém realmente fala assim. Soa falso.

Era a discussão mais patética que eu já tivera com um entrevistado, e uma forma totalmente antiética de fazer meu trabalho. Mas eu queria a porra da história dela. Meredith girou a corrente de prata no pescoço, me avaliando.

— Você poderia ter sido modelo, sabia? — disse de repente.

— Duvido — cortei.

Sempre que as pessoas me diziam que eu era bonita, pensava em todas as coisas feias se remexendo sob minhas roupas.

— Poderia. Sempre quis ser você quando crescesse. Penso em você, sabe? Quero dizer, nossas mães são amigas e tudo o mais, então eu sabia que você estava em Chicago, e imaginei você em uma grande mansão com alguns cachinhos e um lindo marido banqueiro de investimentos. Vocês todos na cozinha tomando suco de laranja, ele entrando em seu Jaguar e indo para o trabalho. Mas acho que imaginei errado.

— Imaginou errado. Mas parece legal — falei, e dei outra mordida na torta. — Então me conte sobre as garotas.

— Somente negócios, hein? Você nunca foi a mais amistosa. Sei sobre a sua irmã. Que você teve uma irmã que morreu.

— Meredith, podemos ficar batendo papo. Eu até gostaria. Mas depois. Agora precisamos resolver isso, depois talvez possamos nos divertir.

Eu não pretendia ficar ali mais de um minuto após o fim da entrevista.

— Certo... Então lá vai. Acho que sei por que... os dentes... — disse, e fez um gesto de uma extração.

— Por quê?

— Não acredito que todos se recusem a reconhecer isso — falou. Olhou ao redor da sala. — Você não soube disso por mim, certo? As garotas, Ann e Natalie, elas mordiam.

— O que quer dizer com mordiam?

— As duas tinham ataques. Ataques assustadores. Como os que meninos têm. Mas elas não batiam. Mordiam. Veja.

Ela ergueu a mão direita. Logo abaixo do polegar havia três cicatrizes brancas que brilhavam à luz da tarde.

— Esta é de Natalie. E esta — continuou, puxando os cabelos para trás e revelando uma orelha esquerda com apenas metade do lóbulo. — Ela mordeu minha mão quando eu pintava suas unhas. Na metade do processo decidiu que não gostava, eu pedi para me deixar terminar, e quando segurei sua mão, ela enfiou os dentes em mim.

— E o lóbulo?

— Passei uma noite lá, quando meu carro não funcionou. Estava dormindo no quarto de hóspedes e quando vi havia sangue no lençol e minha orelha parecia em chamas, como se eu quisesse fugir, mas aquilo estivesse preso à minha cabeça. E Natalie gritava como se *ela* estivesse em chamas. Aqueles gritos foram mais assustadores que a mordida. O Sr. Keene teve que segurá-la. A menina tinha problemas sérios. Procuramos meu lóbulo, para ver se podia ser costurado, mas havia sumido. Acho que ela engoliu — falou, e deu uma risada que parecia o inverso de uma inspiração. — Eu só consegui sentir pena dela.

Mentira.

— E Ann, era igualmente má? — perguntei.

— Pior. Há pessoas por toda a cidade com marcas dos dentes dela. Incluindo sua mãe, Camille.

— O quê?

Minhas mãos começaram a suar e minha nuca ficou fria.

— Sua mãe estava dando aulas a ela, e Ann não estava entendendo. Ela surtou, puxou os cabelos da sua mãe e mordeu seu pulso. Com força. Acho que ela levou pontos.

Imagens do braço fino de minha mãe entre dentinhos, Ann sacudindo a cabeça como um cachorro, sangue brotando na manga de minha mãe, nos lábios de Ann. Um grito, Ann largando.

Um pequeno círculo tracejado e, dentro, um anel de pele perfeita.

CAPÍTULO ONZE

De volta ao meu quarto, telefonemas, nenhum sinal da minha mãe. Eu podia ouvir Alan no andar de baixo, censurando Gayla por cortar os filés de modo errado.

— Sei que parece uma bobagem, Gayla, mas pense da seguinte forma: detalhes são a diferença entre uma boa refeição e uma experiência culinária.

Gayla emitiu um som de concordância. Mesmo seus ahans tinham um toque nasalado.

Liguei para o celular de Richard, uma das poucas pessoas a ter um em Wind Gap, embora eu não possa nem criticar, já que sou uma das únicas sem um em Chicago. Eu simplesmente nunca quis ser tão localizável.

— Detetive Willis.

Eu podia ouvir ao fundo um alto-falante chamando um nome.

— Está ocupado, detetive? — perguntei, corando.

Leveza parecia flerte, que parecia tolice.

— Oi — disse, a voz formal. — Estou terminando umas coisas aqui; posso ligar depois?

— Claro, estou no...

— O número aparece na minha tela.

— Chique.

— Só a verdade.

Vinte minutos depois:

— Desculpe, eu estava no hospital de Woodberry com Vickery.

— Uma pista?
— Mais ou menos.
— Alguma declaração?
— Eu me diverti muito ontem à noite.

Eu tinha escrito *detetive Richard detetive Richard* doze vezes na minha perna, e tive que me obrigar a parar, pois estava ansiando por uma lâmina.

— Eu também. Veja, preciso lhe perguntar algo diretamente, e preciso que você me diga. Em off. Depois preciso de um comentário que possa publicar para minha próxima matéria.

— Certo, vou tentar ajudar, Camille. O que quer me perguntar?

— Podemos nos encontrar naquele barzinho onde tomamos nosso primeiro drinque? Preciso fazer isso pessoalmente, preciso sair desta casa e, sim, vou dizer: preciso de uma bebida.

Três caras da minha turma estavam no Sensors quando cheguei lá, caras legais, um dos quais ficou famoso um tempo por ganhar um prêmio em uma feira estadual por sua porca obscenamente grande pingando leite. Um estereótipo interiorano que Richard teria adorado. Trocamos gentilezas: eles me pagaram as duas primeiras rodadas e eles me mostraram fotografias dos filhos deles, oito no total. Um deles, Jason Turnbough, ainda tinha os cabelos louros e o rosto redondo de garoto. Língua aparecendo no canto da boca, bochechas rosadas, olhos azuis redondos se alternando entre meu rosto e meus seios durante a maior parte da conversa. Ele parou assim que saquei meu gravador e perguntei sobre os assassinatos. Então aquelas rodas do aparelho girando mereceram toda a sua atenção. As pessoas ficam fascinadas ao ver seus nomes impressos. Prova de existência. Eu podia imaginar um bando de fantasmas revirando pilhas de jornais. Apontando para um nome na página. *Está vendo, eu estou aí. Eu lhe disse que vivi. Eu lhe disse que fui alguém.*

— Quem teria pensado quando éramos crianças na escola que estaríamos sentados aqui conversando sobre assassinatos em Wind Gap — comentou, maravilhado, Tommy Ringer, que se tornara um sujeito de cabelos escuros e barba comprida.

— Eu sei, quero dizer, eu trabalho em um supermercado, por Deus — disse Ron Laird, um cara gentil de rosto de fuinha com voz ribombante.

Os três transbordavam um equivocado orgulho cívico. A infâmia chegara a Wind Gap, e eles a receberam. Poderiam continuar a trabalhar no supermercado, na farmácia, na granja. Quando morressem, isso — assim como se casar e ter filhos — estaria na lista do que haviam feito. E era algo que acontecera a eles. Não, mais precisamente, era algo que acontecera em sua cidade. Eu não estava segura sobre a avaliação de Meredith. Algumas pessoas adorariam que o assassino fosse um sujeito nascido e criado em Wind Gap. Alguém com quem tivessem pescado um dia, algum colega do grupo de escoteiros. Daria uma história melhor.

Richard abriu a porta, que era surpreendentemente leve para a aparência que tinha. Qualquer cliente que não fosse frequente usava muita força, então a intervalos breves a porta batia na lateral do prédio. Servia como uma interessante pontuação à conversa.

Enquanto ele entrava, segurando o paletó sobre o ombro, os três homens grunhiram.

— Esse cara.

— Estou impressionado para cacete, cara.

— Guarde alguns neurônios para o caso, camarada. Vai precisar deles.

Desci do banco, lambi os lábios e sorri.

— Bem, pessoal, tenho que trabalhar. Hora da entrevista. Obrigada pelas bebidas.

— Estaremos aqui quando você se entediar — disse Jason.

Richard apenas sorriu para mim, murmurando *idiota* por entre os dentes.

Bati com meu terceiro bourbon na mesa, agarrei a garçonete para nos acomodar e, assim que tínhamos nossas bebidas diante de nós, apoiei o queixo nas mãos e pensei se realmente queria falar sobre trabalho. Ele tinha uma cicatriz logo acima da sobrancelha direita e uma covinha no queixo. Deu tapinhas com o pé duas vezes em cima do meu, onde ninguém podia ver.

— Então, o que há, Furo?

— Olha, preciso saber uma coisa. Eu realmente preciso saber, e se você não puder me dizer, então não pode, mas por favor, pense bem.

Ele assentiu.

— Quando você pensa em quem cometeu os assassinatos, tem uma pessoa específica em mente?

— Algumas.

— Homem ou mulher?

— Por que está me perguntando isso com toda essa urgência agora, Camille?

— Só preciso saber.

Ele fez uma pausa, tomou sua bebida, esfregou a mão na barba por fazer.

— Não acredito que uma mulher teria atacado as garotas dessa forma — disse, tocando meu pé com o seu novamente. — Agora, o que está acontecendo? É a sua vez de me dizer a verdade.

— Não sei, estou surtando. Só precisava saber ao que dedicar minha energia.

— Deixe-me ajudar.

— Sabia que as garotas eram conhecidas por morder as pessoas?

— Soube pela escola que houve um incidente relacionado a Ann ferir o pássaro de um vizinho — disse ele. — Mas Natalie era mais controlada, em razão do que aconteceu na escola anterior.

— Natalie arrancou o lóbulo de alguém que ela conhecia.

— Não. Ninguém prestou queixa contra Natalie desde que ela veio para cá.

— Então a queixa não foi dada. Eu vi a orelha, Richard, não havia lóbulo, e não existia razão para a pessoa mentir. E Ann também atacou alguém. Mordeu alguém. E cada vez mais eu penso que essas garotas se meteram com a pessoa errada. É como se elas tivessem sido eliminadas. Como um animal ruim. Talvez por isso seus dentes tenham sido arrancados.

— Vamos devagar. Para começar, quem cada uma das garotas mordeu?

— Não posso dizer.

— Que droga, Camille, não estou de sacanagem. Fale.

— Não.

Fiquei surpresa com a raiva dele. Esperava que risse e me dissesse que eu era muito desafiadora.

— Esta é a porra de um caso de assassinato, ok? Se você tem uma informação, preciso dela.

— Então faça seu trabalho.

— Estou tentando, Camille, mas não ajuda ficar de sacanagem comigo.

— Agora você sabe como é — retruquei, de forma infantil.

— Certo — falou, esfregando os olhos. — Eu realmente tive um dia longo, então... boa noite. Espero ter sido útil.

Ele se levantou, empurrou seu copo pela metade na minha direção.

— Preciso de uma declaração oficial.

— Depois. Eu preciso de um tempo. Talvez você tivesse razão sobre a gente ser uma péssima ideia.

Ele saiu e os caras me chamaram para voltar e ficar com eles. Neguei com um gesto de cabeça, terminei minha bebida e fingi fazer anotações até eles irem embora. Tudo o que fiz foi escrever *lugar doentio lugar doentio* repetidamente em doze páginas.

Dessa vez era Alan esperando por mim quando cheguei em casa. Estava sentado no sofá vitoriano de dois lugares, brocado branco e nogueira negra, vestindo calças brancas e camisa de seda, refinados chinelos de seda nos pés. Se fosse uma fotografia, seria impossível localizá-lo no tempo — cavalheiro vitoriano, dândi eduardiano, janota dos anos cinquenta? Resposta certa: dono de casa do século XXI que nunca trabalhou, quase sempre bêbado e que vez ou outra fazia amor com minha mãe.

Muito raramente Alan e eu conversamos sem a presença da minha mãe. Quando criança eu certa vez deparei no corredor com ele, que se curvou rigidamente até a altura dos meus olhos e disse: "Olá, espero que esteja bem." Morávamos na mesma casa havia mais de cinco anos, e aquilo fora tudo em que ele conseguira pensar. "Sim, obrigada", foi tudo o que pude dar em troca.

Mas naquele momento Alan parecia preparado para me enfrentar. Não disse meu nome, apenas deu um tapinha na almofada ao seu lado. Equilibrava no joelho uma travessa de bolo com grandes sardinhas prateadas. Senti o cheiro delas da entrada.

— Camille — disse, pegando uma cauda com um pequeno garfo de peixe —, você está deixando sua mãe doente. Terei que pedir-lhe que parta caso as condições não melhorem.

— Como eu a estou deixando doente?

— Atormentando-a. Por constantemente evocar Marian. Você não pode especular com a mãe de uma criança morta como a aparência do corpo dessa criança deve estar debaixo do solo agora. Não sei se você consegue se distanciar disso, mas Adora não consegue — disse. Um pouco de peixe caiu na frente da camisa, deixando uma fileira de manchas engorduradas do tamanho de botões. — Você não pode conversar com ela sobre os cadáveres dessas duas garotas mortas, ou de quanto sangue deve ter saído de suas bocas quando os dentes foram arrancados, ou quanto tempo demorou para uma pessoa estrangulá-las.

— Alan, eu nunca disse nenhuma dessas coisas a minha mãe. Nem qualquer coisa parecida. Realmente não tenho ideia do que ela está falando.

Eu nem sequer me sentia indignada, apenas cansada.

— Por favor, Camille, sei como é tensa a relação entre vocês. Sei como você sempre sentiu inveja do bem-estar das outras pessoas. É verdade, sabe, você realmente é como a mãe de Adora. Ela montou guarda nesta casa como uma... bruxa, velha e raivosa. O riso a ofendia. O único momento em que ela sorriu foi quando você se recusou a mamar em Adora. Recusou a pegar o peito.

Aquela palavra nos lábios engordurados de Alan me acendeu em dez lugares diferentes. *Chupar, puta, camisinha* pegaram fogo.

— E você sabe isso por Adora — arrisquei.

Ele concordou, lábios franzidos beatificamente.

— Assim como você sabe por Adora que eu disse coisas horríveis sobre Marian e as garotas mortas.

— Exatamente — falou, as sílabas escondidas.

— Adora é uma mentirosa. Se não sabe disso, você é um idiota.

— Adora teve uma vida difícil.

Forcei uma risada. Alan não se abateu.

— A mãe dela costumava entrar em seu quarto no meio da noite e beliscá-la quando criança — disse ele, olhando com pena para a última sardinha. — Dizia que era por ter medo de que Adora morresse dormindo. Acho que era apenas porque gostava de machucá-la.

Uma mistura de lembranças: Marian mais abaixo no corredor, em seu pulsante quarto de inválida, cheio de máquinas. Uma dor penetrante no meu braço. Minha mãe de pé acima de mim em sua camisola, perguntando se eu estava bem. Beijando o círculo rosado e me mandando voltar a dormir.

— Apenas acho que deveria saber dessas coisas — continuou Alan. — Poderia fazer com que você fosse um pouco mais gentil com sua mãe.

Eu não tinha planos de ser mais gentil com minha mãe. Só queria que a conversa terminasse.

— Vou embora assim que puder.

— Pode ser uma boa ideia caso não consigam se acertar — falou Alan. — Mas talvez se sinta melhor consigo mesma se tentasse. Poderia ajudá-la a se curar. A cabeça, pelo menos.

Alan agarrou a última sardinha flácida e a sugou inteira. Eu pude imaginar os ossinhos se partindo enquanto ele mastigava.

Um copo cheio de gelo e uma garrafa de bourbon roubada da cozinha dos fundos, depois subir para beber no quarto. O álcool bateu rápido, provavelmente pelo modo como eu estava bebendo. Minhas orelhas estavam quentes e minha pele parara de queimar. Pensei na palavra na minha nuca. *Sumir*. *Sumir* vai eliminar meu sofrimento, eu pensara estupidamente. *Sumir* vai eliminar meus problemas. Nós seríamos assim tão feios se Marian não tivesse morrido? Outras famílias superam coisas assim. Sofrem e seguem em frente. Ela ainda pairava sobre nós, uma menina loura talvez um pouco bonita demais, talvez um pouco mimada demais. Isso antes de ficar doente, realmente doente. Marian tinha um amigo imaginário, um urso de pelúcia gigantesco que ela chamava de Ben. Que tipo de criança tem um amigo imaginário que é um bicho de pelúcia? Ela colecionava fitas de cabelo e as arrumava pela ordem alfabética do nome da cor. Era o tipo de garota que aproveitava sua beleza com tanta alegria que você não conseguia ficar ressentido com ela. Piscando, balançando os cachos. Ela chamava minha mãe de Momãe, e Alan... Merda, talvez ela chamasse Alan de Alan, não consigo localizá-lo nessas lembranças. Ela sempre limpava o prato, mantinha o quarto impressionantemente arrumado e se recusava a vestir qualquer coisa que não vestidos e sapatos de boneca. Ela me chamava de Mille e não desgrudava de mim.

Eu a adorava.

Bêbada, mas sem parar de beber, peguei um copo de destilado e me arrastei pelo corredor até o quarto de Marian. A porta de Amma, uma depois, estava fechada havia horas. Como era crescer ao lado do quarto de uma irmã morta que você não conheceu? Senti uma pontada de pena de Amma. Alan e minha mãe estavam em seu grande quarto de esquina, mas a luz estava apagada, e o ventilador, zumbindo. Nada de ar-condicionado central nessas velhas casas vitorianas, e minha mãe considera unidades isoladas ofensivas, então suamos nos verões. Trinta graus, mas o calor me deixava segura, como caminhar sob a água.

O travesseiro em sua cama ainda tinha uma pequena depressão. Havia uma muda de roupas, como se cobrindo uma criança viva. Vestido violeta, meias brancas, sapatos pretos reluzentes. Quem fizera aquilo? Minha mãe? Amma? O suporte de soro que seguiu Marian incansavelmente em seu último ano estava lá, alerta e brilhante, junto ao resto do equipamento médico: a cama sessenta centímetros mais alta que o padrão para permitir acesso ao paciente; o monitor cardíaco, o urinol. Fiquei enojada por minha mãe não ter se livrado daquelas coisas. Era um quarto clínico e totalmente sem vida. A boneca preferida de Marian havia sido enterrada com ela, uma enorme boneca de pano com cachos louros para combinar com os da minha irmã. Evelyn. Ou seria Eleanor? As demais estavam apoiadas na parede em um conjunto de prateleiras, como torcedores na arquibancada. Umas vinte, com rostos de porcelana e olhos fundos e sem vida.

Eu podia facilmente imaginá-la ali, sentada de pernas cruzadas sobre a cama, pequena e coberta de suor, os olhos arroxeados. Embaralhando cartas, penteando os cabelos de sua boneca ou colorindo furiosamente. Podia ouvir aquele som: um lápis de cor correndo em linhas duras sobre um papel. Rabiscos escuros com o lápis empurrado com tanta força que rasgava a folha. Ela olhando para mim, a respiração difícil e sem profundidade.

"Estou cansada de morrer."

Voltei para meu quarto como se estivesse sendo caçada.

O telefone tocou seis vezes antes que Eileen atendesse. Coisas que os Curry não têm em casa: micro-ondas, videocassete, lava-louça, secretária eletrônica. Seu alô foi suave mas tenso. Imagino que eles não recebam muitos telefonemas depois das onze da noite. Ela fingiu que não estavam dormindo, que simplesmente não tinham ouvido o telefone, mas dois minutos se passaram antes que Curry falasse. Eu o imaginei limpando os óculos na beirada do pijama, calçando velhos chinelos de couro, olhando para o mostrador brilhante de um despertador. Uma imagem calmante.

Depois me dei conta de que estava me lembrando de um comercial de uma farmácia vinte e quatro horas de Chicago.

Três dias haviam se passado desde que eu falara com Curry pela última vez. Quase duas semanas desde que estava em Wind Gap. Em qualquer outra circunstância ele teria telefonado três vezes por dia pedindo notícias. Mas ele não conseguia se forçar a ligar para a casa de um civil, nada menos que a casa da minha mãe, em Missouri, que em sua cabeça de homem de Chicago ele associava ao Sul das tradições. Em qualquer outra circunstância, ele estaria brigando comigo pelo telefone por não manter contato, mas não naquela noite.

— Foquinha, está tudo bem? Qual o problema?

— Bem, não consegui isso oficialmente, mas vou conseguir. A polícia está certa de que o assassino é homem, de Wind Gap, e ainda não tem DNA nem o local dos assassinatos; na verdade, a polícia tem muito pouco. Ou o assassino é brilhante ou fez tudo certo por acaso. A cidade parece estar se concentrando no irmão de Natalie Keene, John. Tenho declarações da namorada jurando a inocência dele.

— Bem, é um bom material, mas na verdade eu queria dizer... Estava perguntando de você. Está tudo bem aí? Você tem que me dizer, pois não posso ver sua cara. Não banque a heroína.

— Não estou tão bem, mas que importância tem isso? — falei, a voz saindo mais alta e amarga do que planejara. — Essa é uma boa história, e acho que estou prestes a conseguir alguma coisa. Realmente acho que mais alguns dias, uma semana e... Não sei. As garotinhas mordiam pessoas. Foi o que consegui hoje, e o policial com o qual estou trabalhando nem sequer sabia disso.

— Você contou a ele? Qual é o comentário?

— Nenhum.

— Que merda, por que você não conseguiu um comentário, garota?

Veja, Curry, o detetive Willis sentiu que eu estava sonegando informações, então ficou ressentido, como todos os homens ficam quando não conseguem o que querem das mulheres que andaram pegando.

— Eu fodi tudo. Mas vou conseguir. Preciso de mais alguns dias antes de mandar a matéria, Curry. Entrar no clima da cidade, trabalhar o policial. Acho que eles estão quase convencidos de que um pouco de publicidade poderia ajudar. Não que alguém leia nosso jornal aqui.

Ou em Chicago.

— Eles vão ler. Você vai chamar atenção com isso, Foquinha. Seu material está quase bom. Force mais. Vá conversar com alguns dos seus velhos amigos. Eles podem ser mais abertos. Além disso, é bom para a matéria; aquela série sobre a inundação no Texas que ganhou o Pulitzer tinha uma matéria só sobre o que o cara pensava sobre voltar para casa durante uma tragédia. Grande leitura. E um rosto amigo, algumas cervejas poderiam lhe fazer bem. Parece que você já tomou algumas hoje.

— Algumas.

— Está vendo... que é uma situação ruim para você? Em relação à recuperação?

Ouvi um isqueiro sendo aceso, uma cadeira de cozinha raspando o linóleo, um grunhido enquanto Curry se sentava.

— Ah, não é nada com que você deva se preocupar.

— Claro que é. Não se faça de mártir, Foquinha. Não vou puni-la se precisar vir embora. Cuide de si mesma. Achei que estar em casa poderia lhe fazer bem, mas... Às vezes me esqueço de que nem sempre os pais são... bons para os filhos.

— Sempre que estou aqui... — Parei, tentando organizar as ideias. — Sempre me sinto como se fosse uma pessoa ruim quando estou aqui.

Então comecei a chorar, soluçando em silêncio enquanto Curry gaguejava do outro lado. Podia imaginá-lo entrando em pânico, chamando Eileen para lidar com aquela *garota* chorando. Mas não.

— Ahhh, Camille — sussurrou. — Você é uma das pessoas mais decentes que eu conheço. E não há muitas pessoas decentes neste mundo, sabia? Com meus pais mortos, são basicamente você e Eileen.

— Eu não sou decente.

A ponta da minha caneta estava rabiscando palavras fundas e arranhadas em minha coxa. *Errada, mulher, dentes*.

— Você é, Camille. Sei como você trata as pessoas, mesmo os lixos mais inúteis em que consigo pensar. Você dá a eles alguma... dignidade. Compreensão. Por que acha que eu mantenho você? Não é por ser uma grande repórter.

Silêncio e lágrimas gordas do meu lado. *Errada, mulher, dentes*.

— Isso não foi engraçado? Deveria ter sido.

— Não.
— Meu avô fazia vaudevile. Mas acho que não herdei esse gene.
— Sério?
— É, assim que desembarcou em Nova York do navio da Irlanda. Era um cara hilário, tocava quatro instrumentos.

Barulho de isqueiro de novo. Puxei as cobertas leves sobre mim e fechei os olhos, escutando a história de Curry.

CAPÍTULO DOZE

Richard estava morando no único prédio de Wind Gap, uma caixa sem graça construída para receber quatro inquilinos. Apenas dois apartamentos estavam ocupados. As colunas baixas que sustentavam a garagem tinham sido pichadas em vermelho, quatro seguidas, e diziam: "Barre os democratas, Barre os democratas, Barre os democratas", e depois, aleatoriamente, "Eu gosto do Louie".

Manhã de quarta-feira. A tempestade ainda esperando em uma nuvem acima da cidade. Quente e ventando, luz amarelo-mijo. Bati na porta dele com o canto de uma garrafa de bourbon. Leve presentes se não puder levar mais nada. Eu parara de usar saias. Deixam minhas pernas acessíveis demais para alguém interessado em toques. Caso ele ainda estivesse.

Ele abriu a porta cheirando a sono. Cabelos despenteados, cuecas, camiseta pelo avesso. Nada de sorrisos. Ele mantinha o lugar gelado. Eu podia sentir o ar de onde estava.

— Você quer entrar ou quer que eu saia? — perguntou, coçando o queixo. Depois viu a garrafa. — Ah, entre. Imagino que vamos nos embebedar.

O lugar era uma bagunça, o que me surpreendeu. Calças jogadas sobre cadeiras, uma lata de lixo quase transbordando, caixas de papéis empilhadas em pontos estranhos nos corredores, obrigando a pessoa a ficar de lado para passar. Ele apontou para um sofá de couro rachado e voltou com uma bandeja com gelo e dois copos. Serviu doses generosas.

— Então, eu não deveria ter sido tão grosseiro ontem à noite — disse ele.

— É. Quero dizer, sinto que estou lhe dando um bom volume de informações e você não está me dando nada.

— Estou tentando resolver um assassinato. Você está tentando noticiar um. Acho que tenho prioridade. Há certas coisas que simplesmente não posso lhe contar, Camille.

— E vice-versa; tenho o direito de proteger minhas fontes.

— O que por sua vez pode ajudar a proteger a pessoa responsável pelos assassinatos.

— Você pode descobrir, Richard. Eu lhe dei quase tudo. Jesus, trabalhe um pouco sozinho.

Ficamos nos encarando.

— Adoro quando você faz a repórter durona comigo — disse ele, sorrindo. Balançou a cabeça. Me cutucou com o pé descalço. — Eu realmente meio que adoro.

Ele nos serviu outra dose. Estaríamos doidões antes do meio-dia. Ele me puxou para si, beijou meu lóbulo, enfiou a língua na minha orelha.

— Então, garota de Wind Gap, até onde vai a sua maldade? — perguntou em um sussurro. — Conte sobre sua primeira vez.

A primeira vez foi a segunda vez, a terceira e a quarta, graças ao meu encontro na oitava série. Decidi contar só a primeira.

— Eu tinha dezesseis — menti. Mais velha parecia mais apropriado para o clima. — Transei com um jogador de futebol no banheiro de uma festa.

Minha tolerância era maior que a de Richard, que já parecia vidrado, girando um dedo ao redor do meu mamilo, duro sob a blusa.

— Hummm... Você gozou?

Confirmei com a cabeça. Lembro de ter fingido gozar. Lembro de um murmúrio de orgasmo, mas isso só depois que eles tinham me passado para o terceiro cara. Lembro de pensar que era legal da parte dele continuar arfando em meu ouvido: "Está tudo bem? Está tudo bem?"

— Quer gozar agora? Comigo? — sussurrou Richard.

Confirmei com outro aceno de cabeça, e de repente ele estava em cima de mim. Aquelas mãos por toda parte, tentando levantar minha blusa, depois lutando para desabotoar minhas calças, puxá-las para baixo.

— Calma, calma. Do meu jeito — sussurrei. — Eu gosto de fazer vestida.

— Não. Quero tocar você.

— Não, do meu jeito.

Baixei as calças só um pouco, mantive a barriga coberta pela camisa, o mantive distraído com beijos em lugares estratégicos. Depois o guiei para dentro de mim e trepamos totalmente vestidos, o rasgo no sofá de couro raspando minha bunda. *Lixo, bomba, pequena, garota*. Era a primeira vez que ficava com um homem em dez anos. *Lixo, bomba, pequena, garota!* O gemido dele logo era mais alto que a minha pele. Só então consegui aproveitar. Aquelas poucas últimas investidas doces.

Ele ficou deitado meio ao meu lado, meio em cima de mim, e arfou ao terminar, ainda segurando a gola da minha camisa. O dia ficara negro. Estávamos tremendo no limite de uma tempestade.

— Diga quem você acha que fez isso — falei.

Ele pareceu chocado. Estaria esperando um "Eu te amo"? Enrolou meu cabelo por um minuto, colocou a língua na minha orelha. Quando têm acesso negado a outras partes do corpo, os homens ficam obcecados com a orelha. Algo que eu tinha aprendido na década anterior. Ele não podia tocar meus seios ou minha bunda, meus braços ou pernas, mas no momento Richard parecia contente com minha orelha.

— Entre nós, é John Keene. O garoto era muito próximo da irmã. De uma forma insalubre. Ele não tem um álibi. Acho que tem uma queda por garotinhas, que tenta combater, acaba matando e arrancando os dentes pela emoção. Mas não será capaz de se conter muito mais. Isso vai continuar. Estamos procurando algum comportamento estranho na Filadélfia. Talvez os problemas de Natalie não fossem a única razão da mudança.

— Preciso de algo oficial.

— Quem lhe contou sobre as mordidas, e quem as garotas morderam? — perguntou, sussurrando quente no meu ouvido.

Do lado de fora a chuva começou a bater na calçada como alguém mijando.

— Meredith Wheeler me disse que Natalie arrancou seu lóbulo.

— O que mais?

— Ann mordeu minha mãe. No pulso. É isso.
— Está vendo, não foi tão difícil. Boa menina — sussurrou, acariciando meu mamilo novamente.
— Agora me dê uma declaração.
— Não — disse, e sorriu para mim. — Do meu jeito.

Richard me comeu mais uma vez naquela tarde, e finalmente me deu, de má vontade, uma declaração sobre uma novidade no caso e uma provável prisão. Eu o deixei dormindo na cama e corri sob a chuva até meu carro. Um pensamento aleatório badalava em minha cabeça: Amma teria arrancado mais dele.

Dirigi até o Garret Park e fiquei sentada no carro olhando para a chuva porque não queria ir para casa. No dia seguinte aquele lugar estaria cheio de crianças começando seu longo e preguiçoso verão. Naquele momento era apenas eu, me sentindo grudenta e idiota. Não conseguia decidir se havia sido maltratada. Por Richard, por aqueles garotos que tiraram minha virgindade, por alguém. Eu nunca realmente estivera do meu lado em qualquer discussão. Eu gostava da maldade da frase do Antigo Testamento *Ela teve o que merecia*. Algumas vezes as mulheres merecem.

Silêncio, e depois não. O Camaro amarelo roncou ao meu lado. Amma e Kylie dividindo o banco do carona. Um garoto de cabelos despenteados usando óculos escuros baratos e uma camiseta suja estava no banco do motorista; seu *doppelgänger* magrelo atrás. Saía fumaça do carro, junto com o cheiro de uma bebida alcoólica de sabor cítrico.

— Entre, vamos farrear um pouco — disse Amma.

Estava oferecendo uma garrafa de vodca barata sabor laranja. Botou a língua para fora e deixou uma gota de chuva cair nela. Os cabelos e a camiseta já estavam pingando.

— Estou bem, obrigada.
— Não parece. Vamos, estão patrulhando o parque. Vão te pegar por dirigir embriagada. Eu posso *sentir* o cheiro daqui.
— Vamos lá, *chiquita* — chamou Kylie. — Pode nos ajudar a manter aqueles garotos na linha.

Pensei em minhas opções: ir para casa e beber sozinha. Ir a um bar e beber com qualquer cara que aparecesse. Ir com aqueles garotos, talvez ouvir alguma fofoca interessante. Uma hora. Depois ir para casa dormir. Além disso, havia Amma e sua misteriosa simpatia. Eu odiava admitir, mas estava me tornando obcecada pela garota.

Os garotos aplaudiram quando entrei no banco de trás. Amma circulou uma garrafa diferente, rum quente com gosto de bronzeador. Temi que eles me pedissem para comprar bebida. Não porque não fosse fazer isso. Pateticamente, eu desejava apenas que eles me quisessem por perto. Como se eu fosse popular de novo. Não uma aberração. Aprovada pela garota mais legal da escola. O pensamento quase foi suficiente para me fazer pular do carro e ir para casa. Mas então Amma passou a garrafa de novo. O gargalo estava marcado por brilho labial rosa.

O garoto ao meu lado, apresentado apenas como Nolan, anuiu e limpou suor do lábio superior. Braços magros com pele descascando e o rosto cheio de acne. Metanfetamina. Missouri é o segundo estado com mais viciados do país. Ficamos entediados aqui e temos muitos produtos químicos agrícolas. Enquanto eu crescia eram apenas os durões que consumiam. Depois, passara a ser uma droga social. Nolan estava correndo o dedo para cima e para baixo no acabamento de vinil do banco do motorista à sua frente, mas me olhou por tempo suficiente para dizer:

— Você tem tipo a idade da minha mãe. Eu gosto.

— Duvido que tenha a idade da sua mãe.

— Ela tem tipo trinta e três, trinta e quatro.

Bastante perto.

— Qual é o nome dela?

— Casey Rayburn.

Eu a conhecia. Poucos anos mais velha que eu. Morava para os lados da fábrica. Muito gel no cabelo e queda pelos mexicanos matadores de galinhas do outro lado da divisa com o Arkansas. Durante um retiro da igreja, ela disse ao grupo que tentara se matar. As garotas da escola começaram a chamá-la de Casey Navalha.

— Deve ter sido antes da minha época.

— Cara, essa gata é boa demais para andar com a piranha drogada da sua mãe — disse o motorista.

— Vá se foder — sussurrou Nolan.

— Camille, olhe o que nós temos — disse Amma, se debruçando sobre o banco do carona, de modo que seu traseiro batia no rosto de

Kylie. Sacudiu um frasco de comprimidos. — Oxicodona. Faz você se sentir realmente bem.

Ela esticou a língua, colocou três em fila como botões brancos, depois mastigou e engoliu com um pouco de vodca.

— Experimente.

— Não, obrigada, Amma.

Oxicodona era bom. Tomar isso com a irmã mais nova, não.

— Ah, vamos, lá, Mille, só uma — choramingou. — Vai se sentir mais leve. Eu estou muito feliz e bem agora. Você também precisa.

— Estou bem, Amma — falei. Ela me chamar de Mille me levou de volta à Marian. — Prometo.

Ela se virou e suspirou, parecendo irrecuperavelmente emburrada.

— Vamos lá, Amma, não pode se importar tanto — disse eu, tocando seu ombro.

— Eu me importo.

Eu não podia suportar, estava fraquejando, sentindo aquela perigosa necessidade de agradar, exatamente como nos velhos tempos. E de fato um não iria me matar.

— Tudo bem, tudo bem, me dê um. Um.

Ela brilhou na hora e se virou de novo para me encarar.

— Estique a língua. Como comunhão. Comunhão de droga.

Estiquei a língua, ela colocou o comprimido na ponta e deu um gritinho.

— Boa menina — disse, e sorriu.

Eu estava ficando cansada daquela frase.

Paramos diante de uma das grandes e velhas mansões vitorianas de Wind Gap, totalmente reformada e pintada em risíveis tons de azul, rosa e verde que deveriam ser estilosos. Em vez disso, o lugar parecia a casa de um sorveteiro louco. Um garoto sem camisa vomitava nas moitas ao lado da casa, dois garotos lutavam no que restava de um jardim florido e um casal jovem estava se pegando em um balanço de criança. Nolan foi abandonado no carro, ainda subindo e descendo os dedos pelo acabamento. O motorista, Damon, o trancou para "ninguém sacanear ele". Achei um gesto encantador.

Graças à oxicodona, eu estava me sentindo bem corajosa e, enquanto entrávamos na mansão, me vi procurando rostos de minha juventude: garotos de cabelo raspado e jaquetas de couro, garotas com permanentes e pesados brincos de ouro. O cheiro de perfume Drakkar Noir e Giorgio.

Tudo acabado. Os garotos ali eram bebês usando bermudas largas de skatistas e tênis, as garotas de frente única, minissaias e piercings no umbigo, e todos me olhavam como se eu fosse uma policial. *Não, mas trepei com um hoje à tarde*. Eu sorri e balancei a cabeça. *Estou muito animada*, pensei, tolamente.

Na cavernosa sala de jantar, a mesa havia sido empurrada para o lado, abrindo espaço para dança e geladeiras. Amma entrou no círculo, se esfregou em um garoto até a nuca dele ficar vermelha. Sussurrou no ouvido dele e, com sua concordância, abriu uma geladeira e tirou quatro cervejas, que segurou sobre o peito molhado, fingindo ter dificuldade para equilibrá-las enquanto se esgueirava por um grupo de garotos que apreciava a cena.

As garotas apreciavam menos. Eu podia ver os comentários disparando pela festa como uma fileira de rojões. Mas as lourinhas tinham duas coisas a seu favor. Primeiro, estavam com o traficante local, o que certamente dava algum poder. Segundo, eram mais bonitas que quase todas as outras mulheres ali, o que significava que os garotos se recusariam a mandá-las embora. E aquela festa era oferecida por um garoto, pelas fotos sobre a lareira da sala de estar, um garoto de cabelos escuros, dono de uma beleza banal, posando de beca no último ano; perto, uma foto de pai e mãe orgulhosos. Eu conhecia a mãe: a irmã mais velha de uma de minhas amigas do colégio. A ideia de que eu estava na festa do filho dela me deu a primeira onda de nervosismo.

— Aimeudeusaimeudeusaimeudeus — disse uma morena de olhos de sapo e camiseta anunciando orgulhosamente *The Gap* que passou correndo por nós e agarrou uma garota de aparência igualmente anfíbia. — Eles vieram. Eles vieram mesmo.

— Merda — retrucou a garota. — Isso é bom demais. Dizemos oi?

— Acho que é melhor esperar e ver o que acontece. Se J.C. não quiser os dois aqui, então melhor ficarmos fora disso.

— Com certeza.

Eu soube antes de vê-lo. Meredith Wheeler entrou na sala de estar puxando John Keene pela mão. Alguns caras cumprimentaram-no com acenos de cabeça, uns poucos deram tapinhas no ombro. Outros viraram as costas explicitamente e fecharam suas rodinhas. Nem John nem Meredith me notaram, que me deixou aliviada. Meredith localizou um círculo de garotas magrelas de pernas arqueadas, colegas animadoras de torcida, imaginei, de pé junto à porta da cozinha. Deu um gritinho e foi até elas, deixando John na sala. As garotas foram ainda mais frias do que os caras tinham sido.

— Oiii — falou uma delas sem sorrir. — Achei que você tinha dito que não viria.

— Decidi que era idiotice. Qualquer um com um cérebro sabe que John é legal. Não vamos ser rejeitados só por causa de toda essa... besteira.

— Não é legal, Meredith. J.C. não está tranquilo com isso — disse uma ruiva que ou era namorada de J.C. ou queria ser.

— Vou falar com ele — gemeu Meredith. — Deixe que eu falo com ele.

— Acho que vocês deveriam ir embora.

— Eles realmente levaram as roupas de John? — perguntou uma terceira garotinha que tinha um ar maternal.

Aquela que acabava segurando cabelos enquanto as amigas vomitavam.

— Sim, mas para *descartá-lo* completamente. Não porque ele esteja encrencado.

— Tanto faz — disse a ruiva.

Eu odiei aquela menina.

Meredith vasculhou a sala em busca de rostos mais amigáveis e me viu, pareceu confusa, viu Kelsey, pareceu furiosa.

Deixando John junto à porta, enquanto ele conferia o relógio, amarrava o calçado, simulava descontração à medida que a multidão entrava no modo escândalo, ela caminhou até nós.

— O que vocês estão fazendo aqui? — perguntou, os olhos cheios de lágrimas, gotas de suor na testa.

A pergunta não parecia dirigida a nenhum de nós. Talvez estivesse perguntando a si mesma.

— Damon nos trouxe — respondeu Amma com uma voz esganiçada e deu dois pulinhos na ponta dos pés. — Não acredito que *você* esteja aqui. E decididamente não acredito que *ele* esteja mostrando a cara.

— Meu Deus, que piranhazinha. Você não sabe nada, sua escrota drogada — disse Meredith, a voz trêmula, como um pião girando na direção da beirada de uma mesa.

— Melhor ser isso que ser o cara que está te comendo — disse Amma.
— Oiii, assassino — falou, acenando para John, que pareceu vê-la pela primeira vez e de repente deu a impressão de ter levado um soco.

Ele estava prestes a se aproximar quando J.C. saiu de outra sala e chamou John de lado. Dois garotos altos discutindo morte e festas. A sala baixou o tom para um sussurro baixo, observando J.C. dar tapinhas nas costas de John, de um modo que o guiava na direção da porta. John fez um gesto de cabeça para Meredith e encaminhou-se para fora. Ela o seguiu rapidamente, cabeça baixa, mãos no rosto. Pouco antes de John chegar à porta um garoto gritou com uma voz aguda provocante:

— Assassino de bebês!

Risos nervosos e olhos revirando. Meredith deu um guincho selvagem, virou-se mostrando os dentes e berrou:

— Fodam-se todos.

E bateu a porta.

O mesmo garoto fez uma mímica para o grupo, um *fodam-se todos* feminino e inocente, projetando o quadril para um lado. J.C. aumentou a música, a voz pop sintetizada de uma adolescente fazendo provocações sobre boquetes.

Eu quis seguir John e apenas colocar os braços ao redor dele. Nunca vira ninguém parecer tão solitário, e pelo visto Meredith dificilmente servia de consolo. O que ele faria, sozinho naquela casa dos fundos vazia? Antes que pudesse correr atrás dele, Amma agarrou minha mão e me puxou escada acima, até o "Quarto Vip", onde ela, as louras e dois alunos do ensino médio com cabeças raspadas vasculhavam o closet da mãe de J.C., tirando suas melhores roupas dos cabides para construir um ninho. Eles subiram no círculo de cetim e peles sobre a cama, Amma me puxando para seu lado e tirando um comprimido de ecstasy do sutiã.

— Já brincou de roleta russa? — perguntou ela. Eu neguei com um gesto de cabeça. — Você passa o comprimido de língua em língua, e a língua na qual ele dissolver por último é o feliz ganhador. Mas este é o melhor bagulho de Damon, então vamos todos rolar um pouco.

— Não, obrigada, já deu para mim — falei.

Eu quase tinha concordado até ver a expressão preocupada no rosto dos garotos. Eu, provavelmente, lembrava a mãe deles.

— Ah, vamos lá, Camille, eu não vou contar, por favor — disse Amma choramingando, limpando uma unha. — Brinque comigo. Irmãs?

— Por favoooor, Camille! — gemeram Kylie e Kelsey.

Jodes me observou em silêncio.

A oxicodona, o álcool, o sexo de mais cedo, a tempestade que ainda se mantinha do lado de fora, minha pele arrasada (*geladeira* surgindo ansiosa em um braço) e os pensamentos sujos de minha mãe. Não sei o que bateu com mais força, mas de repente eu estava permitindo que Amma beijasse meu rosto entusiasmadamente. Eu confirmava com um gesto de cabeça, e a língua de Kylie acertou um garoto, que nervosamente passou o comprimido para Kelsey, que lambeu o segundo garoto, a língua grande como a de um lobo, que se jogou sobre Jodes, que tremeu a língua, hesitante, para Amma — que pegou o comprimido e, língua macia, pequena e quente, passou para a minha boca, me abraçando e empurrando a pílula com força sobre a minha língua até eu a sentir desmanchar na minha boca. Dissolveu como algodão doce.

— Beba muita água — sussurrou ela para mim, depois riu alto para o círculo, se jogando de costas em um casaco de pele.

— Porra, Amma, o jogo nem começou — disparou o menino-lobo, as bochechas vermelhas.

— Camille é minha convidada — disse Amma, fingindo nobreza. — Além disso, ela poderia gostar de algum brilho. Ela tem uma vida de merda. Temos uma irmã morta, assim como John Keene. Ela nunca soube lidar com isso.

Ela anunciou isso como se ajudasse a quebrar o gelo entre convidados de uma festa: *David tem sua própria loja de tecidos, James acabou de voltar de uma missão na França e, ah, sim, Camille nunca superou a morte da irmã. Posso lhes servir mais bebidas?*

— Preciso ir — falei, me levantando rápido demais, uma camiseta de cetim vermelha grudada em minhas costas.

Eu tinha uns quinze minutos antes de a onda realmente bater, e aquele não era o lugar onde queria estar quando isso acontecesse. Mas, de novo, o problema: Richard, embora um bebedor, dificilmente aprovaria algo mais sério, e, que inferno, eu certamente não queria ficar em meu quarto abafado, sozinha e doidona, escutando minha mãe.

— Venha comigo — ofereceu Amma.

Ela enfiou a mão no sutiã com enchimento e tirou um comprimido, depois jogou-o na boca e deu um sorriso enorme e cruel para os outros garotos, que pareciam esperançosos, mas intimidados. Nenhum para eles.

— Vamos nadar, Mille, vai parecer ousado quando o barato começar — disse, sorrindo, exibindo dentes brancos quadrados perfeitos.

Eu não tinha forças — parecia muito mais fácil acompanhá-la. Descemos as escadas, entramos na cozinha (garotos com rostos de pêssegos nos avaliando, confusos — um deles um pouco jovem demais, o outro decididamente velho demais). Estávamos pegando garrafas de água na geladeira (aquela palavra de repente arfando novamente na minha pele, como um cachorrinho vendo um cachorro maior), que estava cheia de sucos e refogados, frutas frescas e pão branco, e subitamente fiquei comovida com aquela inocente geladeira familiar e saudável, ignorando tão absolutamente a devassidão que ocorria em outros pontos da casa.

— Vamos, estou muito empolgada para nadar — declarou Amma selvagemente, puxando meu braço como uma criança.

O que ela era.

Estou me drogando com minha irmã de treze anos, sussurrei para mim mesma. Mas bons dez minutos tinham se passado, e a ideia produziu apenas um toque de felicidade. Ela era uma garota divertida, minha irmãzinha, a garota mais popular de Wind Gap, e queria ficar comigo. Ela me ama como Marian me amava. Eu sorri. O ecstasy tinha liberado a primeira onda de otimismo químico, eu podia senti-lo flutuando em mim como um grande balão de teste e se chocando contra o céu da boca, espalhando animação. Eu quase podia sentir o gosto, como uma gelatina rosa borbulhante.

Kelsey e Kylie começaram a nos seguir até a porta, e Amma se virou, rindo.

— Não quero que vocês venham — cacarejou. — Fiquem aqui. Ajudem Jodes a transar, ela precisa de uma boa foda.

Kelsey olhou feio para Jodes, que esperava nervosa nas escadas. Kylie olhou para o braço de Amma em torno da minha cintura. Elas se entreolharam. Kelsey se aninhou em Amma, pousou a cabeça em seu ombro.

— Não queremos ficar aqui, queremos ir com você — gemeu. — Por favor.

Amma a empurrou para longe, sorriu como se fosse um pônei idiota.

— Apenas seja boazinha e suma, certo? — falou. — Estou cansada de vocês. Vocês são um saco.

Kelsey ficou para trás, confusa, os braços ainda um pouco esticados. Kylie deu de ombros para ela e voltou dançando para a multidão, tomando uma cerveja das mãos de um garoto mais velho e lambendo os lábios para ele — olhando atrás para conferir se Amma estava observando. Não estava.

Em vez disso, Amma me conduzia rumo à porta como um namorado atencioso, escada abaixo e até a calçada, onde pequenos trevos amarelos nasciam das rachaduras.

Apontei.

— Bonito.

Amma apontou para mim e assentiu.

— Adoro amarelo quando estou doidona. Está sentindo alguma coisa?

Confirmei com a cabeça, o rosto dela piscando enquanto passávamos por postes de luz, o nado esquecido, em piloto automático na direção da casa de Adora. Eu podia sentir a noite pesando em mim como uma camisola macia e úmida, e tive uma visão do hospital de Illinois, acordar encharcada de suor, um assovio desesperado no meu ouvido. Minha colega de quarto, a animadora de torcida, caída no chão, roxa e se retorcendo, uma garrafa de limpa-vidro ao lado. Um som guinchado engraçado. Gás *post mortem*. Um surto de riso chocado meu, ali e agora, em Wind Gap, ecoando aquele que eu dera naquele quarto infeliz à luz amarela da manhã.

Amma colocou a mão na minha.

— O que você acha de... Adora?

Senti meu barato vacilar, depois recuperar firmeza.

— Acho que é uma mulher muito infeliz — falei. — E problemática.

— Eu a ouço dizer nomes quando cochila: Joya, Marian... O seu.

— Fico feliz de não ter que ouvir isso — falei, dando um tapinha na mão de Amma. — Mas sinto pena de você.

— Ela gosta de cuidar de mim.
— Ótimo.
— É esquisito — contou Amma. — Depois que ela cuida de mim, eu quero fazer sexo.

Ela levantou a saia por trás, me mostrou uma calcinha fio dental rosa.

— Você não deveria deixar os garotos fazerem certas coisas com você, Amma. Porque é assim que é. Na sua idade não é recíproco.

— Algumas vezes, se você deixa as pessoas fazerem coisas a você, na verdade você está fazendo a elas — disse Amma, tirando outro pirulito do bolso. Cereja. — Entende o que quero dizer? Se alguém quer fazer coisas esquisitas com você, e você permite, você as torna mais perturbadas. Então você tem o controle. Desde que não enlouqueça.

— Amma, eu só...

Mas ela prosseguiu:

— Eu gosto da nossa casa. Gosto do quarto dela. O piso é famoso. Vi uma vez em uma revista. Eles o chamaram de "Tributo ao marfim: Moradias sulistas de uma era que passou". Porque agora você, claro, não consegue marfim. Uma pena. Realmente uma pena.

Ela enfiou o pirulito na boca e pegou um vaga-lume no ar, segurou-o entre os dedos e arrancou a traseira. Esfregou a luz no dedo para produzir um anel brilhante. Jogou o inseto moribundo na grama e admirou a mão.

— As garotas gostavam de você quando era menina? — perguntou. — Porque elas decididamente não são legais comigo.

Tentei juntar a ideia de Amma, impetuosa, mandona, às vezes assustadora (chutando meus calcanhares no parque — que tipo de menina de treze anos provoca adultos assim?), com uma garota com quem alguém era explicitamente rude. Ela viu minha expressão e leu meus pensamentos.

— Na verdade, não quero dizer que não sejam *legais* comigo. Elas fazem o que eu mando. Mas não gostam de mim. No instante em que eu vacilar, no instante em que fizer algo que não seja legal, elas serão as primeiras a ficar contra mim. Às vezes, fico sentada no meu quarto antes de dormir e escrevo tudo o que fiz e disse naquele dia. Depois dou notas, dez para uma jogada perfeita, zero para eu deveria me matar por ser tão idiota.

Quando eu estava no colégio mantive um diário das roupas que eu usava. Nada de repetir antes de um mês.

— Como hoje à noite: Dave Rard, que é um cara muito tesudo do primeiro ano, me disse que não sabia se conseguiria esperar um ano, sabe, para ficar comigo, até eu estar no ensino médio. E eu disse: "Então não espere." E fui embora, e todos os caras ficaram lá tipo: "Uauuuu." Isso é um dez. Mas ontem tropecei na Main Street na frente das meninas e elas riram. Isso foi um zero. Talvez um cinco, porque fui tão má no restante do dia que Kelsey e Kylie choraram. E Jodes sempre chora, então isso não é exatamente um desafio.

— É melhor ser temida que amada — falei.

— Maquiavel — disse ela, e saiu pulando, rindo; eu não sabia se era um gesto debochado próprio da idade ou legítima energia juvenil.

— Como você sabe isso?

Eu estava impressionada, e gostava mais dela a cada minuto. Uma garotinha inteligente e perturbada. Parecia familiar.

— Conheço milhões de coisas que não deveria — retrucou ela, e comecei a pular ao lado dela.

O ecstasy tinha me deixado ligada, e embora eu tivesse consciência de que, em circunstâncias sóbrias, não estaria fazendo aquilo, estava feliz demais para me importar. Meus músculos cantavam.

— Na verdade, sou mais inteligente que a maioria dos meus professores — prosseguiu Amma. — Fiz um teste de QI. Deveria estar na última série, mas Adora acha que preciso ficar com gente da minha idade. Tanto faz. Vou fazer o ensino médio fora. Na Nova Inglaterra.

Ela disse isso com o leve assombro de alguém que só conhecia a região por fotos, de uma garota acalentando imagens da Ivy League: *Nova Inglaterra é para onde as pessoas inteligentes vão*. Não que eu pudesse julgar, também nunca tinha estado lá.

— Eu preciso sair daqui — disse Amma com a afetação cansada de uma dona de casa mimada. — Estou o tempo todo entediada. Por isso eu enceno. Sei que posso ser um pouco... excêntrica.

— Você fala em relação ao sexo? — perguntei e parei, meu coração dando passos de rumba no meu peito.

O ar cheirava a íris, e eu podia sentir o perfume flutuar para meu nariz, meus pulmões, meu sangue. Minhas veias ficariam cheirando a flor.

— Apenas, sabe, as explosões. Você sabe. *Sei* que você sabe.

Ela pegou minha mão e me ofereceu um sorriso puro e doce, dando tapinhas na minha palma, o que podia ser melhor que qualquer outro toque que eu já tinha sentido. De repente, em minha panturrilha esquerda, *esquisita* suspirou.

— Como você explode?

Estávamos perto da casa da minha mãe, e meu barato estava no máximo. Meus cabelos sacudiam nos meus ombros como água quente, e eu balançava de um lado para outro ao ritmo de nenhuma música específica. Havia uma concha de caramujo na beirada da calçada, e meus olhos seguiram a sua espiral.

— Você sabe. Você sabe como às vezes precisa ferir.

Ela disse isso como se estivesse vendendo um novo produto para os cabelos.

— Há formas melhores de lidar com tédio e claustrofobia que ferindo — falei. — Você é uma garota inteligente, sabe disso.

Eu me dei conta de que os dedos dela estavam dentro das mangas de minha camisa, tocando as elevações de minhas cicatrizes. Eu não a detive.

— Você se corta, Amma?

— Eu me machuco — guinchou, e saiu para a rua, girando de modo exuberante, a cabeça para trás, braços esticados como um cisne. — Adoro isso! — berrou.

O eco percorreu a rua, com a casa da minha mãe mantendo guarda na esquina.

Amma girou até cair no chão, um dos braceletes de prata abrindo e rolando rua abaixo ebriamente.

Quis conversar com ela sobre isso, ser a adulta, mas o ecstasy me arrastou de novo e, em vez disso, a levantei do chão (rindo, seu cotovelo cortado e sangrando), e giramos uma à outra a caminho da casa da nossa mãe. O rosto dela estava dividido em dois com o sorriso, os dentes molhados e compridos, e me dei conta de como eles poderiam ser fascinantes para um assassino. Blocos quadrados de osso reluzente, os da frente como mosaicos que você poderia colar em uma mesa.

— Estou muito feliz com você — disse Amma rindo, o hálito quente e docemente alcoólico no meu rosto. — Você é como minha alma gêmea.

— Você é como minha irmã — falei.

Blasfêmia? Não me importava.

Estávamos girando tão rápido que minhas bochechas balançavam, fazendo cócegas. Eu ria como criança. *Nunca fui tão feliz quanto agora*, pensei. As luzes da rua eram quase rosadas, e os cabelos compridos de Amma batiam em meus ombros, as maçãs do rosto dela se projetando como colheradas de manteiga em sua pele bronzeada. Estendi a mão para tocar em um, soltando minha mão da mão dela, e o rompimento do círculo nos fez cair com força no chão.

Senti o osso do quadril bater no meio-fio — *pop!* —, sangue jorrando, caindo na minha perna. Bolhas vermelhas começaram a brotar no peito de Amma, que deslizara sobre o piso. Ela olhou para baixo, olhou para mim, brilhantes olhos azuis de husky siberiano, passou os dedos pela teia sangrenta no peito, deu um longo guincho, depois pousou a cabeça no meu colo, rindo.

Passou um dedo pelo peito, equilibrando um gordo botão de sangue na ponta e, antes que eu conseguisse impedir, esfregou-o em meus lábios. Pude sentir o gosto, como metal melado. Ela ergueu os olhos para mim, acariciou meu rosto e permiti.

— Sei que você acha que Adora gosta mais de mim, mas isso não é verdade — disse ela.

Como se seguindo a deixa, a luz da varanda de nossa casa, no alto da colina, se acendeu.

— Quer dormir no meu quarto? — ofereceu Amma, um pouco mais baixo.

Eu nos imaginei na cama dela, sob suas cobertas de bolinhas, sussurrando segredos, adormecendo enroscadas uma na outra, então me dei conta de que imaginava a mim e Marian. Ela, fugida de sua cama de hospital, adormecida ao meu lado. Os sons ronronados quentes que fazia aninhada em minha barriga. Eu tinha que levá-la de volta ao seu quarto em segredo antes que minha mãe acordasse pela manhã. Eram um grande drama em uma casa silenciosa aqueles cinco segundos, levando-a pelo corredor, perto do quarto de minha mãe, com medo de que a porta se abrisse bem naquele momento, mas quase desejando. *Ela não está doente, mamãe*, era o que eu planejara berrar se um dia fôssemos flagradas. *Não tem problema estar fora da cama porque ela não está real-*

mente doente. Eu me esquecera de como acreditara nisso desesperada e decididamente.

Contudo, graças às drogas, aquelas eram apenas lembranças felizes, passando por meu cérebro como páginas de um livro infantil. Marian ganhava uma aura de coelhinho nessas lembranças, uma lebre vestida como minha irmã. Eu estava quase sentindo a pele quando despertei e descobri os cabelos de Amma sendo esfregados na minha perna.

— Então, quer? — perguntou.

— Não esta noite, Amma. Estou morrendo de cansaço e quero dormir na minha cama.

Era verdade. A droga era rápida e forte e então passava. Eu me sentia a dez minutos da sobriedade, e não queria Amma por perto quando caísse no chão.

— Então posso dormir com você?

Ela estava de pé sob as luzes da rua, a saia jeans pendendo de seus pequenos ossos do quadril, a frente única torta e rasgada. Uma mancha de sangue perto dos lábios. Esperançosa.

— Não. Vamos dormir separadas. Saímos amanhã.

Ela não disse nada, apenas se virou e correu o mais rápido que pôde na direção da casa, os pés se erguendo atrás como em um desenho animado.

— Amma! — chamei. — Espere, você pode ficar comigo.

Comecei a correr atrás dela. Vê-la através das drogas e da escuridão era como tentar rastrear alguém olhando atrás de um espelho. Não me dei conta de que sua silhueta saltitante se virara e que ela, na verdade, corria na minha direção. Sobre mim. Ela me acertou de cabeça, a testa batendo no meu maxilar, e caímos novamente, dessa vez na calçada. Minha cabeça fez um barulho agudo de rachado ao acertar o chão, meus dentes inferiores queimaram de dor. Fiquei um segundo caída no chão, os cabelos de Amma enrolados em meu punho, um vaga-lume acima piscando no ritmo da minha pulsação. Depois Amma começou a rir, segurando a testa e esfregando o ponto que já estava azul-escuro, como o contorno de uma ameixa.

— Merda. Acho que você amassou meu rosto.

— Acho que você amassou minha cabeça — sussurrei. Eu me sentei e me senti tonta. Um jorro de sangue que tinha sido contido pela calçada começou a escorrer por meu pescoço. — Meu Deus, Amma. Você é violenta demais.

— Achei que você gostasse de coisas violentas — disse, estendendo a mão e me ajudando a levantar, o sangue na minha cabeça movendo-se de trás para a frente. Depois tirou do dedo médio um pequeno anel de ouro com um peridoto verde-claro e o colocou no meu mindinho. — Aqui. Quero que fique com isto.

Fiz que não com cabeça.

— Quem lhe deu isso iria querer que o guardasse.

— Adora meio que deu. Ela não liga, acredite. Ia dar a Ann, mas... Bem, Ann partiu, então estava lá. É feio, não é? Eu costumava fingir que ela tinha me dado. O que é improvável, já que ela me odeia.

— Ela não te odeia.

Começamos a caminhar na direção da casa, a luz da varanda brilhando no alto da colina.

— Ela não gosta de você — arriscou Amma.

— Não, não gosta.

— Bem, ela também não gosta de mim. Só que de modo diferente.

Subimos as escadas, esmagando amoras sob os pés. O ar cheirava a cobertura de bolo infantil.

— Depois que Marian morreu, ela gostou menos ou mais de você? — perguntou, passando o braço pelo meu.

— Menos.

— Então não adiantou.

— O quê?

— Ela morrer não melhorou as coisas.

— Não. Agora fique quieta até chegarmos ao meu quarto, certo?

Subimos as escadas, eu mantendo a mão na nuca para conter o sangue, Amma seguindo perigosamente atrás, parando para cheirar uma rosa no vaso do saguão, dando um sorriso para seu reflexo no espelho. O silêncio habitual no quarto de Adora. Aquele ventilador girando no escuro atrás da porta fechada.

Fechei a porta do meu quarto atrás de nós, tirei meus tênis encharcados de chuva (marcados por quadrados de grama recém-cortada), limpei suco de amora esmagada da minha perna e comecei a tirar a camisa antes de sentir o olhar de Amma. Camisa de volta, fingi cair na cama, exausta demais para me despir. Puxei as cobertas e me encolhi longe de Amma, murmurando boa-noite. Eu a ouvi jogar as roupas no chão, e em um segundo a luz estava apagada e ela na cama aninhada atrás de mim, só de calcinha. Quis chorar com a ideia de que outras pessoas são capazes de dormir sem roupa junto a alguém, sem se preocupar com qual palavra poderia escapar de sob uma manga ou bainha.

— Camille? — falou, a voz baixa, infantil e insegura. — Sabe quando as pessoas às vezes dizem que precisam se ferir pois caso contrário ficarão tão anestesiadas que não sentirão nada?

— Aham.

— E se fosse o oposto? — perguntou em um sussurro. — E se você ferisse por ser tão bom? Como se você tivesse uma comichão, como se alguém deixasse um interruptor em seu corpo, e nada pudesse desligar o interruptor a não ser ferir? Sabe o que isso significa?

Fingi que estava dormindo. Fingi não sentir os dedos dela traçando *sumir* repetidamente em minha nuca.

Um sonho. Marian, sua camisola branca encharcada de suor, um cacho louro grudado na bochecha. Ela pega minha mão e tenta me tirar da cama. "Não é seguro aqui", ela sussurra. "Não é seguro para você." Eu lhe digo para me deixar em paz.

CAPÍTULO TREZE

Passava de duas horas quando acordei, meu estômago revirado, meu maxilar doendo de trincar os dentes por cinco horas seguidas. Maldito ecstasy. Amma também tinha problemas, imaginei. Deixara uma pequena pilha de cílios no travesseiro ao meu lado. Eu os varri para a palma da mão e toquei neles. Duros por causa da maquiagem, deixaram uma mancha azul-escura na palma. Derramei-os em um pires na mesinha de cabeceira. Depois fui ao banheiro e vomitei. Nunca me importei de vomitar. Ainda criança, quando eu ficava doente, lembro da minha mãe segurando meus cabelos, sua voz calmante: *Coloque tudo de ruim para fora, querida. Não pare até sair tudo.* No final eu gostava da ânsia, da fraqueza, do cuspe. Previsível, sei, mas verdadeiro.

Tranquei a porta do quarto, tirei a roupa e voltei para a cama. Minha cabeça doía desde a orelha esquerda, passando pelo pescoço e descendo a coluna. Minhas tripas reviravam, eu mal conseguia mover a boca de tanta dor, e meu tornozelo queimava. E eu ainda sangrava. Podia ver pelas manchas vermelhas nos lençóis. O lado de Amma também estava ensanguentado: um salpicado onde ela ralara o peito, uma mancha mais escura no travesseiro.

Meu coração batia forte demais, e eu não conseguia recuperar o fôlego. Precisava descobrir se minha mãe sabia o que tinha acontecido. Será que tinha visto Amma? Será que eu estava em apuros? Senti um enjoo apavorante. Algo horrível estava prestes a acontecer. Em meio à minha paranoia, eu sabia exatamente o que estava ocorrendo:

meus níveis de serotonina, tão elevados pela droga na noite anterior, haviam despencado e me deixado no lado negro. Disse isso a mim mesma enquanto afundava o rosto no travesseiro e começava a soluçar. Que inferno, eu me esquecera daquelas garotas, nunca realmente pensara nelas: Ann morta e Natalie morta. Pior, eu traíra Marian, a substituíra por Amma, a ignorara em meus sonhos. Haveria consequências. Chorei da mesma forma ansiosa e profilática com que tinha vomitado até o travesseiro estar molhado e meu rosto inchado como o de um bêbado. Então a maçaneta se moveu. Eu me calei, acariciando a bochecha, esperando que o silêncio fizesse aquilo sumir.

— Camille. Abra.

Minha mãe, mas não raivosa. Estimulando. Até mesmo gentil. Permaneci calada. Mais alguns movimentos. Uma batida. Depois silêncio enquanto ela se afastava.

Camille. Abra. A imagem de minha mãe sentada na beirada da minha cama, uma colher cheia de um xarope de cheiro azedo pairando acima de mim. O remédio dela sempre me fazia sentir mais doente que antes. Estômago fraco. Não tão ruim quanto o de Marian, mas ainda assim fraco.

Minhas mãos começaram a suar. *Por favor, não permita que ela volte.* Tive um vislumbre de Curry, uma de suas gravatas vagabundas balançando selvagemente à frente da barriga, invadindo o quarto para me salvar. Ele me levando embora em seu Ford Taurus fumacento, Eileen acariciando meus cabelos no caminho de volta a Chicago.

Minha mãe enfiou uma chave na fechadura. Eu nunca soubera que ela tinha uma chave. Entrou no quarto de forma arrogante, o queixo erguido como sempre, a chave balançando em uma comprida fita rosa. Usava um leve vestido azul-claro e levava uma garrafa de álcool, uma caixa de lenços e uma bolsa de maquiagem vermelha e sedosa.

— Oi, querida — disse, suspirando. — Amma me contou o que aconteceu. Minhas pobrezinhas. Ela vomitou a manhã toda. Eu juro, e sei que isso vai soar arrogante, mas, a não ser por nossa própria pequena empresa, a carne não é nada confiável hoje em dia. Amma disse que provavelmente foi o frango.

— Acho que sim — falei.

Eu só podia me aproveitar da mentira que Amma tivesse contado. Era claro que ela sabia manipular melhor do que eu.

— Não acredito que tenham desmaiado bem em nossos degraus enquanto eu dormia do lado de dentro. Fico com ódio só de pensar nisso — falou Adora. — As contusões dela! Seria de pensar que se meteu em uma briga.

Não havia como minha mãe ter comprado aquela história. Ela era especialista em doença e ferimentos, e não aceitaria isso a não ser que desejasse. Então iria cuidar de mim, e eu estava fraca e desesperada demais para mandá-la embora. Comecei a chorar novamente, incapaz de parar.

— Estou enjoada, mamãe.

— Eu sei, querida.

Ela tirou o lençol de cima de mim em um movimento eficiente, e quando instintivamente me cobri com as mãos, ela as pegou e colocou com firmeza ao lado do corpo.

— Tenho que ver o que há de errado, Camille.

Ela inclinou meu maxilar de um lado para outro e baixou meu lábio inferior como se avaliasse um cavalo. Ergueu meus braços lentamente e espiou minhas axilas, enfiando dedos nas partes fundas, depois esfregou meu pescoço em busca de glândulas inchadas. Lembrei da rotina. Colocou a mão entre as minhas pernas, rápida e profissionalmente. Era a melhor forma de sentir a temperatura, sempre dizia. Depois deslizou suave e levemente os dedos frios por minhas pernas e enfiou o polegar bem em cima da ferida aberta no tornozelo machucado. Manchas verde-brilhantes explodiram diante de meus olhos, e eu automaticamente encolhi as pernas e virei de lado. Ela aproveitou o momento para cutucar minha cabeça até encontrar o ponto esmagado no alto.

— Só mais um pouco, Camille, e teremos terminado.

Ela molhou os lenços com álcool e esfregou meu tornozelo até eu não conseguir ver nada por causa de lágrimas e muco. Depois o apertou com a gaze que cortou com uma tesourinha da bolsa de maquiagem. O ferimento começou a sangrar na hora, então a atadura logo ficou parecendo a bandeira do Japão: branco puro com um desafiador círculo vermelho. Depois inclinou minha cabeça para baixo com uma das mãos e senti puxões ansiosos nos meus cabelos. Ela os estava cortando ao redor do ferimento. Comecei a me afastar.

— Não ouse, Camille. Vou cortar você. Deite-se e seja uma boa menina.

Ela pressionou a mão fria em minha face, prendendo minha cabeça sobre o travesseiro, e *snip, snip, snip*, abriu caminho pelos meus cabelos até eu sentir alívio. Uma estranha exposição ao ar ao qual meu couro cabeludo não estava acostumado. Levei a mão à cabeça e senti uma área espetada do tamanho de uma moeda. Minha mãe rapidamente afastou minha mão, prendeu-a ao lado do corpo e começou a esfregar álcool no couro cabeludo. Mais uma vez perdi o fôlego com a dor espantosa.

Ela me rolou de costas e passou um pano úmido sobre meus membros como se eu estivesse presa à cama. Os olhos dela estavam rosados onde estivera puxando os cílios. As faces tinham aquele tom de menina. Pegou a bolsa de maquiagem e começou a remexer em várias caixas de comprimidos e tubos, achando no fundo um quadrado de pano dobrado, apertado e levemente manchado. Tirou do meio dele um comprimido azul-elétrico.

— Só um segundo, querida.

Eu podia ouvi-la descer os degraus com pressa e soube que ia à cozinha. Depois os mesmos passos rápidos de volta ao meu quarto. Tinha um copo de leite na mão.

— Aqui, Camille, tome com isto.

— O que é *isso*?

— Remédio. Vai prevenir infecções e tirar qualquer bactéria que você tenha pegado com a comida.

— O que é isso? — perguntei de novo.

O peito da minha mãe se tornou um rosa manchado, e o sorriso começou a tremeluzir como uma vela à brisa. Aceso, apagado, aceso, apagado, no espaço de um segundo.

— Camille, sou sua mãe, e você está na minha casa.

Olhos rosados sem vida. Eu me afastei dela e tive outro surto de pânico. Algo ruim. Algo que eu tinha feito.

— Camille. Abra.

Voz calmante, estimulando. *Enfermeira* começou a latejar perto de minha axila esquerda.

Lembro de ser menina, recusando todos aqueles comprimidos e remédios, e a perdendo ao fazer isso. Ela me lembrou Amma e seu ecstasy, mimando, precisando que eu tomasse o que oferecia. Recusar produziria muito mais consequências do que se submeter. Minha pele estava queimando onde ela havia me limpado, e provocavam a mesma sensação que aquele calor prazeroso depois de um corte. Pensei em Amma e como parecera contente envolta em meus braços, frágil e suada.

Virei novamente, deixei minha mãe colocar o comprimido em minha boca, jogar o leite grosso em minha garganta e me beijar.

Em poucos minutos eu estava dormindo, o fedor de meu hálito flutuando para dentro dos meus sonhos como uma neblina azeda. Minha mãe foi me ver no quarto e disse que eu estava doente. Deitou em cima de mim e colocou a boca sobre a minha. Eu podia sentir seu hálito em minha garganta. Depois começou a me bicar. Quando se afastou, sorriu para mim e alisou meus cabelos. Depois cuspiu meus dentes nas mãos.

Tonta e quente, acordei ao crepúsculo, baba ressecada em uma linha áspera pescoço abaixo. Fraca. Enrolei um robe fino no corpo e comecei a chorar novamente quando me lembrei do círculo atrás da cabeça. *Você está só se recuperando do ecstasy*, sussurrei para mim mesma, dando tapinhas na bochecha. *Um corte de cabelo ruim não é o fim do mundo. Use um rabo de cavalo.*

Eu me arrastei pelo corredor, minhas articulações entrando e saindo do lugar, os nós dos dedos inchados sem motivo aparente. Minha mãe cantava no andar de baixo. Bati na porta de Amma e ouvi um gemido permitindo que eu entrasse.

Ela estava sentada no chão, nua, diante de sua enorme casa de bonecas, polegar na boca. As olheiras eram quase roxas, e minha mãe colocara ataduras em sua testa e seu peito. Amma enrolara a boneca preferida em lenços de papel, marcados com caneta vermelha, e a colocara na cama.

— O que ela fez com você? — perguntou sonolenta, meio sorrindo.

Eu me virei para ela ver o círculo cortado.

— E me deu alguma coisa que me deixou realmente grogue e nauseada — falei.

— Azul?

Confirmei com um aceno de cabeça.

— É, ela gosta desse — murmurou Amma. — Você adormece quente e babando, então ela pode trazer os amigos para ver você.

— Ela já fez isso antes?

Meu corpo estava frio sob o suor. Eu estava certa. Algo horrível estava prestes a acontecer.

Ela deu de ombros.

— Eu não ligo. Às vezes não tomo; só finjo. Então ambas ficamos felizes. Eu brinco com minhas bonecas ou leio. E quando a ouço chegar, finjo que estou dormindo.

— Amma? — chamei, sentando no chão ao lado dela e acariciando seus cabelos. Eu precisava ser gentil. — Ela lhe dá muitos comprimidos e coisas assim?

— Só quando estou prestes a ficar doente.

— O que acontece então?

— Às vezes fico quente e louca, e ela tem que me dar banhos frios. Às vezes preciso vomitar. Às vezes fico tremendo, fraca e cansada, e só quero dormir.

Estava acontecendo de novo. Exatamente como Marian. Eu podia sentir bile no fundo da garganta, que se fechava. Voltei a chorar, me levantei, sentei de novo. Meu estômago revirava. Pousei a cabeça nas mãos. Amma e eu estávamos doentes *exatamente como Marian*. Precisou ficar óbvio assim antes que eu enfim entendesse — quase vinte anos tarde demais. Quis berrar de vergonha.

— Brinque de boneca comigo, Camille.

Ela não notou, ou ignorou, minhas lágrimas.

— Não posso, Amma. Preciso trabalhar. Lembre-se de estar dormindo quando mamãe voltar.

Arrastei roupas sobre minha pele dolorida e me olhei no espelho. *Você está tendo pensamentos loucos. Está sendo irracional. Mas não estava. Minha mãe matou Marian. Minha mãe matou aquelas garotinhas.*

Cambaleei até o vaso e vomitei um jorro de água quente e salgada, as gotas do vaso acertando minhas bochechas enquanto eu me ajoelhava. Quando o estômago destravou, me dei conta de que não estava só. Minha mãe estava de pé atrás de mim.

— Pobre menina — murmurou ela. Eu me assustei, me afastei engatinhando. Me encostei na parede e olhei para ela acima. — Por que está vestida, querida? Não pode ir a lugar nenhum.

— Preciso sair. Preciso trabalhar. Ar fresco vai me fazer bem.
— Camille, volte para a cama — disse, a voz ansiosa e aguda. Ela marchou até minha cama, levantou as cobertas e deu um tapinha.
— Volte, querida, você precisa ser inteligente com sua saúde.

Lutei para ficar de pé, agarrei as chaves do carro na mesa e passei por ela em disparada.

— Não posso, mamãe; não vou demorar.

Deixei Amma no andar de cima com suas bonecas doentes e desci a rampa de carros tão rápido que amassei o para-choque dianteiro no ponto em que a ladeira termina de repente na rua. Uma mulher gorda empurrando um carrinho de bebê fez cara de reprovação para mim.

Comecei a dirigir sem destino, tentando organizar meus pensamentos, repassando os rostos de pessoas que conhecia em Wind Gap. Eu precisava que alguém me dissesse claramente que estava errada sobre Adora, ou, ao contrário, que estava certa. Alguém que conhecesse minha mãe, que tivesse uma visão adulta da minha infância, que tivesse ficado lá enquanto eu estava fora. De repente pensei em Jackie O'Neele, seu chiclete Juicy Fruit, sua bebida e suas fofocas. Seu desequilibrado afeto maternal para comigo e o comentário que no momento me soava com um alerta: *Tanta coisa deu errado*. Eu precisava de Jackie, rejeitada por Adora, totalmente sem filtros, uma mulher que conhecera minha mãe a vida toda. Que muito claramente queria dizer algo.

A casa de Jackie ficava a poucos minutos de distância, uma mansão moderna construída para parecer uma sede de fazenda da época imediatamente anterior à Guerra de Secessão. Um garoto magricelo e pálido estava curvado sobre um cortador de grama motorizado, fumando enquanto ia de um lado para outro em linhas paralelas, coladas umas nas outras. As costas eram cobertas de espinhas altas e raivosas tão grandes que pareciam feridas. Outro consumidor de metanfetamina. Jackie deveria eliminar o intermediário e dar as vinte pratas diretamente ao traficante.

Eu conhecia a mulher que atendeu à porta. Geri Shilt, uma garota da Calhoon High apenas um ano à minha frente. Usava um vestido de enfermeira engomado, igual ao de Gayla, e ainda tinha na bochecha a verruga redonda rosada que sempre me fizera sentir pena dela. Ver Geri, um rosto tão banal do passado, quase me fez dar meia-volta, entrar no carro e ignorar todas as minhas preocupações. Alguém tão banal em meu mundo me fez questionar o que eu estava pensando. Mas não fui embora.

— Oi, Camille, o que posso fazer por você?

Ela parecia totalmente desinteressada em por que eu estava ali, uma clara falta de curiosidade que a distinguia das outras mulheres de Wind Gap. Era provável que não tivesse amigas com as quais fofocar.

— Oi, Geri, não sabia que trabalhava para os O'Neele.

— Não há razão para que soubesse — disse ela objetivamente.

Os três filhos de Jackie, nascidos um logo depois do outro, estariam com vinte e poucos anos: vinte, vinte e um, vinte e dois, talvez. Lembrava que eram garotos corpulentos de pescoços grossos que sempre usavam shorts de poliéster e grandes anéis de ouro da Calhoon High com pedras azuis brilhantes. Tinham os olhos anormalmente redondos de Jackie e dentes superiores brancos e reluzentes. Jimmy, Jared e Johnny. Eu podia ouvir pelo menos dois deles naquele momento, em casa para as férias de verão, jogando bola nos fundos. Pela expressão agressivamente embotada de Geri, ela devia ter decidido que a melhor forma de lidar com eles era ficar fora do caminho.

— Voltei aqui... — comecei.

— Sei por que você está aqui — disse ela, num tom que não era nem acusatório, nem amigável.

Apenas uma declaração.

Eu não passava de outro obstáculo no dia dela.

— Minha mãe é amiga de Jackie, e eu pensei...

— Sei quem são os amigos de Jackie, acredite em mim — retrucou Geri.

Ela não parecia inclinada a me deixar entrar. Em vez disso, me olhou de cima a baixo, depois para o carro atrás de mim.

— Jackie é amiga de muitas das mães de suas amigas — acrescentou Geri.

— Ahnn. Eu na realidade não tenho muitas amigas por aqui hoje em dia — falei. Era um fato do qual me orgulhava, mas disse as palavras de um modo deliberadamente desapontado. Quanto menos ressentimento ela tivesse por mim, mais rápido eu entraria ali, e eu sentia uma necessidade urgente de falar com Jackie antes de desistir. — Na verdade, mesmo quando morava aqui acho que não tinha realmente tantas amigas.

— Katie Lacey. A mãe dela anda com todas.

A boa e velha Katie Lacey, que me arrastou para a reunião das meninas e se voltou contra mim. Podia imaginá-la circulando pela cidade naquele utilitário, suas garotinhas bonitas instaladas atrás, vestidas à perfeição, prontas para mandar nas outras crianças do jardim de infância. Elas aprenderiam com mamãe a ser particularmente cruéis com as meninas feias, meninas pobres, meninas que queriam apenas ser deixadas em paz. É pedir demais.

— Katie Lacey é uma garota de quem me envergonho de ter sido amiga.

— É, bem, você era legal — disse Geri.

Naquele instante, lembrei que ela tinha um cavalo chamado Manteiga. A piada, claro, era que até o animal de Geri engordava.

— Na verdade, não.

Eu nunca participara diretamente de atos de crueldade, mas também nunca os impedira. Sempre ficara de lado como uma sombra temerosa e fingira rir.

Geri continuou na soleira da porta, esticando no pulso o relógio barato, apertado como um elástico, claramente perdida nas próprias lembranças. Ruins.

Então, por que ela ficaria em Wind Gap? Eu passara por muitos dos mesmos rostos desde que voltara. Garotas com as quais eu crescera, que nunca tiveram energia para partir. Aquela era uma cidade que alimentava o comodismo por meio de TV a cabo e uma loja de conveniência. Aqueles que permaneciam ali ainda eram tão segregados quanto antes. Garotas bonitas e mesquinhas como Katie Lacey que, previsivelmente, viviam então em uma casa vitoriana reformada a poucos quarteirões de nós, jogavam no mesmo clube de tênis de Adora, faziam a mesma peregrinação trimestral a St. Louis para compras. E as garotas feias perseguidas como Geri Shilt continuavam a fazer faxina para as bonitas, cabeças abaixadas tristemente, esperando mais agressão. Mulheres que não eram fortes o bastante ou inteligentes o bastante para partir. Mulheres sem imaginação. Então permaneciam em Wind Gap e viviam em uma interminável repetição de sua época de adolescente. E agora eu estava presa com elas, incapaz de me libertar.

— Vou dizer a Jackie que você está aqui.

Geri fez o longo caminho até as escadas dos fundos — passando pela sala de estar em vez de pela cozinha com paredes de vidro que a exporiam aos filhos de Jackie.

A sala à qual fui levada era obscenamente branca com manchas de cores ofuscantes, como se uma criança levada tivesse feito pintura com os dedos. Almofadas vermelhas, cortinas amarelas e azuis, um vaso verde brilhante cheio de flores de cerâmica vermelhas. Uma foto em preto e branco de Jackie ridiculamente lânguida, cabelos exagerados, mãos curvadas de forma tímida sob o queixo, estava pendurada acima da lareira. Ela era como um cachorrinho escovado demais. Mesmo em meu estado doentio, eu ri.

— Camille, querida! — disse Jackie, cruzando a sala com os braços esticados. Vestia um robe de cetim e brincos de diamantes que pareciam paralelepípedos. — Você veio me visitar. E parece péssima, querida. Geri, traga alguns Bloody Marys para nós, correndo!

Ela literalmente uivou para mim, depois para Geri. Acho que foi um riso. Geri permaneceu à porta até Jackie bater palmas para ela.

— Estou falando sério, Geri. E desta vez lembre-se de colocar sal na borda — falou, depois se virou para mim. — É muito difícil conseguir bons empregados atualmente — murmurou ela de forma sincera, sem saber que na verdade ninguém dizia aquilo fora da TV.

Tenho certeza de que Jackie via televisão sem parar, um drinque em uma das mãos, o controle remoto na outra, cortinas fechadas enquanto programas de entrevistas matutinos davam lugar a novelas, que se transformavam em programas de tribunal, que viravam reprises, séries de comédia, seriados policiais e, à noite, filmes sobre mulheres que eram estupradas, perseguidas, traídas ou mortas.

Geri trouxe as bebidas em uma bandeja, juntamente com potes de aipo, picles e azeitonas, e, como instruída, fechou as cortinas e saiu. Jackie e eu nos sentamos sob a luz fraca, na sala branca com ar-condicionado gelado, e nos encaramos por alguns segundos. Depois Jackie se curvou e puxou a gaveta da mesinha de centro. Tinha três potinhos de esmalte, uma Bíblia gasta e uns dez frascos laranja de remédios. Pensei em Curry e nos espinhos de suas rosas arrancados.

— Analgésico? Tenho alguns bons.

— Eu provavelmente deveria manter a capacidade de raciocínio — respondi, sem saber se ela falava sério. — Parece que você poderia abrir sua própria loja.

— Ah, claro. Eu tenho uma sorte enorme — disse, e pude farejar sua raiva misturada a suco de tomate. — Oxicodona pura, com paracetamol, com aspirina... Qualquer novo comprimido que meu último médico tenha em estoque. Mas preciso admitir que eles são divertidos.

Ela colocou alguns comprimidos redondos brancos na mão, jogou-os na boca e sorriu para mim.

— O que você tem? — perguntei, quase com medo da resposta.

— Essa é a melhor parte, docinho. Ninguém sabe. Um diz lúpus, outro fala em artrite, um terceiro sugere alguma síndrome autoimune, o quarto e o quinto dizem que é tudo coisa da minha cabeça.

— O que você acha?

— O que *eu* acho? — perguntou, e revirou os olhos. — Acho que desde que eles continuem a fornecer os remédios, provavelmente não ligo muito — disse, e riu de novo. — Eles são muito divertidos.

Eu não sabia dizer se ela estava simulando o desprendimento ou se era uma viciada convicta.

— Fico meio surpresa de Adora não ter tomado a trilha da doença ela mesma — falou, me olhando de esguelha. — Imagino que assim que eu fizesse isso ela teria que dobrar a aposta, certo? Mas ela não teria só um lúpus. Ela descobriria um modo de conseguir... não sei, um tumor no cérebro. Certo?

Tomou outro gole do Bloody Mary e ficou com uma faixa vermelha e de sal no lábio superior que a fazia parecer inchada. Aquele segundo gole a acalmou, e, assim como tinha sido no funeral de Natalie, ela me encarou como se tentasse memorizar meu rosto.

— Bom Deus, é tão esquisito ver você crescida — disse, dando um tapinha no meu joelho. — Por que está aqui, docinho? Está tudo bem em casa? Provavelmente não. É... É sua mãe?

— Não, nada assim — falei.

Odiei ser tão óbvia.

— Ah.

Ela pareceu desalentada, uma das mãos indo ao robe como algo saído de um filme antigo. Eu a interpretei errado, esqueci que naquele lugar a pessoa era estimulada a ansiar abertamente pela fofoca.

— Quero dizer, me desculpe, não fui honesta agora. Eu realmente quero conversar sobre minha mãe.

Jackie se animou na hora.

— Não consegue entendê-la, né? Anjo, diabo ou ambos, certo? — falou ela, colocando uma almofada de cetim verde sob seu pequeno traseiro e apontando os pés para meu colo. — Docinho, poderia fazer um pouco de massagem? Eles estão limpos.

Ela pegou sob o sofá um saco de bombonzinhos, do tipo que você distribui no Halloween, e o colocou sobre a barriga.

— Ah, Senhor, vou ter que me livrar disso depois, mas eles são muito gostosos.

Eu me aproveitei daquele momento feliz.

— Minha mãe sempre foi... como é agora?

Eu me contorci com a estranheza da pergunta, mas Jackie deu uma risadinha, como uma bruxa.

— Como assim, queridinha? Bonita? Encantadora? Amada? Má? — reagiu, mexendo os dedos dos pés enquanto abria um chocolate. — Pode massagear. — Comecei a trabalhar em seus pés frios, as solas grossas como o casco de uma tartaruga. — Adora. Bem, droga. Adora era rica e bonita, e seus pais malucos mandavam na cidade. Eles trouxeram aquela maldita fazenda de porcos para Wind Gap, nos deram centenas de empregos; na época, também havia uma plantação de nozes. Eles mandavam. Todos lambiam as botas dos Preaker.

— Como era a vida dela... em casa?

— Adora era... demasiadamente sufocada. Nunca vi sua avó Joya sorrir para ela ou tocar nela de modo amoroso, mas não conseguia manter as mãos longe. Sempre ajeitando os cabelos, arrumando as roupas e... Ah, ela fazia essa *coisa*. Em vez de lamber o polegar e tirar uma sujeira, ela lambia a própria Adora. Apenas agarrava a cabeça e lambia. Quando a pele de Adora descascava por causa de queimaduras de sol, e todos descascávamos na época, não éramos cientes da necessidade do uso de protetor solar como em sua geração, Joya se sentava ao lado de sua mãe, tirava a blusa dela e arrancava a pele em tiras compridas. Joya adorava isso.

— Jackie...

— Não estou mentindo. Ter que ver sua amiga ser desnudada na sua frente e... esfolada. Desnecessário dizer que sua mãe estava doente o tempo todo. Sempre tendo tubos, agulhas e coisas assim enfiadas nela.

— Que tipo de doenças?

— Um pouquinho de tudo. Muito disso era apenas o estresse de morar com Joya. Aquelas unhas compridas sem esmalte, como as de um homem. E os cabelos compridos que deixava grisalhos e caindo pelas costas.

— E meu avô nisso tudo?

— Não sei. Nem me lembro do nome dele. Herbert? Herman? Ele nunca estava por perto, e quando estava era silencioso e... distante. Você conhece o tipo. Como Alan.

Ela pegou outro chocolate e mexeu os dedos dos pés nas minhas mãos.

— Sabe, engravidar de você deveria ter arruinado sua mãe — disse, em tom de censura, como se eu tivesse falhado em uma tarefa simples. — Qualquer outra garota que ficasse grávida antes do casamento aqui em Wind Gap naquela época teria seu fim decretado. Mas sua mãe sempre conseguia fazer com que as pessoas a mimassem. *Pessoas*; não apenas garotos, mas as garotas, suas mães, os professores.

— Por que isso?

— Minha doce Camille, uma garota bonita pode tudo se fazendo de gentil. Você certamente sabe disso. Pense em todas as coisas que os garotos fizeram por você ao longo dos anos, coisas que nunca fariam se você não tivesse esse rostinho. E se os garotos são legais, as garotas são legais. Adora interpretou aquela gravidez belamente: orgulhosa, mas um pouco abalada, e muito discreta. Seu pai veio para aquela visita fatal, e depois eles não se viram mais. Sua mãe nunca falou sobre isso. Você era só dela desde o começo. Foi o que matou Joya. A filha finalmente tinha nela algo que Joya não podia pegar.

— Minha mãe parou de ficar doente depois que Joya se foi?

— Ela ficou bem por um tempo — disse Jackie por sobre o copo. — Mas não demorou para que Marian chegasse, e então ela realmente não teve tempo para ficar doente.

— Minha mãe... — comecei, e senti um nó na garganta, então o engoli com minha vodca aguada. — Minha mãe era... uma boa pessoa?

Jackie deu outra risada. Pegou um chocolate, o recheio grudando nos dentes.

— É isso que você está querendo saber? Se ela era boa? O que *você* acha? — perguntou, debochando de mim.

Jackie enfiou a mão na gaveta novamente, abriu três frascos de comprimidos, pegou um de cada e os arrumou em ordem decrescente de tamanho nas costas da mão esquerda.

— Não sei. Nunca fomos próximas — respondi.

— Mas você esteve perto *dela*. Não faça joguinhos comigo, Camille. Isso me deixa exausta. Se você achasse sua mãe uma boa pessoa não estaria aqui com a melhor amiga dela perguntando se ela realmente o é.

Jackie pegou um comprimido de cada vez, do maior para o menor, enfiou-o em um chocolate e engoliu. Havia embalagens sobre seu peito, a mancha vermelha ainda cobria seu lábio e uma cobertura grossa de chocolate estava grudada nos dentes. Os pés haviam começado a suar em minhas mãos.

— Desculpe. Você tem razão — falei. — É só que... você acha que ela é... doente?

Jackie parou de mastigar, colocou a mão sobre a minha e suspirou.

— Deixe-me dizer em voz alta, porque tenho pensado nisso por muito tempo, e pensamentos podem ser meio traiçoeiros para mim. Eles fogem, sabe? É como tentar pegar peixes com as mãos — retrucou, se inclinando e apertando meu braço. — Adora devora você, e se você não permitir, será ainda pior. Veja o que está acontecendo com Amma. Veja o que aconteceu com Marian.

Sim. Logo abaixo do meu seio esquerdo, *fardo* começou a coçar.

— Então você acha? — insisti.

Diga.

— Acho que ela é doente, e acho que o que ela tem é contagioso — sussurrou Jackie, as mãos trêmulas fazendo o gelo em seu copo chacoalhar. — E acho que é hora de você ir embora, docinho.

— Desculpe, não pretendia ficar sem ser bem-vinda.

— Quero dizer ir embora de Wind Gap. Não é seguro para você aqui.

Menos de um minuto depois eu fechei a porta enquanto Jackie encarava sua foto sedutora da lareira.

CAPÍTULO QUATORZE

Quase tropecei ao descer os degraus de Jackie, tão bambas estavam minhas pernas. Às minhas costas, eu podia ouvir os garotos cantando o grito de guerra da Calhoon. Virei a esquina, estacionei sob um pomar de amoreiras e apoiei a cabeça no volante.

Será que minha mãe realmente estivera doente? E Marian? Amma e eu? Às vezes acho que a doença mora dentro de toda mulher, esperando o melhor momento para florescer. Conheci muitas mulheres *doentes*. Mulheres com dores crônicas, com doenças sempre em evolução. Mulheres com *quadros*. Os homens, claro, quebram os ossos, têm dores nas costas, passam por uma cirurgia ou duas, tiram as amídalas, inserem próteses plásticas. Mulheres são *consumidas*. Não surpreende, considerando apenas o volume de tráfego que o corpo da mulher experimenta. Absorventes internos e espéculos. Paus, dedos, vibradores e mais, tudo entre as pernas, por trás, na boca. Homens adoram colocar coisas dentro das mulheres, não? Pepinos, bananas e garrafas, um colar de pérolas, uma caneta hidrográfica, um punho. Uma vez um cara quis enfiar um walkie-talkie em mim. Eu disse que não.

Doente, mais doente e mais doente que todos. O que era real e o que era falso? Amma realmente estava doente e precisando dos remédios de minha mãe, ou eram os remédios que deixavam Amma doente? O comprimido azul dela me fez vomitar ou impediu que eu ficasse mais doente do que teria ficado sem ele?

Marian estaria morta se não tivesse Adora como mãe?

* * *

Eu sabia que deveria ligar para Richard, mas não consegui pensar em algo para dizer a ele. Estou assustada. Estou redimida. Quero morrer. Passei pela casa de minha mãe, depois segui rumo leste na direção da fazenda de porcos e parei no Heelah, aquele reconfortante bar quadrado sem janelas onde qualquer um que reconhecesse a filha do dono sabiamente a deixaria em paz.

O lugar fedia a sangue e urina de porco; até mesmo a pipoca nas tigelas ao longo do balcão cheirava a carne. Dois homens com bonés e jaquetas de couro, bigodes grossos e caras feias, ergueram os olhos, depois os baixaram para as cervejas novamente. O bartender serviu meu bourbon sem uma palavra. Uma canção de Carole King saía dos alto-falantes. Na segunda rodada o bartender apontou para trás de mim e perguntou:

— Está procurando por ele?

John Keene estava sentado caído sobre uma bebida no único reservado do bar, brincando com a beirada lascada da mesa. Sua pele branca estava rosada de bebida, e pelos lábios úmidos e o modo como estalava a língua imaginei que já tinha vomitado uma vez. Peguei minha bebida e me sentei diante dele, sem dizer nada. Ele sorriu para mim e estendeu a mão na direção da minha sobre a mesa.

— Oi, Camille, como está? Parece tão bem e limpa... — disse, olhando ao redor. — É... É tão sujo aqui.

— Estou bem, John, acho. Você está bem?

— Ah, claro, estou ótimo. Minha irmã foi assassinada, estou prestes a ser preso e minha namorada que grudou em mim como cola desde que me mudei para esta cidade podre está começando a se dar conta de que não sou mais o grande prêmio. Não que eu ligue muito. Ela é legal, mas não...

— Não surpreendente — sugeri.

— É. É. Eu estava prestes a terminar com ela antes de Natalie. Agora não posso.

Tal coisa seria dissecada pela cidade inteira — e também por Richard. *O que isso significa? Como isso prova a sua culpa?*

— Não vou voltar para a casa dos meus pais — murmurou. — Eu me enfio na porra da floresta e me mato antes de voltar para todas as coisas de Natalie me encarando.

— Eu não o culpo.

Ele pegou o saleiro, começou a girá-lo na mesa.

— Você é a única pessoa que entende, acho. Como é perder uma irmã e esperarem que você lide com isso. Simplesmente seguir em frente. Você *superou* isso?

Ele disse as palavras com tanta amargura que esperei que a língua dele ficasse amarela.

— Você nunca vai superar — falei. — Isso te contamina. Me arruinou.

Foi bom dizer isso em voz alta.

— Por que todo mundo acha tão estranho que eu sofra pela morte de Natalie?

John derrubou o saleiro, que caiu ruidosamente no chão. O bartender nos lançou um olhar descontente. Eu o peguei, coloquei do meu lado da mesa e joguei uma pitada de sal por sobre o ombro por nós dois.

— Acho que quando você é jovem, as pessoas esperam que aceite as coisas mais facilmente — respondi. — E você é homem. Homens não têm sentimentos delicados.

Ele bufou.

— Meus pais me deram um livro sobre como lidar com a morte: *Homens de luto*. Dizia que algumas vezes você precisa se recolher, simplesmente negar. Que a negação pode ser boa para os homens. Então tentei reservar uma hora e fingir que não ligava. E por um tempinho realmente não liguei. Sentei no meu quarto na casa de Meredith e pensei sobre... besteiras. Simplesmente fiquei olhando pela janela para o pedacinho de céu azul e dizendo: *Está tudo bem, está tudo bem, está tudo bem*. Como se eu fosse um menino de novo. E quando terminei tive certeza de que nada ficaria bem novamente. Mesmo se apanhassem quem fez isso, não ficaria bem. Não sei por que todo mundo continua dizendo que vou me sentir melhor assim que alguém for preso. E agora parece que o alguém a ser preso sou eu — disse, rosnando uma risada e balançando a cabeça. — É maluquice, porra. Você quer outra bebida? Tomaria outra bebida comigo?

Ele estava péssimo, cambaleando muito, mas eu nunca afastaria um colega de sofrimento do alívio do apagão. Algumas vezes é o caminho mais lógico. Sempre acreditei que a sobriedade cristalina era para os de coração duro. Virei uma bebida no bar para alcançá-lo, depois voltei com dois bourbons. O meu era duplo.

— É como se tivessem escolhido as duas garotas de Wind Gap que pensavam por conta própria e as eliminado — disse John, tomando um gole do bourbon. — Acha que sua irmã e a minha teriam sido amigas?

Naquele lugar imaginário em que ambas estavam vivas, onde Marian nunca envelhecera.

— Não — falei, e de repente ri.

Ele também riu.

— Então sua irmã morta é boa demais para minha irmã morta? — provocou.

Ambos rimos novamente, logo depois ficamos amargos e nos voltamos para nossas bebidas. Eu já me sentia tonta.

— Eu não matei Natalie — sussurrou ele.

— Eu sei.

Ele pegou minha mão, colocou-a sobre a sua.

— As unhas dela estavam pintadas. Quando a encontraram. Alguém pintou as unhas dela — gaguejou.

— Talvez ela tenha feito isso.

— Natalie odiava esse tipo de coisa. Mal permitia uma escova em seus cabelos.

Silêncio por vários minutos. Carole King dera lugar a Carly Simon. Vozes folk femininas em um bar de matadores de animais.

— Você é muito bonita — disse John.

— Você também.

John se atrapalhou com as chaves no estacionamento e me entregou facilmente quando disse que estava bêbado demais para dirigir. Não que eu estivesse muito melhor. Eu o levei entorpecidamente de volta à casa de Meredith, mas ele apenas negou com a cabeça quando chegamos perto e perguntou se eu o levaria ao motel fora da cidade. O mesmo onde eu ficara a caminho dali, um pequeno refúgio onde a pessoa podia se preparar para Wind Gap e seu peso.

Seguimos com as janelas abertas, o ar quente da noite entrando, pressionando a camiseta de John sobre o peito, minhas mangas compridas tremulando ao vento. Afora a cabeleira grossa, ele era totalmente sem pelos. Mesmo os braços tinham apenas uma penugem. Parecia quase nu, precisando de proteção.

Paguei pelo quarto, número nove, porque John não tinha cartão de crédito, e abri a porta para ele, sentei-o na cama e dei um pouco de água morna em um copo de plástico. Ele apenas olhou para os pés e se recusou a pegar.

— John, você precisa beber um pouco de água.

Ele virou o copo em um gole e o deixou rolar pela lateral da cama. Agarrou minha mão. Tentei me soltar — mais instinto que qualquer coisa —, mas ele apertou mais.

— Eu também vi isto outro dia — falou, seu dedo traçando parte do z de *infeliz* que se escondia sob a manga esquerda. Esticou a outra mão e acariciou meu rosto. — Posso ver?

— Não — disse, e tentei me soltar novamente.

— Deixe-me ver, Camille — insistiu, segurando.

— Não, John. Ninguém vê.

— Eu vejo.

Ele enrolou a manga, estreitou os olhos. Tentando entender as linhas na minha pele. Não sei por que permiti. Ele tinha um olhar curioso e doce no rosto. Eu estava fraca de todo aquele dia. E estava tão farta de esconder... Mais de uma década dedicada ao ocultamento, nunca uma interação — um amigo, uma fonte, a garota no caixa do supermercado — em que não ficasse distraída antecipando qual cicatriz iria se revelar. Que John veja. Por favor, que ele veja. Não precisava me esconder de alguém que cortejava o esquecimento quase tão ardentemente quanto eu.

Ele enrolou a outra manga, e lá ficaram meus braços expostos, tão nus que me deixaram sem fôlego.

— Ninguém viu isto?

Eu neguei com a cabeça.

— Por quanto tempo você fez isso, Camille?

— Muito tempo.

Ele olhou para os meus braços, empurrou as mangas mais para cima. Deu um beijo no meio de *cansada*.

— É assim que me sinto — disse, correndo os dedos sobre as cicatrizes até eu ficar arrepiada. — Deixe-me ver tudo.

Ele tirou minha camisa pela cabeça enquanto eu ficava sentada como uma criança obediente. Tirou meus sapatos e meias, baixou mi-

nhas calças. De calcinha e sutiã, estremeci no quarto gelado, o ar-
-condicionado soprando frio sobre mim. John afastou as cobertas, fez
um gesto para que eu subisse, e fiz isso, me sentindo ao mesmo tempo
febril e gelada.

Ele segurou meus braços, minhas pernas, me virou de costas. Ele me
leu. Disse as palavras em voz alta, raivosas e absurdas: *forno, nauseada, castelo*. Tirou as próprias roupas, como se sentisse uma desigual-
dade, embolou-as e jogou no chão, e leu mais. *Pão, rancorosa, confusão, escova*. Soltou meu sutiã com um movimento rápido dos dedos,
tirou-o de mim. *Brotar, dosagem, garrafa, sal*. Ele estava duro. Colocou a boca em meus mamilos, a primeira vez desde que começara a me
cortar seriamente que eu permitia que um homem fizesse aquilo. Quatorze anos.

As mãos correram sobre mim, e deixei: minhas costas, meus seios,
minhas coxas, meus ombros. A língua dele em minha boca, pescoço
abaixo, sobre meus mamilos, entre minhas pernas, depois de volta à
minha boca. Eu me provando nele. As palavras permaneceram quietas.
Eu me senti exorcizada.

Eu o guiei para dentro de mim, gozei rápido e forte, e mais de uma
vez. Eu podia sentir as lágrimas dele em meus ombros enquanto estre-
mecia dentro de mim. Adormecemos enrolados um no outro (uma perna se projetando aqui, um braço atrás de uma cabeça ali), e uma única
palavra zumbiu uma vez: *presságio*. Bom ou ruim, eu não sabia. Na
hora escolhi achar que bom. Menina tola.

No começo da manhã o alvorecer fez os galhos das árvores brilharem
como centenas de mãozinhas do lado de fora da janela do quarto. Fui
nua até a pia para encher nosso copo de água, ambos de ressaca e com
sede, o sol fraco bateu em minhas cicatrizes e as palavras ganharam
vida novamente. Fim da remissão. Meu lábio superior retorceu involuntariamente de repulsa à visão da minha pele, e enrolei uma toalha
no corpo antes de voltar para a cama.

John tomou um golinho de água, segurou minha cabeça e colocou
um pouco na minha boca, depois virou o resto. Seus dedos puxaram a
toalha. Eu me aferrei a ela, dura como um pano de prato sobre meus
seios, e balancei a cabeça.

— Por que isso? — sussurrou ele no meu ouvido.

— A imperdoável luz da manhã — sussurrei de volta. — Hora de abandonar a ilusão.

— Que ilusão?

— De que tudo vai ficar bem — disse, e beijei sua face.

— Não vamos fazer isso ainda — pediu ele, e me abraçou.

Aqueles braços finos e sem pelos. Braços de um menino. Eu disse essas coisas a mim mesma, mas me senti segura e bem. Bonita e limpa. Pousei o rosto no pescoço dele e o cheirei: álcool e loção pós-barba pungente, do tipo azul-gelo. Quando abri os olhos novamente vi os círculos vermelhos giratórios de um carro de polícia do outro lado da janela.

Pam, pam, pam. A porta sacudiu como se pudesse desabar facilmente.

— Camille Preaker. É o delegado Vickery. Abra caso esteja aí.

Agarramos nossas roupas espalhadas, os olhos de John assustados como os de um pássaro. Os sons de fivelas de cinto e camisas que nos delatariam. Barulhos frenéticos e culpados. Recoloquei os lençóis na cama, passei os dedos pelos cabelos e, enquanto John assumia uma posição desajeitadamente descontraída de pé atrás de mim, dedos enfiados nos passadores da calça, abri a porta.

Richard. Camisa branca bem passada, gravata listrada impecável, um sorriso que murchou assim que viu John. Vickery ao lado dele, esfregando o bigode como se houvesse uma irritação abaixo, olhos passando de mim para John antes de se virar e encarar Richard diretamente.

Richard não disse nada, apenas me encarou com raiva, cruzou os braços e respirou fundo uma vez. Eu estava certa de que o quarto cheirava a sexo.

— Bem, parece que você está bem — disse ele. Forçou um sorriso. Soube que era forçado porque a pele acima do colarinho estava vermelha como a de um personagem de desenho animado. — Como vai, John? Está bem?

— Estou bem, obrigado — respondeu John, se colocando ao meu lado.

— Srta. Preaker, sua mãe nos telefonou há algumas horas, porque você não tinha aparecido em casa — gaguejou Vickery. — Disse que estava um pouco doente, que levara um tombo, algo assim. Ela estava realmente preocupada. Realmente preocupada. E com todo esse horror acontecendo, nenhum cuidado é excessivo. Imagino que ficará contente em saber que você está... aqui.

A última parte foi dita como uma pergunta a que eu não tinha intenção de responder. A Richard eu devia uma explicação. A Vickery, não.

— Posso telefonar para minha mãe eu mesma, obrigado. Agradeço por cuidarem de mim.

Richard olhou para os pés, mordeu os lábios, a única vez que o vira desconfortável. Meu estômago revirou, gorduroso e temeroso. Ele exalou uma vez, um longo sopro forte, colocou as mãos nos quadris, olhou para mim, depois para John. Crianças apanhadas se comportando mal.

— Vamos, John, nós o levaremos para casa — disse Richard.
— Camille pode me levar, mas obrigado, detetive Willis.
— É maior de idade, filho? — perguntou Vickery.
— Tem dezoito — falou Richard.
— Bem, então tudo certo, tenham um bom dia os dois — disse Vickery, sibilando uma risada na direção de Richard e murmurando baixo: — Afinal, já tiveram uma boa noite.
— Ligo para você depois, Richard — falei.

Ele ergueu a mão e acenou para mim enquanto retornava ao carro.

John e eu ficamos calados no caminho para a casa de seus pais, onde ele iria tentar dormir um pouco na sala de jogos do porão. Ele cantarolou um trecho de um bebop dos anos cinquenta e tamborilou com as unhas na maçaneta da porta.

— Quão ruim você acha que foi? — perguntou finalmente.
— Para você, talvez nem um pouco. Mostra que é um bom garoto americano, com um saudável interesse em mulheres e sexo casual.
— Aquilo não foi casual. Não me sinto nada casual em relação a isso. E você?
— Não. Foi a palavra errada. Foi exatamente o oposto. Mas sou mais de dez anos mais velha que você, e estou cobrindo o crime que... Há um conflito de interesse. Repórteres melhores já foram demitidos por esse tipo de coisa.

Eu tinha consciência do sol da manhã no meu rosto, das rugas no canto dos olhos, da idade que pesava sobre mim. O rosto de John, apesar de uma noite de muita bebida e pouco sono, era como uma pétala.

— Ontem à noite. Você me salvou. Aquilo me salvou. Se você não tivesse ficado comigo, eu teria feito algo ruim. Sei disso, Camille.

— Você também fez com que me sentisse segura — disse, e falava sério, mas as palavras saíram no tom cantado e calculista da minha mãe.

Deixei John a um quarteirão da casa dos pais, seu beijo acertando meu maxilar quando me afastei no último segundo. *Ninguém pode provar que algo aconteceu*, pensei naquele momento.

Voltei para a Main Street, estacionei em frente à delegacia. Uma lâmpada da rua ainda brilhava. Eram cinco e quarenta e sete. Ainda não havia recepcionista de plantão no saguão, então toquei a campainha. O purificador de ar perto de minha cabeça soprou um cheiro de limão bem no meu ombro. Apertei a campainha de novo e Richard apareceu atrás da placa de vidro na porta pesada que levava aos escritórios. Ele me encarou por um segundo, e esperei que me desse as costas novamente, quase desejando isso, mas então abriu a porta e saiu para o saguão.

— Por onde quer começar, Camille? — perguntou, sentando-se em uma das cadeiras demasiadamente estofadas e colocando a cabeça nas mãos, a gravata caindo entre as pernas.

— Não era o que parecia, Richard. Sei que isso parece clichê, mas é verdade.

Negar, negar, negar.

— Camille, apenas quarenta e oito horas após você e eu fazermos sexo, eu a encontro em um quarto de motel com o principal alvo da minha investigação de assassinato de crianças. Mesmo que não seja o que parece, é ruim.

— Ele não fez isso, Richard. Tenho certeza absoluta de que não fez isso.

— É mesmo? Foi isso que discutiram quando o pau dele estava em você?

Bom, raiva, pensei. *Com isso eu posso lidar. Melhor que desespero do tipo que faz você a levar as mãos à cabeça.*

— Nada disso aconteceu, Richard. Eu o encontrei no Heelah's bêbado, muito bêbado, e realmente achei que poderia se ferir. Eu o levei para o motel porque queria ficar com ele e escutá-lo. Precisava dele para minha matéria. E sabe o que descobri? Sua investigação arruinou esse garoto, Richard. E o que é pior, acho que nem você acredita que ele fez isso.

Só a última frase era totalmente verdadeira, e não me dei conta disso até as palavras saírem de mim. Richard era um cara inteligente, um grande policial, extremamente ambicioso, em seu primeiro grande caso com toda uma comunidade ultrajada clamando por uma prisão, e ainda não tinha uma pista. Caso tivesse mais que um desejo contra John, o teria prendido dias antes.

— Camille, apesar do que você pensa, não sabe tudo sobre esta investigação.

— Richard, acredite em mim, nunca achei que sabia. Nunca me senti nada além de a mais inútil das forasteiras. Você conseguiu me comer e ainda assim permanecer impermeável. Não consegui nenhum vazamento com você.

— Ah, então ainda está puta com isso. Achei que você era uma menina crescida.

Silêncio. Um sibilo de limão. Eu podia ouvir vagamente o grande relógio de prata no pulso de Richard tiquetaqueando.

— Deixe-me mostrar a você como eu posso ter espírito esportivo — falei.

Eu estava novamente no piloto automático, como nos velhos tempos: desesperada para me submeter a ele, fazer com que se sentisse melhor, fazer com que gostasse de mim de novo. Por alguns minutos na noite anterior eu me sentira muito confortável, e o aparecimento de Richard do lado de fora da porta do motel destruíra o que restava daquela calma. Eu a queria de volta.

Ajoelhei e comecei a abrir o zíper da sua calça. Por um segundo ele colocou a mão atrás da minha cabeça. Depois, em vez disso, me agarrou grosseiramente pelo ombro.

— Meu Deus, Camille, o que está fazendo?

Percebeu como o aperto era forte e o aliviou, então me colocou de pé.

— Só quero ajeitar as coisas entre nós — disse, brincando com um botão da sua camisa e me recusando a olhar nos olhos dele.

— Não é assim, Camille — falou, e me beijou nos lábios de forma quase casta. — Precisa saber disso antes de avançarmos. Simplesmente precisa saber disso, ponto final.

Depois pediu que eu saísse.

* * *

Tentei dormir algumas horas no banco de trás do meu carro. O equivalente a ler uma placa entre os vagões de um trem passando. Acordei viscosa e irritada. Comprei escova e pasta de dentes na loja de conveniência, juntamente com o hidratante e o spray de cabelos mais perfumados que consegui encontrar. Escovei os dentes na pia de um posto de gasolina, depois esfreguei o hidratante nas axilas e entre as pernas, joguei spray nos cabelos. O cheiro resultante foi suor e sexo sob uma nuvem de morango e aloe vera.

Eu não podia encarar minha mãe em casa, e loucamente pensei em, no lugar disso, trabalhar. (Como se ainda fosse escrever aquela matéria. Como se tudo não estivesse prestes a ir para o inferno.) Tendo ainda fresca na memória a menção que Geri Shilt fizera a Katie Lacey, decidi voltar a ela. Era mãe voluntária na escola primária, das turmas de Natalie e Ann. Minha própria mãe fizera isso, uma posição cobiçada na escola, possível apenas para mulheres que não trabalhavam: ir a salas de aula duas vezes por semana e ajudar a organizar turmas de artes, artesanato, música e, para as meninas, às quintas-feiras, costura. Pelo menos na minha época era costura. Agora provavelmente era algo mais neutro e moderno. Uso de computadores ou micro-ondas para iniciantes.

Katie, como minha mãe, morava no alto de uma grande colina. A escadaria esguia da casa cortava a grama e era ladeada por girassóis. Uma árvore catalpa se erguia fina e elegante como um dedo no alto da colina, o equivalente feminino do corpulento carvalho à direita. Eram menos de dez da manhã, mas Katie, magra e bronzeada, já pegava sol no terraço, um circulador de ar produzindo brisa. Sol sem o calor. Se ela pelo menos conseguisse descobrir um bronzeado sem câncer... Ou pelo menos sem rugas. Ela me viu subindo as escadas, um movimento irritante sobre o verde profundo do seu gramado, e protegeu os olhos para me identificar dez metros abaixo.

— Quem é? — chamou ela.

Seus cabelos, um louro-trigo natural no colégio, tinham naquele momento um platinado-acobreado que brotava de um rabo de cavalo no alto da cabeça.

— Oi, Katie. É Camille.

— Ca-miiii! Ah, meu Deus, estou descendo.

Era uma saudação mais generosa do que eu esperava de Katie, de quem não tivera notícias desde a noite da reunião de Angie. Seus rancores sempre iam e vinham como a brisa.

Ela correu até a porta, aqueles brilhantes olhos azuis reluzindo em seu rosto bronzeado. Os braços eram castanhos e magros como os de uma criança, me lembrando as cigarrilhas francesas que Alan passara a fumar certo inverno. Minha mãe o confinara ao porão, chamando-o grandiosamente de sala de fumar. Alan logo abandonou as cigarrilhas e adotou o porto.

Katie jogara sobre um biquíni uma camiseta rosa-néon, do tipo que as garotas conseguiam em South Padre no final dos anos oitenta, lembranças de concursos de camiseta molhada nas férias. Passou seus braços de manteiga de cacau ao meu redor e me levou para dentro. Também nada de ar-condicionado central naquela casa, assim como na de minha mãe, explicou. No entanto, eles tinham um aparelho no quarto de casal. As crianças, pensei, podiam se dissolver em suor. Não que não fossem cuidadas. Toda a ala leste lembrava um parque coberto, com direito a uma casa de plástico amarela, escorregador, cavalo de balanço de designer. Nada disso parecia ter sido usado uma única vez. Grandes letras coloridas tomavam uma parede: Mackenzie. Emma. Fotos de louras sorridentes, narizes arrebitados e olhos sem vida, claramente respiravam pela boca. Nenhum close de rosto, mas sempre enquadradas de modo a mostrar o que estavam vestindo. Macacões rosa com margaridas, vestidos vermelhos com calçolas de bolinhas, chapéus floridos e sapatos de boneca. Crianças bonitas, roupas *realmente* bonitas. Eu acabara de criar um slogan para as pequenas consumistas de Wind Gap.

Katie Lacey Brucker não pareceu se importar com o motivo de eu estar em sua casa naquela manhã de sexta-feira. Falou sobre um livro de fofocas de celebridades que estava lendo, e se os concursos de beleza infantil ficariam para sempre estigmatizados por causa de Jon-Benét. *Mackenzie está louca para ser modelo. Bem, ela é bonita como a mãe, quem pode culpá-la? Ah, Camille, gentileza sua dizer isso; nunca pensei que me achasse bonita.* Mas claro, não seja boba. *Gostaria de uma bebida?* Certamente. *Não temos álcool em casa.* Claro, não era o que estava pensando. *Chá gelado?* Chá gelado está ótimo, impossível conseguir em Chicago, você realmente sente falta dos pequenos produtos regionais, deveria ver como eles fazem presunto lá. É tão bom estar em casa...

Katie voltou com uma jarra de cristal com chá gelado. Curioso, já que vi da sala de estar ela tirar um grande galão da geladeira. Um toque de arrogância, seguido por uma lembrança a mim mesma de que eu também não estava sendo especialmente franca. Na verdade, eu encobrira meu estado natural com o cheiro denso de uma planta artificial. Não apenas aloe vera e morango, mas também o toque leve do aromatizante de limão que vinha do meu ombro.

— O chá está maravilhoso, Katie. Juro que poderia tomar chá gelado em todas as refeições.

— Como eles preparam o presunto em Chicago? — perguntou, enfiando os pés sob as pernas e se inclinando para a frente.

Aquilo me lembrou o colégio, o olhar sério, como se ela estivesse tentando decorar a combinação de um cofre.

Eu não como presunto desde que, ainda criança, fui visitar a empresa da família. Não era sequer dia de abate, mas a visão me manteve acordada por noites. Centenas daqueles animais enjaulados tão apertados que não conseguiam nem se virar, o cheiro doce gutural de sangue e merda. Uma visão de Amma, olhando diretamente para aquelas jaulas.

— Pouco açúcar mascavo.

— Ahnnn. Por falar nisso, posso lhe preparar um sanduíche ou algo assim? Tenho presunto da sua mãe, carne dos Deacons, frango dos Covey. E peru da Lean Cuisine.

Katie era o tipo que preferia se movimentar o dia todo, limpar os azulejos da cozinha com uma escova de dentes, tirar sujeira das tábuas corridas com um palito de dentes a falar muito sobre algo desconfortável. Pelo menos sóbria. Ainda assim a convenci a falar sobre Ann e Natalie, prometi anonimato e liguei o gravador. As garotas eram doces, bonitas e queridas, o revisionismo meloso obrigatório. Depois:

— Tivemos um incidente com Ann, no Dia da Costura.

Dia da Costura, ainda ele. Um tanto reconfortante, suponho.

— Ela acertou Natalie Keene na bochecha com a agulha. Acho que estava apontando para o olho, sabe, como Natalie tinha feito com a garotinha em Ohio.

Filadélfia.

— Em um momento elas estavam sentadas bonitinhas e quietas perto uma da outra; não eram amigas, estavam em turmas diferentes, mas Costura é aula aberta. E Ann cantarolava alguma coisa para si mesma e parecia uma mãezinha. E então aconteceu.

— Natalie ficou muito machucada?

— Ahnn, não muito. Eu e Rae Whitescarver, agora a professora do segundo ano... Costumava ser Rae Little, alguns anos abaixo de nós... Mas não era pequena. Pelo menos não na época; agora perdeu alguns quilos. Enfim, eu e Rae puxamos Ann, e Natalie estava com a agulha se projetando da bochecha menos de três centímetros abaixo do olho. Não chorou nem nada. Apenas bufava como um cavalo com raiva.

Uma visão de Ann com os cabelos desalinhados, passando a agulha pelo tecido, lembrando de uma história sobre Natalie e sua tesoura, uma violência que a deixara tão diferente. E antes de pensar direito, a agulha na carne, mais fácil do que poderia imaginar, acertando o osso em um golpe rápido. Natalie com o metal se projetando dela, como um pequeno arpão prateado.

— Ann fez isso sem motivo?

— Uma coisa que eu aprendi sobre aquelas duas é que não precisavam de razão para atacar.

— Outras garotas as provocavam? Elas estavam estressadas?

— Rá rá!

Foi um riso verdadeiramente surpreso, mas saiu em um perfeito e improvável "Rá rá!". Como um gato olhando para você e dizendo "Miau".

— Bem, eu não diria que os dias de aula eram algo pelo que elas ansiavam — disse Katie. — Mas você deveria perguntar isso à sua irmã.

— Sei que você diz que Amma as perseguia...

— Deus nos ajude quando ela chegar ao ensino médio.

Esperei em silêncio que Katie Lacey Brucker se animasse e falasse sobre minha irmã. Más notícias, imaginei. Não espanta que tivesse ficado tão feliz em me ver.

— Lembra como comandávamos a Calhoon? O que achávamos legal se tornava legal, todos odiavam aqueles de quem não gostávamos?

Ela parecia sonhar com um conto de fadas, como se pensasse em uma terra de sorvete e coelhinhos. Eu apenas concordei. Lembrei-me de um gesto particularmente cruel da minha parte. Uma garota sincera demais chamada LeeAnn, amiga que me restara do fundamental, demonstrara demasiada preocupação com meu estado mental, sugerira que eu poderia estar deprimida. Eu a ignorei explicitamente certo dia quando foi correndo falar comigo antes da escola. Ainda podia lembrar: livros reunidos sob os braços, aquela estranha saia estampada, a cabeça levemente abaixada sempre que se dirigia a mim. Dei as costas a ela, bloqueei-a do grupo de meninas com quem estava, fiz alguma piada sobre roupas conservadoras de igreja. As garotas pegaram a dica. Ela foi atormentada o resto da semana. Passou os dois últimos anos de ensino médio almoçando com os professores. Eu poderia ter encerrado isso com uma palavra, mas não o fiz. Precisava que ela ficasse longe.

— Sua irmã é como nós vezes três. E tem uma grande tendência a ser malvada.

— Tendência a ser malvada como?

Katie pegou um maço de cigarros na gaveta da mesinha lateral, acendeu um com um fósforo comprido de lareira. Ainda fumava escondida.

— Ah, ela e aquelas três meninas, aquelas coisinhas louras que já têm peitos, elas mandam na escola, e Amma manda nelas. Falando sério, é ruim. Às vezes é engraçado, mas principalmente ruim. Obrigam a garota gorda a dar o almoço a elas todo dia, e antes que ela saia, a obrigam a comer algo sem usar as mãos, apenas enfiando o rosto no prato.

Ela torceu o nariz, mas afora isso não pareceu incomodada.

— Encurralaram outra menininha e a obrigaram a levantar a camisa e mostrar aos meninos. Porque era reta. Obrigaram a menina a dizer coisas sacanas enquanto fazia isso. Corre o boato de que pegaram uma velha amiga, uma garota chamada Ronna Deel, com quem tinham brigado, a levaram a uma festa, embriagaram e... meio que a deram de presente a alguns dos garotos mais velhos. Vigiaram do lado de fora do quarto até terminarem com ela.

— Elas mal têm *treze anos* — reagi.

Pensei no que tinha feito com essa idade. Pela primeira vez, me dei conta de como era ofensivamente jovem.

— Essas são garotinhas precoces. Nós mesmas fizemos algumas coisas bem selvagens não muito mais velhas.

A voz de Katie ficou mais rouca com a fumaça. Ela soprou e a viu pairar acima de nós, azul.

— Nunca fizemos nada tão cruel.

— Chegamos muito perto, Camille.

Você chegou, eu não. Ficamos nos encarando, catalogando privadamente nossos jogos de poder.

— Seja como for, Amma fodeu muito com a vida de Ann e Natalie. Foi legal sua mãe se interessar tanto por elas.

— Sei que minha mãe foi tutora de Ann.

— Ah, ela trabalhou com elas como mãe voluntária, as levava para casa, dava comida depois da escola. Algumas vezes até aparecia no recreio e você podia vê-la atrás da cerca, observando-as no parquinho.

Uma imagem da minha mãe, dedos agarrando o arame da cerca, olhando para dentro, sequiosa. Uma imagem da minha mãe de branco, um branco ofuscante, segurando Natalie com um braço e levando um dedo à boca para calar James Capisi.

— Terminamos? — perguntou Katie. — Estou meio cansada de falar de tudo isso.

Ela desligou o gravador.

— Então, ouvi falar de você e o policial bonitão.

Katie sorriu. Um cacho de cabelo se soltou do rabo de cavalo, e lembrei dela, cabeça curvada sobre os pés, pintando as unhas e perguntando sobre mim e um dos jogadores de basquete que ela queria para si. Tentei não me encolher à menção de Richard.

— Ah, boatos, boatos... — retruquei, sorrindo. — Cara solteiro, garota solteira... Minha vida não é nem de longe tão interessante.

— John Keene discordaria.

Ela pegou outro cigarro, acendeu, tragou e soltou fumaça enquanto me encarava com aqueles olhos azul-porcelana. Sem sorriso dessa vez. Eu sabia que aquilo podia se encaminhar de duas formas. Poderia dar a ela algumas migalhas, deixá-la feliz. Se a história já havia chegado até Katie às dez horas, o resto de Wind Gap teria ouvido ao meio-dia. Ou poderia negar, correr o risco de ganhar sua raiva, perder sua cooperação. Eu já tinha a entrevista, e certamente não fazia questão de cair nas graças dela.

— Ah, mais boatos. As pessoas precisam arrumar passatempos melhores aqui.

— Mesmo? Isso me soou bastante típico. Você sempre esteve disposta a se divertir.

Eu me levantei, mais que pronta para partir. Katie me seguiu, mordendo a bochecha por dentro.

— Obrigada por seu tempo, Katie. Foi bom ver você.

— Você também, Camille. Aproveite o resto de sua estadia.

Passei pela porta e estava nos degraus quando ela me chamou.

— Camille?

Eu me virei, vi Katie com a perna esquerda curvada para dentro como a de uma menininha, um gesto que já tinha mesmo no colégio.

— Conselho de amiga: vá para casa e tome um banho. Você está fedendo.

Fui para casa. Meu cérebro pulava de uma imagem de minha mãe para outra, todas sinistras. *Presságio*. A palavra acendeu de novo em minha pele. Imagem da magra Joya de cabelos selvagens e unhas compridas descascando a pele da minha mãe. Imagem de minha mãe, seus comprimidos e xaropes, cortando meu cabelo. Imagem de Marian, agora ossos em um caixão, uma fita de cetim branca enrolada entre cachos louros secos, como um buquê murcho. Minha mãe cuidando daquelas garotinhas violentas. Ou tentando. Natalie e Ann dificilmente sofreriam muito daquilo. Adora odiava garotinhas que não capitulavam ao seu estilo peculiar de cuidados. Ela havia pintado as unhas de Natalie antes de estrangulá-la? Depois?

Você é louca de pensar o que está pensando. Você é louca de não pensar.

CAPÍTULO QUINZE

Três pequenas bicicletas rosa estavam alinhadas na varanda, com cestos de vime brancos e fitas pendendo dos guidons. Olhei dentro de uma das cestas e vi um tubo exagerado de brilho labial e um baseado em um saco de sanduíche.

Passei por uma porta lateral e subi os degraus. As garotas estavam no quarto de Amma, rindo alto, dando gritinhos de alegria. Abri a porta sem bater. Rude, mas não suportava a ideia daquele fingimento secreto, aquela ânsia de posar de inocente para os adultos. As três louras estavam de pé em círculo ao redor de Amma, shorts curtos e minissaias exibindo as pernas finas raspadas. Minha irmã estava no chão mexendo na casa de bonecas, um tubo de supercola ao lado, os cabelos erguidos no alto da cabeça e presos com uma grande fita azul. Elas guincharam novamente quando disse oi, dando exagerados sorrisos animados, como pássaros assustados.

— Oi, Mille — soltou Amma, não mais com ataduras, mas parecendo doidona e febril. — Estamos só brincando de boneca. Eu não tenho a casa de bonecas mais bonita?

A voz dela era pastosa, como a de uma criança de um seriado dos anos cinquenta. Difícil ligar essa Amma com aquela que me dera drogas apenas duas noites antes. Minha irmã que supostamente cafetinava as amigas para garotos mais velhos por diversão.

— É, Camille, você não adora a casa de bonecas de Amma? — ecoou a loura tom de latão com uma voz rouca.

Jodes era a única a não olhar para mim. Em vez disso, fitava a casa de bonecas como se pudesse entrar nela.

— Sente-se melhor, Amma?

— Ah, na verdade sim, irmã querida — gemeu. — Espero que também se sinta.

As garotas riram novamente, com um estremecimento. Fechei a porta, incomodada com um jogo que não entendia.

— Talvez você pudesse levar Jodes junto — disse uma delas por trás da porta fechada.

Jodes não iria durar muito no grupo.

Tomei um banho quente na banheira apesar do calor — até mesmo a porcelana da banheira estava rosada — e me sentei nela, nua, o queixo nos joelhos enquanto a água se enrolava lentamente em mim. O quarto cheirava a sabonete de hortelã e o doce cheiro dos humores femininos. Eu estava esfolada, esgotada, e isso era bom. Fechei os olhos, afundei na água e deixei que entrasse em minhas orelhas. *Sozinha*. Desejei ter gravado isso na minha pele, de repente surpresa que a palavra não marcasse meu corpo. O círculo nu no couro cabeludo que Adora deixara arrepiou, como se oferecendo para a missão. Meu rosto também esfriou, abri os olhos e vi minha mãe pairando acima da beirada oval da banheira, seus cabelos louros compridos emoldurando o rosto.

Eu me lancei para cima, cobri os seios, jogando um pouco de água em seu vestido xadrez rosa.

— Amorzinho, para onde você foi? Fiquei enlouquecida. Eu teria ido te procurar, mas Amma teve uma noite ruim.

— O que havia de errado com ela?

— Onde você esteve ontem à noite?

— O que havia de errado com Amma, mãe?

Ela esticou a mão na direção do meu rosto e me encolhi. Ela franziu a testa e esticou a mão novamente, deu um tapinha em minha face, alisou os cabelos molhados para trás. Quando retirou a mão, olhou espantada para a umidade, como se tivesse arruinado sua pele.

— Tive que cuidar dela — disse simplesmente. Os pelos dos meus braços arrepiaram. — Está com frio, querida? Seus mamilos estão duros.

Ela tinha na mão um copo de leite azulado, que me deu em silêncio. *Ou a bebida me deixa doente e sei que não estou louca, ou não deixa, e sei que sou uma criatura odiosa*. Bebi o leite enquanto minha mãe cantarolava e passava a língua sobre o lábio inferior, um gesto tão fervoroso que era quase obsceno.

— Você nunca foi uma menina tão boa quando pequena — disse. — Sempre foi muito voluntariosa. Talvez seu espírito tenha sido um pouco abalado. De um modo positivo. De um modo necessário.

Ela saiu e esperei uma hora na banheira alguma coisa acontecer. Estômago roncando, tontura, uma febre. Fiquei sentada tão imóvel quanto fico no avião, quando temo que um movimento rápido nos jogue em uma queda vertiginosa. Nada. Amma estava na minha cama quando abri a porta.

— Você é tão nojenta... — disse, braços cruzados preguiçosamente. — Não acredito que trepou com um *assassino de bebês*. Você é tão suja quanto ela falou.

— Não escute mamãe, Amma. Ela não é uma pessoa confiável. E não... — *O quê? Aceite nada dela? Diga o que pensa, Camille.* — Não se vire contra mim. Nós nos machucamos medonhamente rápido nesta família.

— Fale sobre o pau dele, Camille. Era bom?

A voz tinha o mesmo fingimento meloso que ela usara comigo mais cedo, mas não estava distante: ela se remexia sob os lençóis, os olhos um pouco inquietos, rosto corado.

— Amma, não quero conversar sobre isso com você.

— Você não era tão adulta há algumas noites, irmã. Não somos mais amigas?

— Amma, preciso me deitar agora.

— Noite difícil, hein? Bem, espere; tudo vai ficar pior.

Ela me beijou no rosto, deslizou para fora da cama e saiu fazendo barulho pelo corredor com suas grandes sandálias de plástico.

Vinte minutos depois, o vômito começou, ânsias violentas e suadas nas quais eu imaginava meu estômago contraindo e explodindo como um ataque cardíaco. Sentei no chão junto ao vaso entre os surtos, apoiada na parede vestindo apenas uma camiseta desconfortável. Podia ouvir pássaros cantando do lado de fora. Dentro, minha mãe chamava o nome de Gayla. Uma hora depois e eu ainda vomitava, uma bile esverdeada nauseante que saía de mim como xarope, lenta e viscosa.

Coloquei roupas e escovei os dentes cuidadosamente — enfiar a escova demais dentro da boca me dava novas ânsias.

Alan estava sentado na varanda da frente lendo um livro encadernado em couro intitulado apenas *Cavalos*. Uma tigela feita de vidro moldado laranja estava instalada no braço da cadeira de balanço, uma porção de pudim verde no centro. Ele vestia um terno de algodão listrado azul, um chapéu-panamá na cabeça. Sereno como um lago.

— Sua mãe sabe que está saindo?

— Volto logo.

— Você tem sido muito melhor com ela ultimamente, Camille, e sou grato por isso. Ela parece bem melhor. Mesmo a relação dela com... Amma é mais serena.

Ele sempre parecia fazer uma pausa antes do nome da própria filha, como se tivesse uma conotação ligeiramente suja.

— Que bom, Alan, que bom.

— Espero que também esteja se sentindo melhor consigo mesma, Camille. É uma coisa importante, gostar de si mesmo. Uma boa atitude contagia tão facilmente quanto uma ruim.

— Aproveite os cavalos.

— Sempre aproveito.

A viagem até Woodberry foi marcada por paradas súbitas junto ao meio-fio, quando vomitava mais bile e um pouco de sangue. Três paradas, em uma das quais vomitei na lateral do carro, incapaz de abrir a porta rápido o suficiente. Usei meu velho copo de refrigerante de morango e vodca quente para lavar aquilo.

O St. Joseph Hospital de Woodberry era um enorme cubo de tijolos dourados, cortado por janelas âmbar. Marian o chamava de waffle. Era em grande medida um lugar tranquilo: se você morava mais a oeste, cuidava da saúde em Poplar Bluff; mais ao norte, em Cape Girardeau. Você só ia a Woodberry se estivesse preso no calcanhar da bota do Missouri.

Uma mulher grande, o busto comicamente redondo, fazia sinais de Não Perturbe detrás da mesa de informações. Fiquei de pé e esperei. Ela fingiu estar concentrada na leitura. Cheguei mais perto. Ela passou um dedo indicador ao longo de cada linha da revista e continuou a ler.

— Desculpe-me — disse, meu tom uma mistura de burrice e condescendência de que eu mesma não gostei.

Ela tinha bigode e dedos amarelados de fumo, combinando com os caninos marrons que surgiam sob o lábio superior. *O rosto que você apresenta ao mundo diz ao mundo como tratar você*, minha mãe costumava dizer sempre que eu resistia aos seus cuidados. Aquela mulher não podia ser bem tratada.

— Preciso localizar registros médicos.

— Faça um pedido ao seu médico.

— Registros da minha irmã.

— Mande sua irmã fazer o pedido ao médico dela — disse, e virou a página da revista.

— Minha irmã está morta.

Havia formas mais gentis de contar isso, mas eu queria que a mulher acordasse. Ainda assim a atenção dela foi de má vontade.

— Ah. Lamento pela perda. Ela morreu aqui?

Confirmei com um aceno de cabeça.

— Morta ao dar entrada. Foi várias vezes tratada na emergência daqui, e o médico era daqui.

— Qual a data da morte?

— Primeiro de maio de 1988.

— Jesus. Já faz tempo. Espero que você seja uma mulher paciente.

Quatro horas depois, após duas discussões aos berros com enfermeiras desinteressadas, um flerte desesperado com um administrador pálido e de rosto peludo e três idas ao banheiro para vomitar, as pastas de Marian foram colocadas no meu colo.

Havia uma para cada ano de vida, progressivamente mais grossas. Eu não conseguia entender metade dos rabiscos dos médicos. Muitos envolviam exames pedidos e feitos, sem qualquer utilidade. Exames de imagem de cérebro e coração. Um procedimento envolvendo uma câmera enfiada pela garganta de Marian para examinar seu estômago quando cheio de contraste luminoso. Monitores cardíaco e respiratório. Possíveis diagnósticos: diabetes, sopro cardíaco, refluxo gástrico, doença hepática, hipertensão pulmonar, depressão, doença de Crohn, lúpus. E então uma feminina folha de papel pautado rosa. Grampeado a um relatório de internação de uma semana de Marian para os exames de estômago. Uma cursiva redonda educada mas raivosa — a caneta marcara cada palavra fundo no papel. Dizia:

> Sou uma das enfermeiras que cuidaram de Marian Crellin em seus exames esta semana, bem como em várias internações anteriores. Acredito fortemente ["fortemente" sublinhado duas vezes] que essa criança não está doente. Acredito que, se não fosse pela mãe, sua saúde seria perfeita. A criança apresenta sinais de doença após ficar sozinha com a mãe, mesmo em dias em que se sentiu bem até as visitas maternas. A mãe não demonstra interesse em Marian quando a menina está bem, na verdade parece puni-la nesses casos. A mãe só segura a filha quando doente ou chorando. Eu e várias outras enfermeiras, que por motivos políticos decidiram não colocar seus nomes em minha declaração, acreditamos fortemente que a criança, assim como sua irmã, deveria ser retirada de casa para maiores observações.
>
> Beverly van Lumm

Indignação justa. Poderíamos ter mais disso. Imaginei Beverly van Lumm, peituda e lábios apertados, cabelos presos em um coque decidido, rabiscando a carta no quarto ao lado após ter sido obrigada a deixar a fraca Marian nos braços de minha mãe, apenas uma questão de tempo até Adora gritar pedindo atenção das enfermeiras.

Em uma hora eu tinha localizado a enfermeira na ala pediátrica, que na verdade era apenas um grande quarto com quatro leitos, apenas dois deles ocupados. Uma garotinha lia placidamente, o garotinho ao lado dela dormindo sentado, o pescoço em um colete metálico que parecia aparafusado diretamente na coluna.

Beverly van Lumm não era nada como eu imaginara. Com talvez cinquenta e tantos anos, era pequena, cabelos grisalhos encaracolados e curtos. Usava calças de enfermeira de estampa floral e um casaco azul-brilhante, com uma caneta atrás da orelha. Quando me apresentei, ela pareceu se lembrar de mim imediatamente, e não demonstrou nenhuma surpresa por eu ter enfim aparecido.

— Muito bom encontrá-la de novo após tantos anos, embora eu odeie as circunstâncias — disse em uma voz grave calorosa. — Algumas vezes sonho acordada que a própria Marian entrará aqui crescida, talvez com um filho ou dois. Sonhos assim podem ser perigosos.

— Vim porque li seu bilhete.

Ela bufou, tampou a caneta.

— Adiantou muito. Se eu não fosse tão jovem, nervosa e impressionada com os grandes *docteurs* por aqui, teria feito mais que escrever um bilhete. Claro que naquela época acusar mães de tal coisa era praticamente inédito. Quase fui demitida. Você nunca quer acreditar de verdade nisso. Parece algo saído dos Irmãos Grimm. MPP.

— MPP?

— Munchausen Por Procuração. O responsável, normalmente a mãe, *quase sempre* a mãe, deixa a criança doente para conseguir atenção para si mesmo. Se você tem Síndrome de Munchausen, fica doente para conseguir atenção, se tem MPP, deixa seu filho doente para mostrar como é uma mãe gentil e atenciosa. Irmãos Grimm, entende o que quero dizer? Como algo que uma bruxa má faria. Fico surpresa que não tenha ouvido falar.

— Soa familiar — disse.

— Está se tornando uma doença bem conhecida. Popular. As pessoas adoram o novo e horrendo. Lembro do sucesso da anorexia nos anos oitenta. Quanto mais filmes sobre isso, mais as garotas passavam fome. Mas você sempre pareceu bem. Fico contente.

— Estou bem, em geral. Tenho outra irmã, nascida depois de Marian, com quem me preocupo.

— Deve mesmo. Não é bom ser a preferida de uma mãe com MPP. Teve sorte de sua mãe não demonstrar grande interesse por você.

Um homem em trajes verde-brilhantes disparou pelo corredor em uma cadeira de rodas, seguido por dois caras gordos rindo, em roupas semelhantes.

— Estudantes de medicina — disse Beverly, revirando os olhos.

— Algum médico fez algo em relação ao seu relatório?

— Eu chamei de relatório, eles o viram como uma mesquinharia de uma enfermeira invejosa sem filhos. Como disse, era outra época. Enfermeiras são um *pouquinho* mais respeitadas agora. Só um *pouquinho*. E para ser justa, Camille, eu não pressionei. Tinha acabado de sair de um divórcio, precisava manter meu emprego, e no final das contas queria que alguém me dissesse que eu estava errada. Você precisa acreditar que está errada. Quando Marian morreu, bebi três dias seguidos. Ela foi enterrada antes que eu começasse a falar, perguntasse ao chefe da pediatria se tinha visto meu bilhete. Disseram para eu tirar uma semana de folga. Eu era uma daquelas mulheres histéricas.

Meus olhos de repente ardiam e lacrimejaram, e ela segurou minha mão.

— Lamento muito, Camille.

— Deus, que raiva — falei. Lágrimas corriam pelo meu rosto e as limpei com as costas da mão até Beverly me dar um pacote de lenços de papel. — Que isso tenha acontecido. Que eu tenha demorado tanto a descobrir.

— Bem, querida, ela é sua mãe. Não posso imaginar como deve ter sido para você lidar com isso. Pelo menos parece que a justiça será feita. Há quanto tempo o detetive está no caso?

— Detetive?

— Willis, certo? Rapaz de boa aparência, direto. Xerocou todas as páginas das pastas de Marian, me questionou até minhas entranhas doerem. Não me disse que havia outra criança envolvida. Mas me contou que você estava bem. Acho que ele tem uma queda por você; ficou todo incomodado e tímido ao mencionar você.

Parei de chorar, embolei os lenços e os joguei no lixo junto à garota que lia. Ela olhou para a cesta, curiosa, como se o correio tivesse acabado de chegar. Agradeci a Beverly e saí, me sentindo agitada e precisando de um céu azul.

Beverly me alcançou no elevador, tomou minhas mãos nas suas.

— Tire sua irmã daquela casa, Camille. Ela não está segura.

Entre Woodberry e Wind Gap havia um bar de motociclistas na saída cinco, um lugar que vendia cerveja para viagem sem pedir identidade. Eu fora muito ali na época do colégio. Perto do alvo de dardos havia um telefone público. Apanhei um punhado de moedas e liguei para Curry. Eileen atendeu, como de hábito, aquela voz suave e firme como uma colina. Comecei a soluçar antes de ter dito mais que meu nome.

— Camille, querida, o que há? Está bem? Claro que não está bem. Ah, lamento muito. Eu disse a Frank para tirar você daí depois do último telefonema. O que é?

Continuei soluçando, não conseguia sequer pensar no que dizer. Um dardo acertou o alvo com um baque sólido.

— Você não está... se machucando novamente, certo? Camille? Querida, você está me assustando.

— Minha mãe... — disse, antes de desmoronar de novo.

Eu ofegava com os soluços, que subiam do fundo da minha barriga; eu estava quase curvada.

— Sua mãe? Ela está bem?

— Nãããããão.

Um longo grito, como o de uma criança. Uma mão sobre o fone e Eileen murmurando com urgência o nome de Frank, as palavras *algo aconteceu... horrível*, um silêncio de dois segundos e o som de vidro se partindo. Curry se levantou rápido demais, o copo de uísque caindo no chão. Só um palpite.

— Camille, fale comigo, diga o que está errado — pediu Curry, a voz rouca e chocante como mãos em meus braços me sacudindo.

— Eu sei quem fez aquilo, Curry — sibilei. — Eu sei.

— Bem, não há razão para chorar, Foquinha. A polícia efetuou uma prisão?

— Ainda não. Eu sei quem fez.

Um baque no alvo.

— Quem? Camille, fale comigo.

Apertei o telefone na boca e sussurrei:

— Minha mãe.

— Quem? Camille, tem que falar mais alto. Você está em um bar?

— Minha mãe fez aquilo — gritei ao telefone, as palavras saindo como um jorro.

Silêncio por tempo demais.

— Camille, você está muito estressada, e errei muito ao mandá-la para aí tão pouco tempo depois... Agora, quero que vá para o aeroporto mais próximo e voe de volta para cá. Não pegue suas roupas, simplesmente deixe o carro e venha para casa. Poderemos resolver todas essas coisas depois. Coloque a passagem na conta, eu pago quando estiver aqui. Mas você precisa vir para casa agora.

Casa, casa, casa, como se estivesse tentando me hipnotizar.

— Eu nunca terei uma casa — gemi, voltando a soluçar. — Preciso cuidar disto, Curry.

Desliguei antes que ele dissesse para eu não fazer.

Localizei Richard no Gritty's fazendo uma refeição tardia. Ele olhava recortes de um jornal da Filadélfia sobre o ataque de Natalie com a tesoura. Fez um gesto de cabeça de má vontade para mim enquanto eu me sentava em frente a ele, baixou os olhos para seu mingau com queijo gorduroso, depois os ergueu para estudar meu rosto inchado.

— Está tudo bem?

— Acho que minha mãe matou Marian, e acho que matou Ann e Natalie. E sei que você também acha isso. Acabei de voltar de Woodberry, seu escroto.

A tristeza se transformara em revolta em algum ponto entre as saídas cinco e dois da estrada.

— Não acredito que o tempo todo que passou comigo você estivesse apenas tentando recolher informações sobre minha mãe. Que tipo de filho da puta doente é você?

Eu tremia, as palavras saindo gaguejadas de minha boca.

Richard tirou uma nota de dez da carteira, enfiou-a sob o prato, foi até meu lado da mesa e pegou meu braço.

— Venha comigo, Camille. Aqui não é lugar para isso.

Ele me conduziu porta afora, até o lado do carona do seu carro, o braço ainda no meu, e me sentou.

Dirigiu em silêncio até o penedo, a mão se erguendo sempre que eu tentava dizer algo. Finalmente dei as costas a ele, virei o corpo para a janela e observei a floresta passar em disparada em uma mancha azul-esverdeada.

Estacionamos no mesmo ponto de onde tínhamos observado o rio semanas antes. Ele corria abaixo de nós no escuro, a corrente refletindo o luar em certos pontos. Como observar um besouro passar sobre folhas caídas.

— Agora é minha vez de ser clichê — disse Richard, de perfil para mim. — Sim, no início me interessei por você por estar interessado em sua mãe. Mas realmente gostei de você. Tanto quanto é possível gostar de uma pessoa tão fechada como você. Claro, entendo por quê. De início pensei em interrogá-la formalmente, mas não sabia quão próximas você e Adora eram, e não queria que a alertasse. E não tinha certeza, Camille. Queria um tempo para estudá-la um pouco mais. Era só um palpite. Apenas um palpite. Fofocas aqui e ali, sobre você, sobre Marian, sobre Amma e sua mãe. Mas é verdade que mulheres não se encaixam no perfil desse tipo de coisa. Não para assassino em série de crianças. Depois comecei a ver isso de modo diferente.

— Como? — perguntei, minha voz embotada como ferro velho.

— Foi aquele garoto, James Capisi. Eu estava sempre voltando a ele, aquela bruxa má de conto de fadas.

Ecos de Beverly, Irmãos Grimm.

— Ainda não acredito que ele tenha realmente visto sua mãe, mas acho que ele se lembrou de algo, um sentimento ou medo inconsciente que se transformou naquela pessoa. Comecei a pensar: que tipo de mulher mataria garotinhas e roubaria seus dentes? Uma mulher que quisesse controle absoluto. Uma mulher cujo instinto de criação tivesse sido distorcido. Tanto Ann quanto Natalie tinham sido... cuidadas antes de mortas. Os pais notaram detalhes atípicos. As unhas de Natalie foram pintadas de rosa-brilhante. As pernas de Ann tinham sido raspadas. As duas tiveram batom aplicado em algum momento.

— E quanto aos dentes?

— O sorriso não é a melhor arma de uma garota? — retrucou Richard. Enfim se virou para mim. — E no caso das duas garotas, literalmente uma arma. Sua história sobre a mordida colocou as coisas em foco para mim. O assassino era uma mulher que se ressentia da força no sexo feminino, que considerava isso vulgar. Ela tentara ser mãe das garotinhas, dominá-las, transformá-las em sua própria visão. Quando elas rejeitaram isso, lutaram contra isso, a assassina ficou ultrajada. As garotas deviam morrer. Estrangular é a própria definição de domínio. Assassinato em câmera lenta. Certo dia, no escritório, fechei os olhos após redigir o perfil e vi o rosto da sua mãe. A violência repentina, a proximidade com as garotas mortas; ela não tinha um álibi para nenhuma das noites. O palpite de Beverly van Lumm sobre Marian se soma a isso. Embora ainda tenhamos de exumar o corpo de Marian para ver se conseguimos provas mais sólidas. Traços de envenenamento ou algo assim.

— Deixe-a em paz.

— Não posso, Camille. Você sabe que é o certo a fazer. Vamos fazer com todo o respeito.

Ele colocou a mão na minha coxa. Não na minha mão ou no meu ombro, mas na minha coxa.

— John realmente chegou a ser considerado um suspeito?

Mão retirada.

— O nome dele continuava a aparecer. Vickery estava meio obcecado. Imaginou que, se Natalie era meio violenta, talvez John também fosse. Além disso, ele era de fora da cidade e você sabe como pessoas de fora da cidade são suspeitas.

— Richard, você tem provas reais contra minha mãe? Ou tudo isso é apenas suposição?

— Amanhã teremos um mandado de busca para a casa. Ela teria guardado os dentes. Estou lhe dizendo isso como cortesia. Porque a respeito e confio em você.

— Certo — falei. *Queda* acendeu em meu joelho esquerdo. — Preciso tirar Amma de lá.

— Nada acontecerá hoje. Você precisa ir para casa e ter uma noite normal. Aja o mais naturalmente possível. Posso tomar seu depoimento amanhã, será uma boa ajuda para o caso.

— Ela tem ferido a mim e a Amma. Está nos drogando, envenenando. Alguma coisa.

Eu me senti enjoada de novo.

— Camille, por que não disse antes? Poderíamos ter examinado você. Teria sido ótimo para o caso. Droga.

— Obrigada por sua preocupação, Richard.

— Alguém já lhe disse que você é sensível demais?

— Nunca.

Gayla estava de pé à porta, um fantasma vigilante em nossa casa no alto da colina. Ela desapareceu em um átimo, e enquanto eu parava no pórtico de carros, a luz da sala de jantar se acendeu.

Presunto. Senti o cheiro antes de chegar à porta. E mais couve, milho. Todos estavam sentados, imóveis como atores antes de a cortina se abrir. Cena: jantar. Minha mãe à cabeceira da mesa, Alan e Amma de cada lado, um lugar reservado para mim na ponta oposta. Gayla puxou a cadeira para mim, voltou rapidamente para a cozinha em seu traje de enfermeira. Eu estava farta de ver enfermeiras. Abaixo das tábuas corridas, a máquina de lavar roncava, como sempre.

— Olá, querida, teve um bom dia? — disse minha mãe, alto demais.
— Sente-se, estávamos esperando você para o jantar. Queríamos ter um jantar em família, já que logo vai partir.

— Vou?

— Eles estão prestes a prender seu amiguinho, querida. Não me diga que estou mais bem informada que uma repórter.

Ela se virou para Alan e Amma e sorriu como uma anfitriã simpática servindo entradas. Tocou o sininho e Gayla trouxe o presunto, coberto de geleia, em uma travessa de prata. Uma fatia de abacaxi escorregou viscosamente pela lateral.

— Você corta, Adora — disse Alan para minha mãe de sobrancelhas erguidas.

Cachos de cabelos louros flutuavam enquanto ela cortava fatias grossas como dedos e colocava-as em nossos pratos. Acenei negativamente com a cabeça para Amma enquanto ela me oferecia uma porção, que depois deu a Alan.

— Nada de presunto — murmurou minha mãe. — Ainda não superou essa fase, Camille?

— A fase de não gostar de presunto? Não, ainda não.

— Acha que John será executado? — perguntou-me Amma. — Seu John no corredor da morte?

Minha mãe a trajara em um vestido leve branco com fitas rosa, arrumara seus cabelos em tranças apertadas dos dois lados. A raiva emanava dela como um fedor.

— Missouri tem pena de morte, e certamente esses são o tipo de assassinato que pede a pena de morte, se é que alguém merece isso — respondi.

— Ainda temos cadeira elétrica? — perguntou Amma.

— Não — respondeu Alan. — Agora coma sua carne.

— Injeção letal — murmurou minha mãe. — Como colocar um gato para dormir.

Imaginei minha mãe presa a uma maca, trocando gentilezas com o médico antes de a agulha ser fincada. Adequado ela morrer por uma agulha envenenada.

— Camille, se você pudesse ser qualquer personagem de conto de fadas, qual escolheria? — perguntou Amma.

— Bela Adormecida.

Passar a vida sonhando, isso soava adorável.

— Eu seria Perséfone.

— Não sei quem é essa — falei.

Gayla jogou um pouco de couve e milho verde no meu prato. Eu me obriguei a comer, um grão por vez, engasgando a cada mastigada.

— Ela é a rainha dos mortos. — Amma brilhava. — Era tão bonita que Hades a roubou e a levou para o mundo inferior como sua esposa. Mas a mãe era tão feroz que forçou Hades a devolver Perséfone. Mas apenas por seis meses no ano. Então ela passa metade da vida com os mortos e metade com os vivos.

— Amma, por que tal criatura a atrairia? — reagiu Alan. — Você consegue ser tão desagradável...

— Tenho pena de Perséfone... Mesmo quando está de volta aos vivos, as pessoas sentem medo dela por causa de onde esteve — retrucou Amma. — E mesmo quando está com a mãe, não é realmente feliz, pois sabe que terá que voltar para debaixo da terra.

Ela sorriu para Adora e enfiou um grande pedaço de presunto na boca, depois guinchou.

— Gayla, preciso de açúcar! — gritou para a porta.

— Use o sino, Amma — disse minha mãe.

Ela também não estava comendo.

Gayla entrou com um açucareiro, salpicou uma grande colherada sobre o presunto e os tomates fatiados de Amma.

— Deixe-me fazer — choramingou Amma.

— Deixe Gayla fazer — retrucou minha mãe. — Você coloca demais.

— Vai ficar triste quando John estiver morto, Camille? — perguntou Amma, chupando uma fatia de presunto. — Ficaria mais triste com a morte de John ou com a minha?

— Não quero que ninguém morra — respondi. — Acho que Wind Gap já teve mortes demais.

— Isso mesmo — disse Alan.

Estranhamente festivo.

— Certas pessoas deveriam morrer. John deveria morrer — prosseguiu Amma. — Mesmo que ele não as tenha matado, deveria morrer. Ele está arrasado agora que a irmã está morta.

— Segundo a mesma lógica eu deveria morrer, porque minha irmã está morta e estou arrasada.

Mastiguei outro grão. Amma me analisou.

— Talvez. Mas eu gosto de você, e espero que não morra. O que acha? — perguntou, se virando para Adora.

E me ocorreu que nunca se dirigia a ela, não como mãe ou mamãe, ou mesmo como Adora. Como se Amma não soubesse seu nome mas tentasse não deixar isso evidente.

— Marian morreu há muito, muito tempo, e acho que talvez devêssemos todos ter ido com ela — disse minha mãe, cansada. Depois, de repente animada: — Mas não foi assim, e simplesmente seguimos em frente, não é?

Toque de sino, coleta de pratos, Gayla contornando a mesa como um lobo decrépito.

Tigelas de *sorbet* laranja-sangue de sobremesa. Minha mãe desaparecendo discretamente na despensa e reaparecendo com dois frascos de cristal esguios e olhos rosados. Meu estômago revirou.

— Camille e eu tomaremos drinques no meu quarto — disse aos outros, ajeitando o cabelo no espelho acima do aparador.

Eu me dei conta de que estava vestida para isso, já de camisola. Assim como fazia quando, ainda criança, era convocada, eu a segui escada acima.

E então estava no quarto dela, onde sempre quisera estar. Aquela cama enorme, travesseiros brotando dela como mariscos. O espelho de corpo inteiro embutido na parede. E o famoso piso de marfim que fazia tudo brilhar como se estivéssemos em uma paisagem nevada iluminada pela lua. Ela jogou os travesseiros no chão, puxou as cobertas, fez um gesto para que me sentasse na cama e depois se sentou ao meu lado. Durante todos aqueles meses após a morte de Marian quando ela permaneceu no quarto e me rejeitou, eu não teria ousado me imaginar aninhada na cama com minha mãe. E ali estava eu, mais de quinze anos tarde demais.

Ela correu os dedos por meus cabelos e me deu a bebida. Uma inspirada: cheirava a maçãs podres. Eu a segurei rigidamente, mas não bebi.

— Quando eu era pequena, minha mãe me levou para North Woods e me deixou lá — disse Adora. — Ela não parecia com raiva ou chateada. Parecia indiferente. Quase entediada. Não explicou o motivo. Na verdade não me disse uma palavra. Apenas me mandou entrar no carro. Eu estava descalça. Quando chegamos lá, ela me pegou pela mão e muito eficientemente me puxou pela trilha, depois para fora da trilha, então soltou minha mão e disse para não segui-la. Eu tinha oito anos, era só uma coisinha pequena. Meus pés estavam cortados em tiras quando cheguei em casa, e ela apenas ergueu os olhos do jornal vespertino, me olhou e subiu para seu quarto. Este quarto.

— Por que está me contando isso?

— Quando uma criança sabe, tão jovem, que sua mãe não se importa com ela, coisas ruins acontecem.

— Acredite, conheço a sensação — falei.

As mãos dela ainda corriam por meus cabelos, um dedo brincando com meu círculo de couro cabeludo nu.

— Eu queria amar você, Camille. Mas você era muito difícil. Marian era muito fácil.

— Chega, mamãe — interrompi.

— Não. Não chega. Deixe-me cuidar de você, Camille. Apenas uma vez, precise de mim.

Deixe que termine. Deixe que tudo termine.

— Então vamos fazer isso — falei.

Tomei a bebida em um gole, arranquei as mãos dela da minha cabeça e forcei minha voz a ser firme.

— Eu precisei de você o tempo todo, mamãe. De um modo real. Não uma necessidade que você criou para poder ligar e desligar. E nunca irei perdoá-la por Marian. Ela era um bebê.

— Ela sempre será meu bebê — disse minha mãe.

CAPÍTULO DEZESSEIS

Adormeci com o ventilador desligado, acordei com os lençóis grudados em mim. Meus próprios suor e urina. Os dentes batendo e minha pulsação latejando atrás dos globos oculares. Agarrei a lata de lixo ao lado de minha cama e vomitei. Líquido quente, com quatro grãos de milho boiando.

Minha mãe estava no meu quarto antes que eu voltasse para a cama. Eu a imaginei sentada na cadeira do corredor, junto à foto de Marian, cerzindo meias enquanto esperava que adoecesse.

— Venha, menina. Para a banheira — murmurou.

Ela puxou minha camisa sobre a cabeça, baixou as calças do pijama. Pude ver seus olhos em meu pescoço, seios, quadris, pernas, por um segundo precisamente.

Vomitei de novo enquanto entrava na banheira, minha mãe segurando minha mão para dar equilíbrio. Mais líquido quente sobre a frente do meu corpo e na louça. Adora arrancou uma toalha do suporte, jogou álcool nela e me limpou com a objetividade de um limpador de janelas. Fiquei sentada na banheira enquanto jogava copos de água fria na minha cabeça para baixar a febre. Ela me deu mais dois comprimidos e outro copo de leite da cor de um céu claro. Tomei tudo com o mesmo sentimento amargo de vingança que me alimentava em porres de dois dias. *Ainda não fui derrotada, o que mais você tem?* Eu queria que fosse violento. Devia isso a Marian.

Vomitando na banheira, esvaziando a banheira, enchendo, esvaziando. Bolsas de gelo nos meus ombros, entre minhas pernas. Bolsas quentes na minha testa, meus joelhos. Pinças no machucado do meu tornozelo, álcool depois. Água escorrendo rosa. *Sumir, sumir, sumir*, suplicando em meu pescoço.

Os cílios de Adora todos arrancados, o olho esquerdo derramando lágrimas gordas, o lábio superior continuamente lavado com a língua. Enquanto eu perdia a consciência, um pensamento: *Estou sendo cuidada. Minha mãe está docemente cuidando de mim. Lisonjeiro. Ninguém mais faria isso por mim. Marian. Inveja de Marian.*

Eu flutuava em uma banheira cheia de água morna até a metade quando acordei com gritos. Fraca e queimando, saí do banho, amarrei um robe de algodão fino no corpo — os gritos agudos da minha mãe vibrando nos meus ouvidos — e abri a porta no instante em que Richard entrava.

— Camille, você está bem?

Os berros da minha mãe, selvagens e roucos, cortando o ar atrás dele.

Depois ele ficou boquiaberto. Inclinou minha cabeça para um dos lados, olhou os cortes no meu pescoço. Abriu meu robe e se encolheu.

— Jesus Cristo.

Um tremor psíquico: ele oscilava entre o riso e o medo.

— O que há de errado com minha mãe?

— O que há de errado com você? Você se corta?

— Eu corto palavras — murmurei, como se fizesse diferença.

— Palavras, dá para ver.

— Por que minha mãe está gritando?

Eu me senti tonta, sentei no chão.

— Camille, você está doente?

Confirmei com um aceno de cabeça e perguntei:

— Você encontrou alguma coisa?

Vickery e vários policiais passaram pelo meu quarto. Minha mãe entrou cambaleando alguns segundos depois, as mãos nos cabelos, gritando para que saíssem, tivessem respeito, soubessem que iriam se arrepender.

— Ainda não. Você está muito doente?

Ele sentiu minha testa, amarrou meu robe e se recusou a continuar olhando para meu rosto.

Eu dei de ombros como uma criança emburrada.

— Todos devem sair da casa, Camille. Vista umas roupas e a levarei ao médico.

— Sim, você precisa da sua prova. Espero que ainda haja veneno suficiente em mim.

Ao final da tarde, os seguintes itens haviam sido retirados da gaveta de calcinhas de minha mãe:

Oito frascos de comprimidos contra malária com etiquetas estrangeiras, grandes comprimidos azuis que haviam deixado de ser produzidos pela tendência a induzir febre e visão desfocada. Traços da droga foram encontrados em meus exames toxicológicos.

Setenta e dois comprimidos de laxante industrial, usado basicamente para relaxar os intestinos de animais de fazenda. Traços do medicamento foram encontrados em meus exames toxicológicos.

Três dúzias de comprimidos antiepilépticos, cujo uso incorreto pode causar tontura e náusea. Traços foram encontrados em meus exames toxicológicos.

Três garrafas de xarope de ipeca, usado para induzir vômito em casos de envenenamento. Traços do xarope foram encontrados em meus exames toxicológicos.

Cento e sessenta e um tranquilizantes para cavalo. Traços da droga foram encontrados em meus exames toxicológicos.

Um kit de enfermagem com dúzias de comprimidos soltos, frascos e seringas, nada que tivesse utilidade para Adora. Nenhuma boa utilidade.

Da caixa de chapéu de minha mãe, um diário florido que seria apresentado no tribunal como documento, contendo passagens como as seguintes:

14 de setembro de 1982

Decidi parar de cuidar de Camille e me concentrar em Marian. Camille nunca será uma boa paciente — ficar doente só a deixa raivosa e malvada. Ela não gosta que eu a toque. Nunca ouvi falar de tal coisa. Ela tem a maldade de Joya. Eu a odeio. Marian vira uma boneca quando está doente, fica muito carinhosa comigo e me quer com ela o tempo todo. Adoro secar suas lágrimas.

23 de março de 1985

Marian precisou voltar a Woodberry, "dificuldade de respirar desde a manhã e passando mal do estômago". Vesti meu terninho amarelo St. John, mas acabei não me sentindo bem nele — temo que com meus cabelos louros, eu pareça lavada. Ou fique parecendo um abacaxi ambulante! O Dr. Jameson é muito profissional e gentil, interessado em Marian, mas *não um intrometido*. Parece bastante impressionado comigo. Disse que eu era um anjo, e que toda criança deveria ter uma mãe como eu. Flertamos um pouco, apesar das alianças. As enfermeiras são um pouco problemáticas. Provavelmente invejosas. Terei que mimá-las na próxima visita (uma cirurgia parece provável!). Talvez mandar fazer um picadinho para elas. Enfermeiras adoram presentinhos. Talvez uma grande fita verde no pote? Preciso fazer um penteado antes da próxima emergência... Espero que o Dr. Jameson (Rick) esteja de plantão...

10 de maio de 1988

Marian está morta. Não consegui parar. Perdi mais de cinco quilos, estou pele e ossos. Todos têm sido inacreditavelmente gentis. As pessoas podem ser maravilhosas.

A prova mais importante foi encontrada sob a almofada do sofá de brocados amarelo no quarto de Adora: um alicate sujo, pequeno e feminino. Exames de DNA detectaram na ferramenta vestígios de sangue de Ann Nash e de Natalie Keene.

Os dentes não foram achados na casa de minha mãe. Durante semanas tive visões de onde poderiam ter ido parar: vi um conversível azul--bebê circulando, capota levantada como sempre; a mão de uma mulher saindo da janela; um jorro de dentes nos arbustos ao lado da estrada perto da trilha para North Woods. Um par de chinelos delicados enlameado na beira de Falls Creek; dentes afundando na água como pedrinhas. Uma camisola rosa flutuando pelo jardim de rosas de Adora; mãos cavando; dentes enterrados como ossinhos.

Os dentes não foram localizados em nenhum desses lugares. Eu fiz a polícia verificar.

CAPÍTULO DEZESSETE

Em vinte e oito de maio, Adora Crellin foi presa pelos assassinatos de Ann Nash, Natalie Keene e Marian Crellin. Alan imediatamente pagou a fiança para que ela pudesse esperar o julgamento no conforto do lar. Considerando a situação, o tribunal decidiu que seria melhor que eu tivesse a custódia da minha meia-irmã. Dois dias depois, dirigi para o norte, de volta a Chicago, com Amma ao meu lado.

Ela me deixou exausta. Amma estava terrivelmente carente e tomada de ansiedade — começou a andar de um lado para outro como um gato selvagem enjaulado enquanto me fazia perguntas raivosas (Por que é tudo tão barulhento? Como podemos viver em um lugar tão pequeno? Não é perigoso lá fora?) e exigia garantias do meu amor. Estava queimando toda aquela energia extra de não ficar presa à cama várias vezes por mês.

Em agosto ela estava obcecada por assassinas. Lucrecia Borgia, Lizzie Borden, uma mulher da Flórida que afogara as três filhas depois de um colapso nervoso. "Acho que são especiais", falou, desafiadora. Tentando descobrir um modo de perdoar a mãe, disse sua terapeuta infantil. Amma viu a mulher duas vezes, depois literalmente se jogou no chão e berrou quando tentei levá-la para uma terceira consulta. Em vez disso, trabalhou na casa de bonecas de Adora a maior parte das horas do dia. Sua forma de lidar com as coisas feias que tinham acontecido lá, disse a terapeuta quando telefonei. Então me parece que ela deveria destruir a casa, respondi. Amma me deu um tapa na cara quando comprei o pano azul errado para a cama da casa de bonecas de Adora. Cuspiu no chão quando me recusei a pagar sessenta dólares por um sofá de brinquedo feito de nogueira. Tentei terapia do abraço, um programa ridículo pelo qual devia grudar Amma a mim e repetir *eu te amo, eu te amo, eu te amo* enquanto ela tentava se soltar. Por quatro vezes ela se soltou, me chamou de piranha e bateu a porta. Na quinta ambas começamos a rir.

Alan liberou algum dinheiro para matricular Amma na Bell School — vinte e dois mil dólares por ano, sem contar livros e materiais —, a apenas nove quarteirões de distância. Ela fez amigas rapidamente, um pequeno círculo de garotas bonitas que aprenderam a ansiar por todas as coisas de Missouri. Aquela de quem realmente gostei era uma garota chamada Lily Burke. Era tão brilhante quanto Amma, com uma personalidade mais ensolarada. Tinha uma nuvem de sardas, incisivos grandes demais e cabelos cor de chocolate, que Amma disse serem exatamente do tom do tapete em meu antigo quarto. Ainda assim gostei dela.

Ela se tornou presença constante no apartamento, me ajudando a preparar o jantar, fazendo perguntas sobre o dever de casa, contando histórias sobre meninos. Amma foi ficando mais silenciosa a cada visita de Lily. Em outubro, ela fechava a porta explicitamente quando Lily aparecia.

Certa noite acordei e descobri Amma de pé junto à minha cama.

— Você gosta mais de Lily que de mim — sussurrou ela.

Estava febril, a camisola grudada no corpo suado, os dentes batendo. Levei-a ao banheiro, sentei-a no vaso, molhei uma toalha sob a água fria e metálica da pia e limpei sua testa. Depois nos encaramos. Olhos azul-ardósia iguais aos de Adora. Sem vida. Como um lago no inverno.

Coloquei duas aspirinas na palma da mão, devolvi-as ao frasco, recoloquei-as na palma. Um ou dois comprimidos. Muito fácil de dar. Será que eu iria querer dar outro, e mais um? Será que iria gostar de cuidar de uma garotinha doente? Um traço de reconhecimento quando ela ergueu os olhos para mim, trêmula e doente: *mamãe está aqui*.

Dei duas aspirinas a Amma. O cheiro me deu água na boca. Joguei o resto no ralo.

— Agora você tem que me colocar na banheira e me lavar — choramingou ela.

Tirei a camisola dela pela cabeça. Sua nudez era chocante: pernas magras de garotinha, uma cicatriz redonda irregular no quadril como meia tampa de garrafa, pelos finos em uma fenda flácida entre as pernas. Seios fartos voluptuosos. Treze anos.

Ela entrou na banheira e levou os joelhos ao queixo.

— Você precisa esfregar álcool em mim — gemeu.

— Não, Amma, apenas relaxe.

O rosto de Amma ficou rosa e ela começou a chorar.

— É como ela faz — sussurrou.

As lágrimas viraram soluços, depois um uivo dolorido.

— Não vamos fazer mais como ela — falei.

Em doze de outubro, Lily Burke desapareceu no caminho da escola para casa. Quatro horas depois, seu corpo foi encontrado, arrumado junto a uma caçamba de lixo a três quarteirões do nosso apartamento. Apenas seis dos seus dentes haviam sido arrancados, os dois grandes da frente e quatro de baixo.

Telefonei para Wind Gap e esperei doze minutos na linha até a polícia confirmar que minha mãe estava em casa.

Eu encontrei primeiro. Deixei a polícia descobrir, mas encontrei primeiro. Enquanto Amma andava atrás de mim como um cachorro com raiva, vasculhei o apartamento, virando sofás, remexendo em gavetas. *O que você fez, Amma?* Quando cheguei ao seu quarto ela estava calma. Presunçosa. Revirei as calcinhas, virei o baú, virei o colchão.

Vasculhei a escrivaninha e encontrei apenas lápis, adesivos e uma xícara que cheirava a alvejante.

Tirei o conteúdo da casa de bonecas cômodo a cômodo, esmagando minha caminha de colunas, a cama de Amma, o sofá amarelo-limão. Assim que tirei a grande cama de dossel de minha mãe e destruí sua penteadeira, Amma gritou, ou eu gritei. Talvez ambas. O piso do quarto de minha mãe. As belas placas de marfim. Feitas de dentes humanos. Cinquenta e seis dentinhos, limpos, alvejados e brilhando no piso.

* * *

Outros foram implicados nos assassinatos de crianças de Wind Gap. Em troca de sentenças mais leves em um hospital psiquiátrico, as três louras admitiram ter ajudado Amma a matar Ann e Natalie. Elas saíram no carrinho de golfe de Adora e fizeram hora perto da casa de Ann, convenceram-na a dar um passeio. *Minha mãe quer dizer oi.*

As garotas foram até North Woods, fingiram estar oferecendo um chá da tarde. Embelezaram Ann, brincaram um pouco com ela e, após algumas horas, ficaram entediadas. Começaram a marchar com Ann rumo ao riacho. A garotinha, sentindo um mau presságio, tentou fugir, mas Amma a perseguiu e derrubou. Acertou a menina com uma pedra. Foi mordida. Eu vira o ferimento no quadril, mas não me dera conta do que aquela meia-lua irregular significava.

As três louras seguraram Ann enquanto Amma a estrangulava com uma corda de varal que roubara do barracão de ferramentas de um vizinho. Foram necessárias uma hora para acalmar Jodes e mais uma para Amma arrancar os dentes, Jodes chorando o tempo todo. Depois as quatro garotas carregaram o corpo e o jogaram na água, foram rapidamente à casa de Kelsey, se limparam no anexo dos fundos e assistiram a um filme. Cada uma disse um filme diferente. Todas lembravam de ter comido melão e tomado vinho branco em garrafas de Sprite, para o caso de a mãe de Kelsey ir espiar.

James Capisi não estava mentindo sobre a mulher fantasmagórica. Amma roubara um dos nossos lençóis brancos impecáveis e o transformara em um traje grego, prendera os cabelos louro-claros e colocara pó de arroz até reluzir. Ela era Ártemis, a caçadora. Inicialmente Natalie ficara perturbada quando Amma sussurrara em seu ouvido: "É um jogo. Venha comigo, vamos brincar." Ela levara Natalie pela floresta até o anexo de Kelsey, onde a mantiveram por quarenta e oito horas inteiras, cuidando dela, raspando suas pernas, vestindo-a e alimentando-a em turnos enquanto desfrutavam das súplicas crescentes. Pouco depois da meia-noite do dia quatorze, as amigas a seguraram enquanto Amma a estrangulava. Mais uma vez, ela mesma arrancara os dentes. Aparentemente, dentes de crianças não são muito difíceis de arrancar se você colocar peso no alicate. E se não ligar para a aparência final. (Visão do piso da casa de bonecas de Amma, com seu mosaico de dentes tortos e quebrados, alguns apenas cacos.)

As garotas foram no carro de golfe de Adora até o final da Main Street às quatro da manhã. A abertura entre a loja de ferragens e o salão de beleza era suficiente para que Amma e Kelsey carregassem Natalie por mãos e pés até o outro lado, onde a colocaram de pé e esperaram que fosse encontrada. Mais uma vez Jodes chorou. Mais tarde, as garotas conversaram sobre matá-la, temendo que pudesse fraquejar. A ideia estava quase sendo colocada em prática quando minha mãe foi presa.

Amma matou Lily sozinha; acertou a menina na parte de trás da cabeça com uma pedra, depois a estrangulou com as mãos nuas, arrancou os seis dentes e cortou seus cabelos. Tudo em um beco atrás da caçamba de lixo onde deixou o corpo. Levara a pedra, o alicate e a tesoura para a escola na mochila rosa que eu comprara para ela.

Amma teceu com os cabelos cor de chocolate de Lily Burke um tapete para meu quarto em sua casa de bonecas.

EPÍLOGO

Adora foi considerada culpada de assassinato doloso de primeiro grau pelo que fez com Marian. Seu advogado já está preparando um recurso, que é acompanhado entusiasmadamente pelo grupo que administra o site da minha mãe na internet, adoralivre.org. Alan fechou a casa de Wind Gap e se mudou para um apartamento perto da prisão em Vandelia, Missouri. Escreve cartas para ela nos dias em que não pode visitá-la.

Livros oportunistas foram lançados sobre nossa família assassina; choveram pedidos para que eu escrevesse um. Curry me estimulou a aceitar, mas rapidamente recuou. Bom para ele. John me escreveu uma carta gentil e dolorida. Sempre achara que havia sido Amma, se mudara para a casa de Meredith em parte para "ficar de olho". O que explicava a conversa que eu tinha ouvido entre ele e Amma, que gostava de brincar com sua dor. Agressão como uma forma de flerte. Dor como intimidade, como minha mãe enfiando pinças em meus ferimentos. Quanto ao meu outro romance de Wind Gap, nunca mais soube de Richard. Depois do modo como ele olhara para meu corpo marcado, eu estava certa de que não voltaria a vê-lo.

Amma permanecerá trancada até seu décimo oitavo aniversário, e provavelmente mais. São permitidas visitas duas vezes por mês. Fui uma vez, sentei com ela em uma alegre área de recreação cercada por arame farpado. Garotinhas em calças e camisetas de prisão se penduravam nos brinquedos, sob a supervisão de carcereiras gordas e raivosas. Três garotas escorregavam freneticamente em um escorregador torto, subiam a escada, desciam de novo. Repetidamente, silenciosamente, por toda a duração da minha visita.

Amma tinha cortado os cabelos rente ao couro cabeludo. Poderia ter sido um esforço para parecer durona, mas, em vez disso, lhe dava uma aura sobrenatural, de elfa. Quando toquei sua mão, estava molhada de suor. Ela a retirou.

Eu me prometera não fazer perguntas sobre os assassinatos, tornar a visita o mais leve possível. Em vez disso, as perguntas saíram quase imediatamente. Por que os dentes, por que aquelas garotas, que eram tão brilhantes e interessantes? Como elas poderiam tê-la ofendido? Como podia ter feito aquilo? Esta última saiu como uma censura, como se estivesse dando uma bronca por fazer uma festa quando eu não estava em casa.

Amma olhou amargamente para as três garotas no escorregador e disse que odiava todo mundo ali, todas as garotas eram loucas ou idiotas. Odiava ter que lavar roupa e tocar as coisas das pessoas. Depois ficou em silêncio por um minuto e achei que iria simplesmente ignorar minhas perguntas.

— Eu fui amiga delas por um tempo — disse finalmente, a cabeça baixa, falando para o peito. — Nós nos divertíamos correndo pela floresta. Éramos selvagens. Machucávamos coisas juntas. Matamos um gato uma vez. Mas então ela — como sempre, o nome de Adora não era dito — ficou toda interessada nelas. Eu nunca pude ter nada só para mim. Elas não eram mais um segredo meu. Estavam sempre aparecendo em casa. Começaram a me fazer perguntas sobre ficar doente. Elas iriam estragar tudo. Elas nem sequer se davam conta — continuou Amma, esfregando com firmeza os cabelos cortados. — E por que Ann tinha que morder... ela? Eu não conseguia deixar de pensar nisso. Por que Ann podia morder e eu não podia?

Ela se recusou a dizer mais, respondeu apenas com suspiros e tossidas. Quanto aos dentes, ela os pegou só porque precisava deles. A casa de bonecas tinha de ser perfeita, assim como tudo o mais que Amma amava.

Acho que há mais. Ann e Natalie morreram porque Adora prestou atenção nelas. Amma só podia ver isso como uma injustiça. Amma, que por tanto tempo permitira que minha mãe a adoecesse. *Algumas vezes se você deixa as pessoas fazerem coisas a você, na verdade você está fazendo a elas.* Amma controlava Adora deixando Adora adoecê-la. Em troca exigia amor e lealdade incontestes. Outras garotinhas não eram aceitas. Pelas mesmas razões ela assassinou Lily Burke. Porque, Amma suspeitava, eu gostava mais dela.

Você pode dar quatro mil outros palpites, claro, sobre por que Amma fez isso. No final resta um fato: Amma gostava de machucar. *Eu gosto de violência,* ela gritara para mim. Eu culpo minha mãe. Uma criança criada com veneno considera dor um consolo.

No dia da prisão de Amma, o dia em que tudo enfim desmoronou totalmente, Curry e Eileen ancoraram no meu sofá, como saleiro e pimenteiro preocupados. Escondi uma faca na manga e, no banheiro, tirei a camisa e cortei fundo no círculo perfeito em minhas costas. Raspei para a frente e para trás até a pele estar rasgada em garatujas. Curry invadiu no instante antes de eu cortar o rosto.

Curry e Eileen arrumaram minhas coisas e me levaram para a casa deles, onde tenho uma cama e algum espaço no que antes foi um salão de jogos no porão. Todos os objetos cortantes foram trancados, mas não me esforcei muito para pegá-los.

Estou aprendendo a ser cuidada. Aprendendo a ter pais. Retornei à minha infância, à cena do crime. Eileen e Curry me acordam de manhã e me colocam na cama com beijos (ou, no caso de Curry, um aperto carinhoso no queixo). Não bebo nada mais forte que o refrigerante de uva de que Curry gosta. Eileen prepara meu banho e, às vezes, escova meu cabelo. Isso não me dá arrepios, e achamos que é um bom sinal.

É quase doze de maio, exatamente um ano após meu retorno a Wind Gap. Este ano a data coincidiu com o Dia das Mães. Esperto. Às vezes penso naquela noite cuidando de Amma, em como fui boa em aplacá-la e acalmá-la. Às vezes sonho que dou banho em Amma e seco sua testa. Acordo com o estômago retorcendo e o lábio superior suado. Eu cuidei bem de Amma por causa da gentileza? Ou gostei de cuidar de Amma por ter a doença de Adora? Eu vacilo entre os dois, especialmente à noite, quando minha pele começa a pulsar.

Ultimamente tenho me inclinado para a gentileza.

AGRADECIMENTOS

Muito obrigada à minha agente, Stephanie Kip Rostan, que me conduziu graciosamente por toda essa coisa de primeiro livro, e à minha editora, Sally Kim, que fez perguntas incisivas e forneceu muitas, muitas respostas enquanto me ajudava a colocar esta história em forma. Inteligentes e encorajadoras, elas também são encantadoras companhias para o jantar.

Agradeço também ao médico D.P. Lyle, ao Dr. John R. Klein e ao tenente Emmet Helrich, que me ajudaram a compreender fatos envolvendo medicina, odontologia e trabalho policial, e a meus editores na *Entertainment Weekly*, particularmente Henry Goldblatt e o editor executivo Rick Tetzeli.

Mais agradecimentos ao meu grande círculo de amigos, particularmente àqueles que ofereceram repetidas leituras, conselhos e ânimo enquanto eu escrevia *Objetos cortantes*: Dan Fierman, Krista Stroever, Matt Stearns, Katy Caldwell, Josh Wolk, Brian "Ives!" Raftery e minhas inteligentes primas-irmãs (Sarah, Tessa, Kam e Jessie). Todos forneceram palavras gentis em momentos cruciais, como quando estive prestes a queimar tudo. Dan Snierson provavelmente é o ser humano mais consistentemente otimista e decente no planeta — obrigada por sua inabalável confiança, e diga a Jurgis para ser gentil em sua resenha. Emily Stone ofereceu orientação e bom humor desde Vermont, Chicago e Antártica (recomendo fortemente seu serviço de transporte Crazytown); obrigada a Susan e Errol Stone por aquele refúgio na casa do lago. Brett Nolan, o melhor leitor do mundo — um elogio que não é feito levianamente —, me desviou de referências acidentais aos *Simpsons* e é o autor do e-mail de duas palavras mais tranquilizador de todos os tempos. Scott Brown, Monstro de meu Mick, leu inúmeras versões de *Objetos cortantes*, pobrezinho, e também se juntou a mim em muitos necessários retiros da realidade — eu, Scott e um unicórnio neurótico com complexo paterno. Obrigada a todos.

Finalmente, muito amor e consideração por minha enorme família do Missouri — que, sou feliz em dizer, não foi inspiração alguma para os personagens deste livro. Meus fiéis pais me estimularam a escrever desde a terceira série, quando declarei que queria ser escritora ou fazendeira quando crescesse. A coisa da fazenda nunca decolou, então espero que gostem do livro.

1ª edição	FEVEREIRO DE 2015
reimpressão	OUTUBRO DE 2023
impressão	BARTIRA
papel de miolo	PÓLEN NATURAL 80 G/M²
papel de capa	CARTÃO SUPREMO ALTA ALVURA 250 G/M²
tipografia	SABON